Der Roman ‚Der Stockholm-Kurier' wurde 1973 geschrieben und wies 20 Jahre in die damalige Zukunft. Er erschien genau 50 Jahre später in der Anthologie ‚Gestern und morgen' und besteht aus zwölf Kapiteln. Ein neu hinzugefügtes dreizehntes zeigt auf, was 30 Jahre später aus der Windhoff'schen Batterie, der heutigen Brennstoffzelle, geworden ist. Neben der linearen Fortführung der Erzählung glättet es einige politische Irrtümer der 1970er Jahre und nimmt Bezug auf modernes Hexenwerk wie Internet und Smartphone, das seinerzeit nicht einmal angedacht war.

Michael Maniura

Großspurig

Zukunftsroman aus der Vergangenheit

Bibliografische Information der Deutschen Nationalbibliothek:
Die Deutsche Nationalbibliothek verzeichnet diese Publikation
in der Deutschen Nationalbibliografie; detaillierte bibliografische
Daten sind im Internet unter http://dnb.dnb.de abrufbar.

Umschlagfotos: Superliner der Amtrak bei einem Zwischenhalt
des ostwärts fahrenden ‚Southwest Limited' in Albuquerque,
New Mexico – Aufnahmedatum 2. September 1978

Umschlaggestaltung: Nirri vanFey

Verlag: BoD · Books on Demand GmbH, In de Tarpen 42,
22848 Norderstedt, bod@bod.de
Druck: Libri Plureos GmbH, Friedensallee 273,
22763 Hamburg
© 1973, 2024 Michael Maniura
ISBN: 978-3-7583-1434-6

1

Es gibt praktisch nichts, das vom ehernen und wichtigsten Gesetz des wirtschaftlichen Wachstums, das da lautet ‚Stillstand bedeutet Rückgang', verschont bleibt. Dieses Gesetz ist der Grund dafür, dass jedes Jahr neue Straßen gebaut werden, jedes Jahr mehr Öl verbraucht wird, die Fernsehlotterie jedes Jahr mehr einspielen muss, um nicht in den Ruch zu kommen, sich auf dem ‚absteigenden Ast' zu befinden und nicht zuletzt in jedem Jahr zu Silvester mehr Millionen in den Himmel geschossen werden, allein zur Gaudi und Augenweide derer, die sie verpulvern.

So konnte man sich dieses Jahr an nahezu keinem Ort in Europa aufhalten, an dem man nicht mindestens eine Rakete aufblitzen sah oder einen Kracher detonieren hörte. Mitten zwischen diesen äußeren Anzeichen eines allgemeinen Taumels der Freude und Lebenslust ist es umso bitterer, arbeiten zu müssen, als es sonst schon der Fall ist. Nun, Professor Windhoff musste zwar nicht direkt arbeiten – immerhin befand er sich im 1.-Klasse-Abteil eines internationalen Schnellzuges, sehr komfortabel und ausgestattet mit Radio, eigener Toilette und Liegesitzen –, aber es war doch ratsam, die mitgenommenen Unterlagen noch ein letztes Mal zu überprüfen, bevor man morgen zu der entscheidenden Sitzung zusammenkommen würde. Man, das waren zunächst er selber, Professor Alexander Windhoff, Leiter der Entwicklungsabteilung bei der ‚Vereinigte Motorenwerke Süddeutschland AG', Sitz Offenburg, sodann Johannes Gruiten, der Direktor dieser Firma, Herr Lindholm, der Direktor und Eigentümer der gleichnamigen Firma in Stockholm und Dr. Habeas Mjölby, der Leiter der Entwicklungsabteilung bei Lindholm und somit ihm, Professor Windhoff, gleichrangig. Da die Sitzung in Stockholm stattfinden sollte, befanden sich Gruiten, Professor Windhoff und noch ein Herr namens Sneider in einem Abteil des ‚Stockholm-Kurier', in den sie, von Offenburg kommend, in Hannover zugestiegen waren, um das Reiseziel zu erreichen.

„Nun hören Sie doch endlich auf, sich den Kopf wegen der morgigen Verhandlungen zu zerbrechen, Professor", hörte Professor Windhoff die gutmütige Stimme seines Chefs mitten in seine Gedanken hinein, „er raucht ja schon fast!"

Da sich der Professor nun in seinem Gedankengang unterbrochen sah, konnte er sich auch an dem Gespräch beteiligen und hob deshalb den Kopf. „Tut mir leid, Herr Direktor, aber ich glaube, dass es unerlässlich ist, meine Konstruktionszeichnungen noch einmal auf ihre Richtigkeit zu überprüfen, damit wir morgen etwas in der Hand haben, was die Schweden veranlasst, mit uns in Verhandlung zu treten."

„Schon, schon", beschwichtigte ihn Gruiten, „aber denken Sie doch einmal daran, dass heute Silvester und gleich Mitternacht ist ... Ah, da kommt schon der bestellte Sekt", unterbrach er seine eigenen Worte, als sich die Abteiltür öffnete und ein Angestellter der DSG drei Flaschen brachte. Gruiten nahm sie an sich, gab dem Kellner ein Trinkgeld und verteilte die Flaschen. Auch Herr Sneider ging nicht leer aus; gerne wäre sich Professor Windhoff über dessen Stellung innerhalb der VMS-Werke klar geworden. Gering konnte sie nicht sein, das war schon aus der gewissen Hochachtung zu ersehen, mit der der Direktor ihn behandelte. Auch war dem Professor unbekannt, warum dieser Herr Sneider sie begleitete. Da er jedoch bisher auf diesbezügliche Fragen nur ausweichende Antworten erhalten hatte, hatte er schließlich aufgegeben, danach zu forschen.

In diesem Augenblick sah man die ersten Leuchtkörper am Himmel aufglühen und der Lautsprecher verkündete: „In wenigen Sekunden ist es Mitternacht!" Als der Gongschlag erklang, waren die Gläser bereits gefüllt und Direktor Gruiten sagte: „Alsdann, meine Herren, Prosit Neujahr und auf gutes Gelingen unseres Projekts!" „Gleichfalls!" und „Prosit Neujahr!" schallte es ihm entgegen. Die schneidende Stimme Sneiders erklang: „Ich glaube, wir können das neue Jahr, das soeben angebrochen ist, symbolhaft als den Beginn einer neuen Epoche betrachten: der Epoche des Atommotors, und wir, die Süddeutschen Motorenwerke, werden sein Wegbereiter sein!"

„Nun, meine Herren, ganz so optimistisch wollen wir doch nicht sein", gab Professor Windhoff zu bedenken, „wir sollten nicht vergessen, dass es Atommotoren schon in den 50er Jahren gegeben hat, wenn sie auch so groß und plump waren, dass man sie nur in Schiffe einbauen konnte. Außerdem waren es im Grunde nichts als Dampfmaschinen, die statt eines Feuerchens unter dem Kessel einen Brocken radioaktiven Stoffes im Reaktor hatten. Die eigentlichen Wegbereiter des zukünftigen Atommotors, das heißt des Elektromotors mit Kernbatterie, sind jedoch nicht wir, sondern die Sowjets, die ja nicht nur bereits einen derartigen funktionstüchtigen Motor entwickelt haben, sondern ihn sogar schon planmäßig auf der neuen Eisenbahnstrecke Moskau – Leningrad einsetzen."

„Sicher, sicher! Aber überlegen Sie doch einmal, Professor, was für ein riesiges Ding die Atomlok ist. Sie ist über 40 Meter lang, wiegt fast 1000 Tonnen und hat bei einer Spurweite von 3,15 Metern doch nur 30.000 PS, oder, wie man heute sagt, ungefähr 22.200 kW; unsere modernen konventionellen E-Loks leisten immerhin fast halb so viel; wir brauchen also nur zwei unserer kleinen Loks hintereinander zu hängen und erreichen das gleiche. Wo bleibt denn da der Fortschritt?"

„Der Fortschritt liegt darin, dass über den Gleisen keine Drähte mehr notwendig sind; Sie wissen doch, dass die Gleislegung, verglichen mit den Kosten, die der Bau einer Autobahn verursacht, verhältnismäßig billig ist, dass die Elektrifizierung einer Strecke jedoch fast so teuer wie der Bau der besagten Autobahn ist. Hinzu kommen die vielen Kraftwerke, Unterwerke und Speisungsstellen, dann die Sturmempfindlichkeit und was weiß ich noch alles! Man elektrifiziert Strecken ja nur deshalb, weil sie sich doch – wenn auch auf Jahrzehnte hinaus – rentieren, eben weil ein Elektromotor, der ungefähr die gleiche Größe und das gleiche Gewicht wie ein Verbrennungsmotor hat, ungefähr das Dreifache leistet. Wenn es nun gelänge, den Strom direkt in der Lok oder im Auto, oder was man gerade antreiben will, zu produzieren, hätte der Elektromotor bei allen erdgebundenen Fortbewegungsmitteln endgültig gesiegt. Meiner Ansicht nach ist der Versuch, das Ziel über die Kernbatterie erreichen zu wollen, ein Irrweg. Ich glaube, dass es sehr viel sinnvoller ist, den Strom direkt aus den Elementen zu beziehen."

„Ich weiß, Herr Professor, schließlich haben wir uns darüber oft genug unterhalten! Sie wissen aber genau, dass unsere Firma auf die Entwicklung einer kleinen, leichten Kernbatterie spezialisiert ist, die zudem zuverlässig und unfallsicher sein muss.

Sie hingegen versuchen immer wieder, mich für Ihre Vorstellungen, die ich persönlich für höchst utopisch halte, zu erwärmen. Aber lassen Sie sich gesagt sein, dass ... "

Hier griff zum ersten Mal Sneider, der sich für technische Dinge nicht sonderlich zu interessieren schien und deshalb bisher geschwiegen hatte, in die über Gebühr hitzig zu werden drohende Diskussion ein: „Aber meine Herren", versuchte er zu beschwichtigen, „warum regen Sie sich denn so auf? Denken Sie doch bitte daran, dass wir Neujahr haben und sehen Sie hinaus; Sie versäumen ja all die herrlichen Farbfontänen vor dem Fenster."

Erst jetzt sahen auch die beiden anderen, dass es draußen fast taghell geworden war; der Zug befand sich bereits im Weichbild der Stadt Lübeck, und überall stiegen grellbunte Lichtkometen gen Himmel, fuhren im Zickzackkurs irgendwelche Knallfrösche umher, wie festgefrorene Blitze aussehende gelbe Streifen hinterlassend, und entfalteten sich wie Blüten aussehende Farbozeane vor schwarzem Hintergrund. „Wie schön", murmelte Direktor Gruiten, fast ergriffen, vor sich hin. Bis an die Grenze des Sichtbaren, weit über den Horizont hinaus, eröffnete sich dem Betrachter das bunte Spiel und ließ den Eindruck entstehen, dass die gesamte Erde von einer Sonne umgeben sei, die wahllos üppige Licht- und Farbenspiele zu ihrem Trabanten schickte.

„Schade, dass das nicht vor zwanzig Jahren stattfindet; damals hätten wir noch die Fenster öffnen können und die entsprechende akustische Untermalung gehabt", meinte Gruiten.

„Damals waren die Feuerwerke aber längst nicht derart prächtig", warf Professor Windhoff ein, „außerdem hätten wir zwar die Fenster öffnen können, wären aber dafür auch nicht in den Genuss einer Klimaanlage gekommen. Es hat eben alles zwei Seiten. Ich muss sagen, dass es mir so, ohne Ton, wesentlich besser gefällt. Sie sieht viel gespenstischer aus, diese lautlose Farbenpracht."

In diesem Augenblick fuhr der Zug in den Lübecker Hauptbahnhof ein, dessen gewaltiges Tonnendach die Sicht verdeckte und so den Zauber zerstörte. Sneider schaltete das Licht wieder ein, das er vor ein paar Minuten unbemerkt gelöscht hatte. Als der ‚Stockholm-Kurier' den Bahnhof verließ, war die Herrlichkeit vorbei und man sah nur noch vereinzelt Leuchtkörper aufsteigen.

„Es ist in gewisser Weise bemerkenswert", ergriff Sneider nach einer längeren Zeit des Schweigens, das eine leichte Rührung der Drei offenbarte, schließlich wieder das Wort, „innerhalb von fünf Minuten mehrere Millionen verpulvert. Nicht nur bemerkenswert, sondern sogar beinahe verantwortungslos."

„Schon", stimmte Professor Windhoff zu, „ganz kühl und nüchtern betrachtet, haben Sie recht. Doch hat man es miterlebt, gibt es einem das Gefühl, dass es sich gelohnt hat."

„Ich glaube, es ist müßig, sich darüber zu unterhalten, ob diese Ausgabe sinnvoll ist oder nicht", sagte Direktor Gruiten, „jedenfalls ist sie nicht zu ändern!"

„Sie haben recht, Herr Direktor", erwiderte Professor Windhoff, „ich möchte eher das vorhin unterbrochene Gespräch fortsetzen.

Leider sind wir, glaube ich, etwas vom Thema abgekommen, indem wir wie immer bei unserem Generalthema gelandet sind, obwohl wir inzwischen wissen sollten, dass Diskussionen darüber zwischen uns stets ergebnislos enden.

Es ging, wenn mich nicht alles täuscht, darum, wer das Recht der erstmaligen Nutzbarmachung des Atommotors für sich reklamieren darf, und um die Vorteile des Elektromotors gegenüber allen anderen erdgebundenen Antrieben, denn um einen solchen handelt es sich ja schließlich bei dem sogenannten Atommotor.

Nun, bei Punkt 1 muss ich Ihnen widersprechen. Es dürfte ziemlich außer Zweifel stehen, dass den Russen hier der Lorbeer gebührt, und Sie wissen wahrscheinlich auch, warum; weil nämlich die Amerikaner und mit ihnen die Europäer, die trotz der ungeheuren geistigen und finanziellen Anstrengungen, die investiert wurden, erst allmählich Fuß fassen. Als sie ihr Raumfahrtprogramm forcierten und als ‚Belohnung' dafür auch als Erste auf dem Mars waren, vergaßen sie zum Ausgleich die Verkehrsprobleme des eigenen Planeten, während die Sowjetunion ihr Weltraumprogramm gehörig zurückgesteckt hatte und statt dessen das bisher beste, sicherste und vor allem billigste weiträumige öffentliche Verkehrsmittel entwickelt hat das zudem noch fast so schnell ist wie das Flugzeug, denn bei dieser Spurweite reicht die berühmte, fast zweihundert Jahre alte Schotterunterlage für Geschwindigkeiten bis zu 300-350 km/h dicke aus. Schneller zu fahren ist unnötig, da man bei diesem Tempo für keine Reise mehr als einen Tag braucht, und für ganz Eilige gibt es immer noch die Telegrafie. Nein, Herr Direktor, wir dürfen uns nicht anmaßen, als Erfinder der ‚drahtlosen E-Lok', wenn ich einmal so sagen darf, gelten zu wollen; an uns ist es lediglich, diese Antriebsart noch billiger und leistungsfähiger zu machen, dazu so kleindimensionierte Motoren zu entwickeln, dass sie eines Tages auch in Autos eingebaut werden können, damit diese nicht noch in hundert Jahren mit ihren stinkenden, unzuverlässigen und leistungsmäßig unzulänglichen Verbrennungsmotoren herumfahren!"

Direktor Gruiten hatte der satzbaumäßig fragwürdigen, aber leidenschaftlichen Rede schweigend zugehört. Nun sagte er begütigend: „Hm-m! Vielleicht haben Sie recht! Aber selbst dann könnte es uns noch gelingen, auf bestimmten Gebieten Pionierarbeit zu leisten. Ich denke noch nicht an eine Verwendung der Kernbatterie im Auto; mein nächstes Ziel ist ihre Verwendung in herkömmlichen Eisenbahnen."

„Dann würde die Bundesbahn sich vielleicht ärgern. Über 15.000 Streckenkilometer umsonst elektrifiziert", warf Sneider mit seiner leicht spöttisch klingenden Stimme ein. „Nun, nun", verteidigte Professor Windhoff seine Argumentation, „ich meinte das nur als Ausblick auf die Zukunft; vorläufig sind wir ja noch nicht einmal so weit, dass wir einen kompletten atomelektrischen Antrieb für die neuen Breitspureisenbahnen anbieten können; wir befinden uns schließlich im Versuchsstadium. Ich muss jedoch sagen, Herr Direktor, dass ich nicht an die Zukunft der herkömmlichen Bahnen glaube, denn die Spurweite ist einfach zu gering, als dass man die Geschwindigkeit noch wesentlich erhöhen könnte. Das russische Modell ist hingegen das bisher beste Konzept, was Kosten, Sicherheit und Schnelligkeit betrifft. Dieser Ansicht scheinen wir hier im alten Europa auch zu sein, denn man baut ja bereits eine Strecke gleicher Spurweite von Köln nach Stockholm."

„Das dürfte eher ein Triumph des fortschrittlichen Geistes sein, mein lieber Professor, denn wie Sie wissen, muss der Schnellzug Paris – Moskau heute noch in Brest umgespurt werden, ein Relikt aus prähistorischer Zeit. Aber etwas anderes: Sie nannten Punkt 1, was aber beinhaltet ihr Punkt 2, den Sie uns bis jetzt vorenthalten haben?"

„Ach so! Den hatte ich nur eingeplant, um auch etwas zu haben, worin ich Ihnen zustimme, denn die großen Vorteile des Elektromotors – hohe Leistungsfähigkeit, Einfachheit der Wartung und nicht zuletzt seine Sauberkeit und unübertroffene Umweltfreundlichkeit – sind die einzigen Gründe, die uns, Herr Direktor, zusammenarbeiten lassen. Sie wissen genau, dass ich im Grunde das Ziel auf einem anderen Wege zu erreichen hoffe als Sie. Meiner Ansicht nach sind Kernbatterien und Atomreaktoren überhaupt nicht geeignet für inneratmosphärische Aufgaben, da …"

„Darf ich Sie daran erinnern, dass gestern, also Silvester in fünf Jahren, der erste Breitspurzug von Köln nach Stockholm fahren soll? Um Ihren Ideen – die, wie ich zugeben will, eines Tages möglicherweise verwirklicht werden könnten – zum Durchbruch zu verhelfen, müssten wir eine Entwicklungszeit von ungefähr zehn Jahren einkalkulieren, und diese Zeit haben wir einfach nicht."

Professor Windhoff widersprach ungestüm, und es entspann sich wiederum eines jener Gespräche, wie sie schon oft und fruchtlos zwischen Direktor Gruiten und Professor Windhoff stattgefunden hatten und Sneider nun zu einem inneren Schmunzeln Anlass gaben. Es ist darum zwecklos, das Trio weiter zu begleiten; wir blenden vielmehr anderthalb Tage weiter in einen Raum der ‚Neue Rheinische Kraftwerkunion KG' in Köln, die bekanntlich die erbittertste Konkurrenz der Vereinigten Motorenwerke ist.

Es ist immer sehr betrüblich, wenn man nach einer langen Reihe von Feiertagen, wie das beim Weihnachts- und Neujahrsfest der Fall ist, die in idealer Weise hintereinanderliegen, wieder zur Arbeit muss; noch schlimmer ist es, wenn man keine Ahnung hat, was in den kommenden Wochen auf einen zukommen mag. In dieser Situation befand sich nämlich Herr Schmidt am 2. Januar um acht Uhr morgens, als er wieder einmal den gefürchteten langen Gang zum Büro seines Chefs Zimmer ging, und war dementsprechend schlechter Laune. Hinzu kam sein immer noch andauernder Kater von der Neujahrsnacht.

Justus Zimmer war der Leiter der Spionageabteilung der NRK und Karl-Dietrich Schmidt einer seiner Angestellten. Der lange Gang, wie ihn Zimmers Mitarbeiter heimlich nannten, war bei diesen berüchtigt, denn er führte zur Zentrale der Spionageabteilung, von der aus der respektgebietende, aber nichtsdestoweniger beliebte Zimmer seine Aufträge bekanntgab, die stets wesentlich weniger beliebt waren als er selbst. So konnte man unversehens in irgendeine Fabrik in Marokko oder im Hindustan geschickt werden, falls durchgesickert war, dass man dort möglicherweise im Begriff ist, eine neue Erfindung auf bessere Weise als die NRK selbst zu fördern oder zu entwickeln, oder überhaupt eine Erfindung zu machen, die würdig wäre, von ihr selbst ausgenutzt zu werden, oder, nicht zuletzt, wenn dort ein besseres System zur Spionage oder Spionageabwehr eingesetzt wird als hier.

Kein Wunder also, dass Schmidt mit ziemlich gemischten Gefühlen auf Zimmers Tür zusteuerte, sich zum tausendsten Mal fragend, warum um alles in der Welt er wohl diesen Beruf ergriffen hätte. Man musste mehrere Sprachen beherrschen, auch sonst ein ziemlich heller Kopf sein, man durfte nicht heiraten und musste alle Nase lang woanders leben und eine andere Rolle spielen; außerdem bestand immer die Gefahr, dass man am Ort der Tätigkeit unversehens verhaftet wurde, ohne dass die Abteilung den Versuch machte, ihn herauszuholen; in diesem Fall wurde er einfach aufgegeben. Höchstens hoffte die Firma, dass es ihm gelänge, sich selbst hinauszuwinden und wieder bei ihr zu melden, um den nächsten Auftrag entgegenzunehmen. Und bezahlt wurde das alles geradezu lausig. Er unterbrach sein Grübeln, als er vor der Tür stand. Er klopfte an und trat ein.

„Ah, mein lieber Schmidt, setzen Sie sich!" empfing ihn sein Chef, „ich habe wieder etwas Besonderes für Sie!"

Na, das kann ja heiter werden, wenn er so freundlich ist, dachte Schmidt bedrückt.

Aber so schlimm wurde es gar nicht. „Es handelt sich um unsere alten Freunde, die Vereinigten Motorenwerke. Deren wichtigsten Köpfe sind in der Neujahrsnacht nach Schweden gefahren; vermutlich haben sie gestern geheime Kooperationsgespräche mit Lindholm geführt. Mit den wichtigsten Köpfen meine ich Gruiten, Professor Windhoff und vor allem diesen Sneider. Ich möchte wissen, was der bei den Verhandlungen verloren gehabt haben mag."

„Ja und, was soll ich da tun?"

„Sie haben drei, nein! sogar vier Aufgaben: Zum Einen sollen Sie herausfinden, was Sneider in Stockholm wollte, zum Zweiten, was die beiden Verbündeten ausgeheckt haben, zum Dritten, woran die Motorenwerke eigentlich arbeiten und zum Vierten, und das ist Ihre wichtigste Aufgabe, sollen Sie versuchen, Professor Windhoff für uns abzuwerben."

„Nun gut; aber wissen Sie wenigstens ungefähr, woran man bei denen arbeitet?"

„Das wissen wir schon; es geht um die Entwicklung eines wirtschaftlichen atomelektrischen Antriebs. Die Motorenwerke wollen, soviel mir bekannt ist, den Durchbruch mittels herkömmlicher Kernbatterien erzielen, also auf die gleiche Art wie die Russen bei ihren neuen Atomloks auf der vor kurzem eröffneten Breitspurstrecke Moskau – Leningrad. Allerdings sollen die jetzigen Kernbatterien der Motorenwerke gegenüber den russischen bereits einen beträchtlichen Fortschritt darstellen ... "

„Was geht das denn uns an? Soweit ich weiß, sind wir ein Kraftwerk und beschäftigen uns lediglich nebenbei mit neuen Antriebsarten. Unsere Hauptaufgabe ist nach wie vor, das halbe Ruhrgebiet mit Strom zu versorgen."

„Dass Sie sich da nicht täuschen! Wie Ihnen zu Ohren gekommen sein dürfte, hat die Deutsche Bundesbahn eine Art Preisausschreiben veranstaltet, welche Firma imstande sei, innerhalb von fünf Jahren einen Antrieb zu entwickeln, der jene Bedingungen erfüllt, die in jedem amtlichen Mitteilungsblatt der DB zu lesen sind. Das Hauptaugenmerk richtet die Bundesbahn dabei auf die Motorenwerke, aber es gibt natürlich noch mehrere andere Firmen, die gut im Rennen liegen, darunter auch – jetzt halten Sie sich fest – uns. Das zu Punkt 2 und 3, denn die Offenburger scheinen allein nicht mehr zurechtzukommen, ebenso Lindholm, das sich an einem gleichartigen Wettbewerb von schwedischer Seite beteiligt und das sich deshalb mit den Motorenwerken zusammentun will.

Punkt 1 ist von sich aus einleuchtend, denn wenn der Offenburger Oberspion sich persönlich herablässt, sich zu einem Verhandlungspartner zu begeben, dann muss dieser schon einiges zu bieten haben. Ich meine jetzt speziell auf dem Gebiet der Spionage und Spionageabwehr; also passen Sie bloß auf, Herr Schmidt! Wer weiß, was Sneider und sein schwedischer Kollege, den ich leider nicht kenne, ausgetüftelt haben … Warum grinsen Sie so?"

„Ach, ich denke nur daran, dass Sie von den Stockholmern und Offenburgern fast wie von einer Gangsterbrut sprechen. Darf ich Sie daran erinnern, dass wir schon seit Jahren mit den japanischen Buzzard-Werken ähnlich kooperieren wie es jetzt die Motorenwerke mit Lindholm versuchen?"

Jetzt musste auch Zimmer lächeln. „Gut, eins zu null für Sie, aber es liegt nun mal im Menschen, sich möglichst viele Vorteile verschaffen zu wollen und dasselbe, tun es andere, zu verurteilen. Na schön, aber nun zu Punkt 4! Wie wir feststellen konnten, befindet sich Professor Windhoff in den Motorenwerken auf ziemlich verlorenem Posten, weil er im Grunde ganz andere Pläne verfolgt als seine Vorgesetzten. Ich verstehe nicht viel von Technik, aber Professor Windhoff scheint irgendwie Strom direkt aus Wasserstoff oder einem anderen Element produzieren zu wollen, also ein Knallgasgebläse als Stromerzeuger oder so ähnlich; Sie werden sich jedenfalls näher damit beschäftigen müssen. Wie dem auch sei, wir versuchen das Ziel auf gleiche Weise zu erreichen wie der Professor. Sie sehen, das passt alles großartig zusammen. Und da der Professor eine Art Genie zu sein scheint, der sich nur deshalb nicht entfalten kann, weil er in Offenburg am falschen Ort ist, wir andererseits, wie mir der Direktor vertraulich mitgeteilt hat, so ziemlich am Ende unserer Weisheit sind, dürfte es Ihnen nicht allzu schwer fallen, den Professor zu uns herüberzuziehen. Sie bekommen die Vollmacht, alle nur möglichen technischen Hilfsmittel und ein Gehalt von fast unbeschränkter Höhe zu bieten.

So, das wäre, glaube ich, alles."

Während Schmidt sich erhob, fügte der Spionagechef hinzu: „Ich glaube, das ist kein allzu schlimmer Auftrag für Sie.

Nehmen Sie an irgendeiner Nervenzelle eine Arbeit an, notfalls bestechen Sie einen ... Na, Sie kennen das ja! Und ich bitte Sie: Passen Sie auf Sneider und seine Spürhunde auf!"

„Vielen Dank, Herr Zimmer!" sagte Karl Schmidt; die beiden Männer tauschten einen Händedruck, dann drehte Schmidt sich um und verließ den Raum, mit gestellten Weichen für die kommenden Wochen oder Monate seines Lebens. –

Die Rückfahrt aus Stockholm verlief wesentlich schweigsamer als die Hinfahrt, größtenteils deshalb, weil die Gruppe zu zwei Dritteln unbefriedigt von der vorangegangenen Unterredung war. Direktor Gruiten hatte erkannt, dass man bei Lindholm weiter war als in Offenburg, was hauptsächlich auf eine neue Legierung zurückzuführen war, die man in Stockholm entwickelt hatte und die eine gegen radioaktive Strahlung besonders wirksame Abschirmung aufwies; so konnten die schweren, dicken Stahl- und Bleiplatten gespart werden, die das Hauptgewicht eines Atomreaktors ausmachen. Eine nach schwedischem Muster gebaute Lok hätte heute schon, bei gleicher Größe und gleichem Gewicht wie die sowjetische, das Doppelte an Leistung. Die Schweden konnten praktisch heute schon mit ihrer Konstruktion an die Öffentlichkeit treten. Dass sie es nicht taten und sich, obwohl sie es nicht nötig hätten, trotzdem mit den Motorenwerken auf einen Kooperationsvertrag einließen, hatte er nur diesem Dr. Mjölby zu verdanken, der mit dem Erreichten noch nicht zufrieden war und sich von den Motorenwerken weitere Impulse erhoffte. Dass der Vertrag sehr zu Gunsten der Lindholrnwerke ausgefallen war, war unter diesen Umständen zwar nachvollziehbar, für Direktor Gruiten aber nichtsdestoweniger sehr bedauerlich.

Noch unzufriedener war Professor Windhoff, denn er hatte erkennen müssen, dass man auch in Schweden nicht viel von seinen Vorstellungen hielt. Er war sich darüber im Klaren, was bei den anderen offensichtlich nicht der Fall war, nämlich, dass die Entwicklung der Kernbatterie an ihrem Ende angelangt war. Sicher, vielleicht erfand man einmal eine noch geeignetere Legierung, durch die man ein paar weitere Kilo zu sparen in der Lage wäre, oder es würden einige andere Verbesserungen eingeführt, aber im Grunde war der atomelektrische Antrieb ein unförmiges Ding, das höchstens für Schiffe oder Breitspureisenbahnen verwendbar war. Für Autos oder auch nur Normalspurbahnen war er schlichtweg nicht geeignet.

Es gab aber noch etwas anderes, das Professor Windhoff davon abhielt, den Atom-Elektromotor wie viele seiner Kollegen in den Himmel zu heben: Die Angst. Er wusste, dass er, würde er seine diesbezüglichen Bedenken laut äußern, sich vielerorts nur lächerlich machen würde, und die Spötter würden auf die vielen Kernkraftwerke hinweisen, die seit Jahrzehnten existierten, von denen es inzwischen Tausende gab und bei denen bis heute nichts passiert war. Kein Wunder, denn man achtete streng darauf, dass die ‚kritische Masse' weit unterschritten blieb und die radioaktive Strahlung durch dicke Bleiplatten völlig abgeschirmt wurde. Ein Atomkraftwerk konnte sich also im wahrsten Sinne des Wortes ‚mangels Masse' nie in eine Atombombe verwandeln, und die radioaktive Strahlung konnte nur mittels einer Bombe freigesetzt werden, was höchstens im Kriegsfall geschehen mochte, und dann, meinten die meisten Leute, käme es auf ein weiteres Missgeschick auch nicht mehr an. Letzteres konnte jedoch bei einer Atomlok, im Gegensatz zu ersterem, leicht geschehen, denn jedes Verkehrsmittel, sei es auch noch so sicher, war unfallgefährdet. Was passierte, sollte einmal eine Atomlok, aus welchem Grund auch immer, aus den Gleisen kippen und die Panzerung, die die radioaktive Strahlung davon abhielt, in der Außenwelt Unheil anzurichten, beschädigt werden, konnte sich jeder, der einmal Bilder von Strahlungsgeschädigten aus Hiroshima gesehen hatte, leicht ausmalen.

Deshalb verfolgte Professor Windhoff seit Jahren einen anderen Weg, auch wenn er ihm bisher nur Ärger und geringes Ansehen eingebracht hatte; er wollte versuchen, Wärmeenergie, die man auf beliebige Weise und in beliebiger Menge herstellen konnte, in elektrische Energie umzuwandeln. Er war immer wieder überrascht und enttäuscht, auf wie wenig Resonanz er mit dieser Vorstellung in seiner Umgebung stieß. Er hatte diesen Posten bei den Süddeutschen Motorenwerken nur angenommen, weil er gehofft hatte, Direktor Gruiten von der Richtigkeit seiner Ideen überzeugen zu können. Inzwischen arbeitete er seit zwei Jahren mit ihm zusammen, ohne auch nur einen Millimeter vorangekommen zu sein; er sah mehr und mehr ein, dass er sich in dieser Firma am falschen Platz befand. Er wusste aber nicht, wohin er sich nach einer eventuellen Kündigung wenden könnte, denn von Forschungen, die auf seiner Linie lagen, war ihm nichts bekannt.

Der einzige, der über die Ergebnisse dieser Reise glücklich war, war Sneider, der Chef der Spionageabteilung der VMS AG. Der Zweck seiner Begleitung hatte natürlich weniger im technischen

Bereich gelegen als vielmehr darin, die neuen Methoden zur Ausfindigmachung von Werkspionen, die Professor Arnulf Jonasson, der Chefpsychologe der Lindholm-Werke, entwickelt hatte, zu erfahren. Sneider musste lächeln, als er an die Begegnung zurückdachte. Was für ein schlauer Fuchs! „Ich gehe davon aus", hatte dieser sinngemäß gesagt, „dass theoretisch jeder Mensch nach seinem Äußeren, seiner Handschrift, seinen Bewegungen usw. beurteilt werden kann. Das heißt natürlich nicht, dass jeder Psychologe auf Anhieb erkennen könnte, wen er vor sich hat, zumal sich unter Umständen einzelne Erkennungszeichen einer Persönlichkeit widersprechen können. Trotzdem lassen sich Charakter, allgemeine Verhaltensweisen, also ob einer mehr zum Phlegmatiker oder Sanguiniker neigt, und augenblicklicher Gemütszustand nach einem längeren Gespräch mit ziemlicher Sicherheit feststellen.

Der immer noch viel geschmähte, aber heutzutage unentbehrliche psychologische Test ist gewissermaßen Ersatz für dieses Gespräch, für das bei Masseneinstellungen oder psychologischen Nachprüfungen ganzer Belegschaften einfach nicht genügend Zeit und Psychologen zur Verfügung stehen.

Ich habe nun", war Professor Jonasson fortgefahren, indem er hinter sich gegriffen und einen Stoß Papiere zur Hand genommen hatte, „selbst einen Test entwickelt. Hier ist er", und hatte die Papiere vor Sneider auf den Tisch geknallt.

„Wie Sie wissen, gibt es verschiedene Testarten: Intelligenztests, Eignungstests, Harmonietests zwischen Ehepaaren usw. Bei all' diesen Tests kommt am Schluss eine Maßzahl heraus, die idealerweise die Menge der erfüllten Bedingungen, die gefordert waren, angibt. Manchmal ist es auch nicht so, das ist allgemein bekannt, denn einige Testverfahren sind ausgesprochener Humbug, aber das nur nebenbei. Mit meinem Test sondere ich zielgerecht die Gesuchten von den anderen ab. Wer über der geforderten Zahl liegt, ist geeignet, die anderen eben nicht. Im Grunde ist also der Messwert lediglich ein zusätzlicher Kundendienst, der dem Tester angibt, in welchem Maß der Kandidat geeignet oder das nicht ist. Für meine Zwecke ist das nicht nötig; ich will nur herausfinden, ob einer Spion ist oder nicht.

Es genügt also als Ergebnis ein ‚Plus' oder ein ‚Minus'. In dreijähriger Arbeitszeit habe ich einen Test ausgearbeitet, der mit, wie ich meine, hundertprozentiger Sicherheit durch dieses ‚Plus' oder ‚Minus' aussagt, wer ein Werkspion ist oder nicht.

Sie werden die Fragen vielleicht etwas merkwürdig finden, aber es interessieren schließlich nicht Geburtsort oder -jahr, sondern vielmehr die Neigungen, geheimen Wünsche und Komplexe des Bewerbers. Der Fragebogen ist so konzipiert, dass die scheinbar harmlosen Fragen einen Widerspruch im Gedankengang eines Spions entlarven, denn jeder Mensch ist so mit Komplexen und Vorurteilen beladen, dass sich ein geschlossenes Bild ergibt, wenn er es ehrlich meint. Meint er es nicht ehrlich, wird er reflexartig gewisse Komponenten, wenn auch unbewusst, zu unterdrücken versuchen. Ein geschickt aufgebauter Fragenkatalog wird diese Widersprüche unzweideutig aufdecken und, trotz einer gewissen Toleranzbreite, den Bewerber eindeutig klassifizieren."

Mit diesen Worten hatte Professor Jonasson Sneider die Testbögen übergeben. Der konnte zwar aufgrund mangelnder psychologischer Grundkenntnisse nicht beurteilen, ob und wie weit die Angaben des Professors stimmten, aber das war nur umso besser, denn desto schwieriger würde ein vollkommener Laie die ihm darin gestellten Fallen zu erkennen vermögen, falls sich der Test bewähren sollte. Und wenn er sich bewährte, würde sich das viele Geld, das die Motorenwerke dafür zu zahlen hatte, sicherlich lohnen.

Denn Sneider rechnete in Kürze mit Besuch: Er wusste nämlich, dass die Rheinische Kraftwerkunion sich ebenfalls mit dem von ortsfesten Anlagen unabhängigen Elektromotor befasste, und er wusste auch, dass sie so ziemlich am Ende ihres Wissens angelangt waren. Und er wusste noch etwas, was außer ihm niemand ahnte: Die Union versuchte der Lösung auf die gleiche Art näherzukommen wie Professor Windhoff es seit zwei Jahren bei Direktor Gruiten durchzusetzen versuchte. Es war also anzunehmen, dass man, falls das bei der Union bekannt war, jedenfalls versuchen würde, ihnen den Professor abzuwerben. Das hingegen konnte er nicht zulassen, denn die Motorenwerke waren ohne diesen – was ihm natürlich keiner gesteckt hatte, er sich jedoch an den fünf Fingern hatte abzählen können – praktisch aufgeschmissen. Sneider lehnte sich in dem bequemen Polster zurück. Sollen sie nur kommen, dachte er grimmig, ich bin gerüstet. –

Es gab aber noch jemanden, der ein gewisses Interesse an den offenburg'schen Errungenschaften an den Tag legte, und dieser Jemand war Pjotr Wogolsk, der Direktor der Lokomotivwerke Woroschilowgrad zu Lugansk. Auch er war sich darüber im Klaren, dass die von seiner Firma gelieferten Atomlokomotiven, die jetzt den regulären Dienst auf der neuen Breitspurstrecke Moskau – Leningrad versahen, längst nicht der Weisheit letzter Schluss waren. Da er aber auch wusste, dass man in Deutschland fieberhaft an neuen Antriebsmöglichkeiten arbeitete, bestellte auch er am 2. Januar seinen Leiter der Spionageabteilung, Peter Arnowitsch, zu sich.

„Setz dich doch, Peter", begrüßte er ihn gleich beim Eintritt, „ich nehme an, du weißt schon, worum es geht. Ich habe hier – bei diesen Worten blätterte er in einigen deutschen Zeitungen herum, die vor ihm auf dem Tisch lagen – einige Berichte, in denen gerüchteweise von ein paar sensationellen Fortschritten in Punkto atomelektrischer Superantrieb die Rede ist. Erwähnt werden mehrere Firmen, der am meisten auftauchende Name ist jedoch zweifellos der der Offenburger Vereinigten Motorenwerke Süddeutschland. Du weißt, dass das Zentralkomitee von uns ungeduldig neue Entwicklungen erwartet. Da unsere Techniker jedoch dazu nicht in der Lage zu sein scheinen, ist es unerlässlich, dass du einen guten Mann nach Offenburg schickst, der uns die dortigen Neuerungen verschaffen kann, damit wir wenigstens die zum Vorweisen haben."

„Das lässt sich leicht machen; ich werde Ludwig Valveta, unseren besten Agenten, schicken", dachte Peter Arnowitsch mehr laut als dass er es zu seinem Chef sagte, „der Mann ist Deutschrusse und kann genauso gut deutsch wie russisch; niemand wird ihm in Deutschland den Ausländer anhören …"

„Das ist deine Sache; ich erwarte nur schnelle Erfolge", unterbrach ihn der Direktor. „Damit werde ich dir bald dienen können, Pjotr", erwiderte Arnowitsch und verließ den Raum.

So kam es, dass sich von ganz anderer Seite noch jemand auf den Weg nach Offenburg begab.

2

Hier steh' ich nun, ich armer Tor, und bin nicht klüger als zuvor, dachte sich Karl Schmidt, als er die Stellenanzeigen durchgelesen hatte.

Seit etwa einer Woche studierte er sie ergebnislos im ‚Offenburger Tageblatt'; die Motorenwerke suchten offenbar niemanden. Zwar hatte er bereits auf ihm verdächtig erscheinende Anzeigen, die unter Chiffre erschienen waren, geschrieben, aber stets waren es andere Firmen gewesen, die annonciert hatten. Auch auf die jetzt noch laufenden Schreiben wagte er nicht viel Hoffnung zu setzen.

Entmutigt ließ er das Blatt sinken und begann beinahe verzweifelt in dem Zimmer, das er sich gemietet hatte, auf und ab zu gehen. Mist, dachte er, Zimmer erwartet wöchentlich einen Bericht von mir; wie aber soll ich schreiben, wenn es mir bis jetzt noch nicht einmal gelungen ist, in der Firma unterzukommen. Du wirst alt, Karl; dazu hast du bisher immer nur zwei, höchstens drei Tage gebraucht.

Um die Schrecklichkeit dieser Erkenntnis etwas abzumildern, beschloss er schließlich, wieder einmal das nahgelegene Gasthaus aufzusuchen. –

„Entschuldigen Sie, ist dieser Platz noch frei?" unterbrach eine Stimme Schmidts durcheinanderlaufende Gedanken. „Ja, sicher", erwiderte dieser und räumte seine mit Zeitungen vollgestopfte Aktentasche beiseite. Während der Fremde sich niederließ und nach der Speisekarte griff, fand Schmidt, mehr unbewusst, Zeit, ihn zu betrachten. Er war ein schlanker, wenn auch nicht allzu großer Mann mit weichen, fast schüchtern wirkenden Gesichtszügen.

Wegen seiner eleganten Kleidung hätte Schmidt ihn auf Anhieb als den Typ eines Juniorchefs, der seinen Posten von seinem Vater übertragen bekommen hatte und ihm nicht gewachsen war, katalogisiert.

„Entschuldigen Sie", wandte er sich erneut an Schmidt, „aber können Sie mir sagen, wo ich die Post finde? Ich bin nämlich fremd hier."

„Das bin ich zwar auch, aber wo die Post ist, kann ich Ihnen trotzdem sagen." Kein Wunder, dachte Schmidt, wenn man mehrmals täglich mit furchtbar schlechtem Gewissen daran vorbeigeht.

Wie zu erwarten war, entspann sich ein Gespräch, in dessen Verlauf Schmidt zu seinem Erstaunen zu hören bekam, dass sein Gegenüber kürzlich bei den Motorenwerken eingestellt worden war. „Wie ist Ihnen das denn gelungen? Ich suche nämlich, im Vertrauen gesagt, auch eine Stelle dort. Ich habe jedoch in der Woche, die ich jetzt die Zeitungen durchackere, kein Stellenangebot von dieser Firma entdecken können."

„Kunststück! Lassen Sie sich im Vertrauen von mir sagen, dass ich durch eine Empfehlung, durch Protektion gewissermaßen, hineingekommen bin. Andererseits, frage ich Sie, warum wollen Sie unbedingt dort anfangen? Es gibt, wie ich gehört habe, hier in der Gegend genug andere gut zahlende Firmen, die dauernd auf der Suche nach Arbeitskräften sind. Warum versuchen Sie's da nicht einmal?"

„Aus Profession, wenn ich so sagen darf. Ich bin – äh – Spezialist für Isolierplatten gegen radioaktive Strahlung, nichts Hohes, wie ich zugeben muss, aber doch ein recht guter Techniker." Schmidt atmete unhörbar auf. Wie gut, dass ihm das gerade noch eingefallen war, zumal er von dem angegebenen Wissensgebiet tatsächlich ein wenig verstand; er hatte einmal, bevor er Werkspion wurde, eine Lehre in dieser Richtung durchgemacht. „Ich glaube also, da ich weiß, dass man sich bei den Motorenwerken mit einem wirtschaftlichen atomelektrischen Antrieb befasst, dass ich dort genau am richtigen Platz wäre", schloss er harmlos.

„Das wird vielleicht sogar gehen, denn meines Wissens begnügt man sich immer noch mit einigen Starkstromtechnikern; die Reaktorplatten werden nach wie vor von den betriebseigenen Handwerkern nach Konstruktionsplan zusammengebaut. Ich glaube, da wäre ein Mann wie Sie nur zu empfehlen."

„Wären Sie …; wären Sie eventuell bereit, ein Wort für mich einzulegen? Hier meine Karte, und damit Sie wissen, wie Sie mich erreichen können." Es passte Schmidt durchaus nicht, auf diese Weise zu betteln, aber er musste in absehbarer Zeit eine Stellung bei den Motorenwerken finden, und diese Chance, die ihm vom Schicksal so unvermittelt geboten worden war, durfte er nicht verstreichen lassen.

Der andere sah ihn plötzlich so scharf an, wie Schmidt es von diesem kaum erwartet hätte. „Woher wissen Sie denn, dass ich so mächtig bin, dass eine Empfehlung nicht auf taube Ohren stößt? Vergessen Sie nicht, dass ich erst eine Woche da bin!"

„Ich weiß nicht, aber irgendwie sieht man Ihnen an, dass Sie kein Arbeiter oder niederer Angestellter sind." Der Angesprochene fühlte sich durch diese Worte offenbar geschmeichelt, denn seine so jäh gestrafften Züge entspannten sich und verwandelten sich in ein Lächeln. „Sie scheinen gute Menschenkenntnisse zu besitzen. Ich verrate Ihnen, dass ich Assistent bei Professor Windhoff – das ist der Obermächer der ganzen Forschungsabteilung – bin."

Schmidt hätte fast aufgejubelt. Da hatte er schon einmal Verbindung mit einem sehr wichtigen Mann, über den er auch sicherlich viel erfahren konnte, sollte ihm der direkte Zugang zu Professor Windhoff verwehrt bleiben. Doch da fuhr sein Tischnachbar bereits fort: „Gelänge es Ihnen, den Posten, an den ich denke, zu erhalten, blieben wir also eng beisammen. Es ist zwar dumm, dass ich, kaum eine Woche da, jemanden protegiere, aber ich denke, ich kann die Notwendigkeit, einen Experten für radioaktive Strahlung einzustellen, durchaus plausibel machen.

Ich werde also versuchen, Sie bei uns einzuschleusen, denn ich glaube, dass wir gut zusammenarbeiten werden."

„Vielen Dank", sagte Schmidt, „ich werde mich, wann immer es möglich sein wird, revanchieren."

„Seien Sie nicht so siegessicher, Herr, äh, Schmidt", antwortete sein Gegenüber, „erstmal weiß ich nicht, ob man tatsächlich auf mich hören wird, und dann müssen Sie sich einer Art Eignungstest unterziehen; den müssen Sie unbedingt bestehen.

Ich muss das übrigens ebenfalls noch. Also, betrachten Sie sich bitte noch nicht als fest engagiert. Aber ...; ich denke schon, dass es klappt."

Es passte Schmidt zwar nicht, dass er im Gelingensfall genau unter dem arbeiten sollte, von dem er dann total abhängig sein würde, aber einerseits war dieser gleichzeitig eine gute Brücke zu Professor Windhoff und andererseits bestimmt kein Tyrann. Naja, man muss eben nehmen, was sich bietet, dachte er. Währenddessen hatten beide sich erhoben und gaben sich die Hand.

„Also nochmals vielen Dank", sagte Schmidt, „und ich höre von Ihnen, Herr ... ach ja, wie heißen Sie eigentlich?"

„Oh pardon, ich vergaß ...; hier meine Karte! Und wünschen Sie mir viel Glück. Auf Wiedersehen, Herr Schmidt!"

„Auf Wiedersehen, Herr Valveta!" –

Wieder einmal hielt Zimmer einen seitenlangen Brief von Karl-Dietrich Schmidt in seinen Händen. Es handelte sich um ein für einen Unbeteiligten ermüdend langweiliges Schreiben, gerichtet an eine arme alte Tante. Für den Eingeweihten jedoch brauchte man nur auf die Blätter die richtige Schablone zu legen, um den eigentlichen Inhalt des Briefs lesen zu können, ein altbekanntes, aber sicheres Chiffre, denn die einzelnen Wörter waren durchaus nicht in derselben Reihenfolge zu lesen, wie sie auf dem Papier standen. Für jemanden, der diese Korrespondenz abfing, bestand also eine zweifache Schwierigkeit: Erst einmal hatte er herauszufinden, dass diese scheinbar harmlosen Schreiben Geheimbriefe waren, und zweitens musste er sie dann entziffern, was durch die Unzahl der Möglichkeiten so gut wie ausgeschlossen war.

Der Gedanke an dieses narrensichere System besserte jedoch Zimmers Laune nicht; sein bisher bester Agent, nämlich Schmidt, hatte sich in diesem Fall als ausgesprochen erfolglos erwiesen. Auch dieser Brief, den Zimmer jetzt in dechiffrierter Form vor sich liegen sah, verkündete keinerlei Fortschritte.

Ich bin jetzt Sicherheitsingenieur und dafür verantwortlich, dass die Reaktoren strahlungsundurchlässig sind. Ich habe festgestellt, dass sie wesentlich kleiner sind als es konventionelle mit gleicher Leistung wären; allerdings habe ich nicht in Erfahrung bringen können, wie das zugeht. Ebenso wenig weiß ich etwas von den Vorgängen in Stockholm; Direktor Gruiten sah ich nur bei meiner Einstellung und Sneider beim Eignungstest.

Professor Windhoff ist sehr mürrisch; aus ihm ist kaum etwas herauszubekommen, auch dürfte er kaum irgendwelchen Überredungsversuchen zugänglich sein. Bis jetzt leider Pleite auf ganzer Linie; tut mir leid. – Schmidt.

Das tut nicht nur dir leid, dachte Zimmer ergrimmt; einige Wochen lasse ich dich weiterwursteln, und wenn sich dann noch keine Erfolge einstellen, wirst du abgelöst. So geht es jedenfalls nicht mehr weiter. –

Das dachte auch Schmidt, als er in seinem Räumchen saß und die Geigerzähler prüfte. Er war, gemäß seiner Aufgabe, dabei, die Sicherheit der Kernbatterie zu prüfen. Nun war er endlich entschlossen, aufs Ganze zu gehen; bisher war er immer darauf bedacht gewesen, möglichst wenig aufzufallen; jetzt gedachte er eher das Risiko einzugehen, erwischt zu werden und sich eine dumme Ausrede einfallen lassen zu müssen, als weiterhin in seiner Routine und relativen Untätigkeit zu verharren, die ihm ein ständiges schlechtes Gewissen bescherte.

So verließ er sein Arbeitszimmer und blickte sich von der Galerie aus, die einen guten Überblick über die Maschinenhalle erlaubte, um. In ihrer Mitte befand sich eine Reihe von Elektromotoren stattlicher Größe, die an beiden Seiten von glatten, viereckigen Kästen abgeschlossen wurden. Dies waren die Batterien, in denen mittels radioaktiven Zerfalls ein Elektronenstrom, der gleichbedeutend mit elektrischem Strom in einem Metalleiter ist, erzeugt wurde, ein bekannter Vorgang, den man in jedem Lexikon nachschlagen kann. Erstaunlich daran war höchstens die Kompaktheit und das geringe Gewicht – das Schmidt vorhin selbst überprüft hatte – der Kernbatterien. Schmidt konnte sich das nur mit einer neuen, bis dato unbekannten Legierung erklären; sollte das allerdings die einzige Neuerung dieser Anlage sein – und allen äußeren Anzeichen nach war sie das –, konnte er seine Aufgabe in diesem Punkt bald als beendet betrachten; er brauchte sich dann nur noch eine Probe des Stoffes zu beschaffen und fortzuschicken.

Das Geräusch der gerade anlaufenden Motoren schwoll rasch zu einem mächtigen Dröhnen an. Schmidt wusste, dass Professor Windhoff, der unten vor dem Schaltbrett stand, eine Leistung von 45.000 kW, das sind etwas über 60.000 PS erwartete. Er musste bei dem Gedanken lächeln, dass die Pferdestärke, offiziell bereits seit 1972 abgeschafft, immer noch den favorisierten Platz innehatte; die Definition: 1 PS ist die Kraft, die notwendig ist, 75 kg in einer Sekunde 1 m hoch zu heben, ist gedanklich eben leichter fassbar als: 1 W ist 1 V mal 1 A, wobei Volt die Einheit der elektrischen Spannung ist, von der eine Einheit in einem Leiter von einem Ohm Widerstand den Strom von einem Ampère erzeugt, wobei ein Ampère wiederum die Stromstärke ist, die aus einer Silbernitratlösung in 1 sec 1,118 mg Silber abscheidet und ein Ohm durch ein Volt dividiert durch ein Ampère definiert ist. Das Ganze muss dann noch mit 1000 multipliziert werden, um die zur Pferdestärke äquivalente Größe, nämlich Kilowatt, zu erhalten. Die Umrechnung ist wesentlich einfacher als die ihr zugrunde liegende Definition: 1 PS=0,7355 kW und 1 kW=1,3596 PS; das heißt, eine Leistungsangabe in PS muss nur mit 0,7355 multipliziert werden, um kW herauszubekommen, und eine Angabe in kW mit 1,3596 multipliziert werden, um dieselbe Leistung in PS darzustellen.

Die Motorenreihe da unten sollte also 45.000 kW, das sind demzufolge genau 61.183 PS, erreichen; Schmidt wusste, dass das bereits ein wenig mehr als das Doppelte von dem war, das die sowjetischen Maschinen erreichten. Er hatte jedoch mitgekriegt, dass Professor Windhoff das für das so ziemlich Äußerste hielt, das man aus einer Apparatur dieser Größe herausholen konnte, und größer durfte sie nicht werden, denn mit einer Gesamtlänge, -tiefe und -breite von jeweils ungefähr 30, 4 und 3 Metern war sie genau den für die geplanten Breitspurloks vorgeschriebenen Normen angepasst.

Während Schmidt diesen Gedanken noch nachhing, bemerkte er unten Sneider auf Professor Windhoff zutreten. Die beiden entfernten sich ein Stück von Windhoffs Assistenten Valveta, der sich ebenfalls vor den Armaturen befand, und begannen eifrig aufeinander einzureden.

Als der Agent von der Brüstung aus, auf der er sich immer noch aufhielt, sah, dass sich die beiden vor dem großen Generator, dem es sonst oblag, Versuchsmotoren anzutreiben, gestellt hatten, kam ihm eine Idee. Es war beiden unmöglich, durch das Gewirr von Kabeln und Gittern, aber auch durch die Spule hinter ihn zu sehen. Deshalb beschloss Schmidt, sich hinter ihm zu verkriechen und das Gespräch, soweit es bei dem Lärm, der durch die auf vollen Touren laufenden Motoren entstand, möglich war, zu belauschen. Sich vergewissernd, dass nicht jemand zufällig einen Blick auf die Brüstung warf, auf der er sich befand, bewegte er sich vorsichtig auf ihr vorwärts, bis er zu der Stiege gelangte, die hinabführte. Hier war eine kritische Stelle, denn diese Stiege war von jedem Punkt der Halle aus ohne Schwierigkeiten einsichtig von jedem, der, in Gedanken versunken, aufblicken mochte.

Es gelang Schmidt jedoch, diesen Punkt unbemerkt zu überwinden. Jetzt war er beinahe am Ziel, er brauchte nur noch hinter die Hauptspule vorzudringen und war den Blicken aller in der Halle befindlichen Personen entzogen. Als dies geschafft war, stellte er einen besonders günstigen Umstand fest: Der Generator schirmte die Motorengeräusche aus der Halle sehr gut ab, andererseits jedoch mussten sich Professor Windhoff und Sneider ziemlich laut unterhalten, um sich verständigen zu können, denn sie waren den Geräuschen des Maschinensaals ungeschützt ausgesetzt; Schmidt konnte also sehr gut verstehen, was die beiden besprachen.

„Ein Glück, dass ich mit nach Stockholm gefahren bin", sagte Sneider gerade, „sonst wären wir jetzt sehr viel schlechter dran."

„Ach ja, das wollte ich sowieso schon lange wissen, was Sie dort getrieben haben", erwiderte Professor Windhoff, „seit ich erfahren habe, dass Sie der Boss der Spionageabteilung sind, kann ich mir zwar einiges zusammenreimen, aber genau weiß ich immer noch nicht Bescheid. Wegen technischer Fragen sind Sie doch bestimmt nicht mitgekommen, oder?"

„Aber nein, wirklich nicht!" lachte Sneider, „das heißt, man könnte es vielleicht so nennen. Aber nicht Technik in Ihrem Sinne, eher im Wortgehalt von ‚Methode'. Ist Ihnen denn nicht aufgefallen, wie schnell wir herausbekommen haben, dass dieser Herr Schmidt ein Werkspion ist?" Diese Worte verursachten in dessen Herzgegend einen Stich; Sneider wusste also alles! Im nächsten Augenblick wandelte sich sein Schrecken in Trotz. Nun gerade! Nun wollte er erst recht herausbekommen, was hier gespielt wurde, auch wenn das möglicherweise gefährlich für ihn werden könnte. Zu weiteren Überlegungen blieb ihm keine Zeit, denn Sneider sprach weiter: „Ich kann Ihnen das leicht erklären. In Stockholm haben sie einen ausgezeichneten Chefpsychologen, nämlich Herrn Jonasson, der in langen Testreihen ein Verfahren ausgearbeitet hat, mittels dessen man sofort sagen kann, ob jemand ehrlich ist oder nicht, sprich: Ob er Werkspion ist oder nicht. Es handelt sich um einen einfachen Test – Schmidt stöhnte innerlich auf; dieser blödsinnige ‚Eignungstest'! Die Fragen waren ihm gleich so merkwürdig vorgekommen –, der innere Widersprüche in des Betreffenden gefühlsmäßiger Einstellung zum Werk aufzudecken in der Lage ist. Nun, wie Sie sehen, ist dem Test bis jetzt ein durchschlagender Erfolg beschieden; schon der zweite Bewerber stellt sich als Agent heraus. Dass er tatsächlich einer ist, haben weitere Erkundigungen unsererseits schnell ergeben – was lächeln Sie?"

„Ich überlege gerade, warum Sie mir das erzählen, Herr Sneider. Als Chef der Spionageabteilung ist Geheimhaltung doch oberste Pflicht?"

„Natürlich, Herr Professor. Ich tue das auch nur, um Ihnen zu zeigen, was wir für ein Vertrauen zu Ihnen haben. Sie wissen sehr genau, was wir ohne Sie wären. Sie sind die treibende Kraft bei unserem Projekt; ohne Sie wären wir den Schweden völlig ausgeliefert. Aber so haben sie zwar ihre neuartige Metalllegierung entwickelt, wir haben indes dank Ihrer Hilfe durch Supraleiter und andere Finessen enorm verbesserte Elektromotoren in die Waagschale zu werfen. Doch, um auf das zu kommen, weswegen ich eigentlich mit Ihnen sprechen wollte: Hat sich Schmidt schon an Sie herangemacht und meine Vermutung bestätigt, dass er Sie abwerben will?"

„Das weiß ich nicht ganz genau; natürlich hat er schon einige Male versucht, mit mir ins Gespräch zu kommen. Ich habe jedoch gleich so schroff geantwortet, dass er es schnell aufgegeben hat. Der Ärmste; ich finde ihn eigentlich ganz sympathisch, und mein Verhalten ihm gegenüber ist ganz gegen meine Art."

„Vergessen Sie aber bitte nicht, dass er als Werkspion uns zu schädigen trachtet."

„Nun, sicher! Warum lassen Sie ihn eigentlich nicht verhaften?"

„Weil die Rechtslage weitgehend ungeklärt ist. Man könnte ihn höchstens wegen Beihilfe zu unlauterem Wettbewerb verklagen, und das bringt uns nichts ein. Ich weiß auch gar nicht, von welcher Firma er kommt. Ich nehme an, dass die Kraftwerkunion ihn geschickt hat, aber beweisen kann ich das nicht. Wenn wir ihn beseitigen ließen, würde die betreffende Firma höchstens einen neuen Mann schicken. Es ist nicht gesagt, dass wir den genauso leicht isolieren wie Schmidt, denn man kann ja auch bereits im Betrieb Tätige kaufen, und dann stünde ich da mit meinem Test.

Hinzu kommt noch, dass das Gericht einen auf privater Ebene entwickelten Test als Beweis vermutlich nicht anerkennen würde, und die Art, wie wir unsere Nachforschungen über Schmidt betrieben haben, dürfte uns vor Gericht selbst ein Schnippchen schlagen, denn auch wir handeln, wenn ich so sagen darf, ab und zu im grauen Bereich."

Schmidt beschloss, sich heute Abend nach Abfassen seines Berichts sinnlos zu betrinken. Was er hier innerhalb von Minuten alles erfuhr! Redet doch weiter! flehte er die beiden in Gedanken an, vielleicht erfahre ich noch mehr.

Sie taten ihm den Gefallen, denn Professor Windhoff sagte soeben: „Aber Sie werden den Test doch nicht ewig geheim halten können. Jeder, der ihn macht, wird sich doch über die seltsamen Fragen darin wundern, dies einigen Bekannten erzählen, die es wiederum irgendwann einmal nebenher weitersagen, bis es schließlich der Konkurrenz zu Ohren kommt, die prompt der Sache nachgehen und sich wahrscheinlich auch Kenntnis über seine wahre Natur verschaffen wird; daraufhin kann sie ohne weiteres herausfinden, wie die Fragen richtig beantwortet werden müssen."

„Oh, stellen Sie sich das nicht so einfach vor, Herr Professor. Man muss nicht nur den Text, sondern auch das Auswertungsverfahren kennen, und das trifft nur auf Dr. Jonasson und mich zu. Mit dem Test allein kann niemand etwas anfangen. Was ich noch sagen wollte …; aber finden Sie es nicht etwas arg laut hier? Wir sollten lieber hinter den Generator gehen, der schirmt den Krach bestimmt etwas ab."

Schmidt durchfuhr ein eisiger Schreck. Noch während er den Professor sagen hörte: „Sie haben vollkommen recht, Herr Sneider, man versteht sein eigenes Wort nicht mehr", rannte er so schnell er konnte ans Ende des langgestreckten Generatorensystems und verbarg sich nun an der Schmalseite. Er hatte sich keine Mühe zu geben brauchen, leise aufzutreten, denn die Elektromotoren waren nun auf volle Touren gekommen und verursachten einen wahren Höllenlärm. Und das war der Grund, warum der Professor und Sneider sich am Schluss ihres ‚vertraulichen' Gesprächs fast schreiend verständigt hatten und es nun an der Zeit fanden, sich an einen geschützteren Ort zu begeben.

Während Schmidt an seinem Platz kauerte und die beiden gerade die andere Schmalseite passierten, fiel ihm ein, was für ein ungeheures Glück er gehabt hatte. Beide Gruppen hatten nämlich fast in der Mitte der Anordnung gestanden, der Professor und Sneider diesseits, Schmidt jenseits; hindurch konnte man nicht; wer auf die andere Seite gelangen wollte, musste um eine der Kopfseiten herum. Sneider und der Professor hatten freie Wahl gehabt, welche von beiden sie benutzen würden, und Schmidt musste sich im Nachhinein vorwerfen, versäumt zu haben, die Entscheidung seiner Gegenspieler nicht erst abgewartet zu haben und sofort losgerannt zu sein. Ihn überfiel ein Schaudern, als er sich ausmalte, was geschehen wäre, wenn beide Gruppen dieselbe Stirnseite angesteuert hätten und dort zusammengetroffen wären.

Trotz eines schüttelfrostartigen Zitterns, das einen häufig nach Situationen des Beinahe-ertappt-Seins übermannt und nun auch ihm zu schaffen machte, durfte er nicht hierbleiben, denn sein jetziger Standort war, im Gegensatz zu seinem ersten, jedem einsichtig, der durch die Tür auf die Galerie trat, auf der auch er vor Einnehmen seines Lauscherpostens gestanden hatte; keinem, der ihn von dort oben sah, konnte seine deckungheischende Hockstellung unverdächtig bleiben. Darum warf er einen vorsichtigen Blick hinauf, ob dort nicht gar schon jemand stand, dann auf Valveta, der jedoch konzentriert an seinen Armaturen arbeitete, und auf Sneider und Professor Windhoff, die wieder in ihr Gespräch vertieft waren, nahm all seinen Mut zusammen und huschte, Valveta im Auge behaltend und hoffend, dass weder der Professor noch der Spionagechef, die er jetzt nicht mehr sehen konnte, die ihn jedoch mit einem zufälligen Blick leicht bemerken würden, diesen zufälligen Blick gerade jetzt taten, zur großen Eingangstür. Dort verbarg er sich eine halbe Minute, um wieder zu Atem zu kommen und sich von seinem Schrecken zu erholen, hinter dem Pfosten und schlenderte dann, harmlos vor sich hin pfeifend, auf Valveta zu.

„Hallo, Herr Schmidt", empfing ihn dieser, „fertig mit den Messungen? Wie steht's denn, ist alles einwandfrei?"

„Aber sicher, Herr Valveta", antwortete Schmidt mit souverän klingender Stimme, „wie könnte es anders sein?" Als er das sagte, rührte sich jedoch sein Gewissen. Immerhin war er dafür verantwortlich, dass die Reaktoren keine Überdosis an radioaktiver Strahlung entließen. Angenommen, das Material war nun nicht in Ordnung? Dann bekamen in diesem Augenblick alle im Raum befindlichen Menschen einen Knacks fürs Leben ab, und er, Karl-Dietrich Schmidt, war schuld daran, weil er seine Arbeit vernachlässigt und einem Gespräch zugehört hatte, das für die Neue Rheinische Kraftwerkunion zwar wichtig, aber schon mit nur einem Menschenleben, geschweige denn mit vieren, überbezahlt war.

Diese Überlegung veranlasste ihn, zu Valveta zu sagen: „Entschuldigen Sie, ich habe etwas vergessen", und sich schleunigst in seinen Arbeitsraum zu begeben, wo er zu seiner Erleichterung feststellte, dass die Geräte, die er glücklicher weise schon vorbereitet hatte, bevor er das Büro verlassen hatte, keine Abweichung von normalen Werten anzeigten. Ebenso erleichtert stellte er fest, dass während seiner Abwesenheit nichts angerührt worden und deshalb auch wahrscheinlich niemand in seinem Büro gewesen war.

An diesem Abend betrat ein sehr zufriedener Herr Schmidt seine Wohnung. Zwar bedauerte er, den Rest des Gesprächs zwischen Professor Windhoff und Sneider versäumt zu haben, aber das war wohl nichts Wichtiges gewesen, denn als er nach seinem etwas überstürzten Abgang die Halle wieder betreten hatte, war Sneider schon fortgewesen und Professor Windhoff hatte mit Ludwig Valveta zusammen die Armaturen überprüft. Der Rest des Tages war ereignislos verlaufen, und Schmidt hatte wie auf Kohlen gesessen, bis es vier Uhr war und er Feierabend machen konnte.

Resümierend stellte er nun fest, dass er drei seiner Aufträge auf einen Schlag erledigt hatte. Punkt

1) Was wollte Sneider in Stockholm? Er hatte im Lauf der ersten tastenden Vorgespräche zwischen den Motorenwerken und

Lindholm über einen Kooperationsvertrag von einem neuen Testverfahren gehört, das der dortige Chefpsychologe Dr. Jonasson entwickelt hatte und mit dessen Hilfe es möglich sein sollte, Werkspione leicht von anderen Arbeitssuchenden zu unterscheiden. Sneider hatte sich daraufhin persönlich mit Jonasson getroffen, um ein möglichst günstiges Benutzungsrecht für die Motorenwerke herauszuschlagen; das war offensichtlich gelungen, denn der Test befand sich in voller Erprobung. Hier blieb für Schmidt noch die Aufgabe, sowohl den Test selbst als auch den Text für das Auswertungsverfahren zu entwenden. Er stellte den Plan, wie das anzustellen sei, hinter die Abfassung seines Berichts zurück.

2) Was ist der Inhalt des Kooperationsvertrages zwischen den Motorenwerken und Lindholm, falls Neujahr einer zustande gekommen sein sollte? Ja, er war zustande gekommen und legte einen Austausch von Erfahrungen fest; bisher hatten die Motorenwerke ein Supraleitsystem zur erheblichen Leistungsverbesserung von Elektromotoren und Lindholm eine neuartige, offensichtlich wirtschaftliche Legierung für Atomreaktoren beigesteuert. Hier stellte sich für Schmidt die zweite Aufgabe, nämlich ein Stück dieses Metalls an sich zu bringen, nach Köln zu schicken und von den Chemikern der Rheinischen Kraftwerkunion untersuchen zu lassen. Auch hierüber machte er sich vorerst keine Gedanken.

3) Was haben die Motorenwerke gegenüber dem, was der Öffentlichkeit bekannt war, für Fortschritte gemacht? Fast keine. Die neue Wunderlegierung kam aus Schweden und ein neuartiges, enorm leistungssteigernd wirkendes Supraleitsystem gab es bei der Kraftwerkunion auch schon. Hieraus ließ sich folgern, dass die Motorenwerke einen für sie ungünstigen Vertrag abgeschlossen haben mussten; Empfehlung, auch nach Stockholm einen Agenten zu schicken. Fazit: Ein etwaiger Vorsprung der Motorenwerke gegenüber der Kraftwerkunion wäre von letzterer leicht aufzuholen.

Hier stockte Schmidt. Sollte er Zimmer auch berichten, dass er entdeckt war? Dies würde seine sofortige Abberufung bedeuten und man konnte nie wissen, was man danach für einen Auftrag bekam. Immerhin war dieser Job recht angenehm. Andererseits hatte er bereits den ‚todsicheren' Test erwähnt und Zimmer würde sich an seinen zehn Fingern abzählen können, dass auch sein Agent ein Opfer dieses Tests geworden wäre.

Also seufzte Schmidt einmal tief auf, ergriff entschlossen wieder den Federhalter und schloss seinen Bericht.

Während er die leeren Flächen mit belanglosen Sätzen an jene fingierte alte Tante ausfüllte, rechnete er nach: Heute war Freitag, Zimmer würde also frühestens am Montag das Schreiben in den Händen haben. Den Abberufungsbescheid würde er also frühestens am Mittwoch erhalten. Er bekam aber sicher noch bis Ende der Woche Zeit, fristgemäß zu kündigen. Er wusste zwar, dass es sich bei dieser Kündigung nur um einen sichtbaren Tarnanstrich handelte, denn auch Direktor Gruiten wusste sicherlich über ihn Bescheid, aber sie gehörte nun mal mit zur Etikette der zwischenmenschlichen Beziehungen. Beide Teile wussten voneinander, dass sie sich gegenseitig anlogen, und sie taten es trotzdem.

Er hatte also noch die nächste Woche, um eine Probe des schwedischen Metalls und den Test samt Auswertung zu stehlen; das musste er schaffen, das war er seiner Agentenehre schuldig.

3

Bei allem, was man Karl-Dietrich Schmidt vorwerfen konnte: Mangel an Entschlossenheit war bestimmt nicht darunter. So war er gleich nach seiner letzten Überlegung aufgebrochen, um den Bericht einzuwerfen und die eben erwähnten Vorhaben auszuführen. Zu diesem Zweck hatte er einen Plastikbeutel und eine winzige Kamera mitgenommen. Nun stand er an einer finsteren Ecke in der Nähe des Haupttors und überlegte. Heute war der günstigste Zeitpunkt überhaupt, denn außer einigen Wärtern befand sich praktisch niemand im Werk; die Belegschaft bereitete sich auf ein arbeitsfreies Wochenende vor.

Es wäre wohl besser, nicht eines der Tore zu passieren, denn wenn man – was Schmidt nicht hoffte - etwas von dem Einbruch bemerken würde, etwa wenn Sneider feststellen sollte, dass seine Papiere nicht mehr so lagen, wie er sie am Freitag angeordnet hatte, würde der Verdacht zuerst auf ihn fallen, sollte der Portier aussagen, dass Herr Schmidt noch gegen 22:00 Uhr das Werk betreten habe.

Zwar würde der Verdacht auf jeden Fall auf ihn fallen, aber wenn ihn niemand sah, gab es wenigstens keine Beweise, die vor Gericht zählten, und das war es ja nicht zuletzt, woran Schmidt zu denken hatte.

Also wählte er den unbequemeren Weg, drückte sich auf der gegenüberliegenden Straßenseite entlang an die seitliche Front der Firma, sah sich vorsichtig nach allen Seiten um, vergaß auch nicht den Blick in die Fenster der wenigen in der Nähe liegenden Wohnhäuser und sprang mit einem wohlgezielten Satz die hohe Mauer an. Er erreichte die Oberkante gerade noch mit den Händen, hangelte sich mühselig hoch und hockte schließlich auf dem breiten Sims. Da die Gefahr, gesehen zu werden, hier so groß wie an keinem anderen Ort war, sprang er auf der anderen Seite hinab und landete auf einem Stapel leerer Fässer, der unter ihm zusammenstürzte. Einen Höllenlärm verursachend, verteilten sich die Fässer über die Wiese und stießen zum Teil auch gegen die Bretterwand einer in der Nähe stehende Baubude.

Erschrocken blickte Schmidt sich um, ob etwa einer der patrouillierenden Wärter ihn gehört hätte, und richtig, gar nicht weit entfernt hörte er einen Hund anschlagen. Schmidt verlor keine Zeit und hastete einen Weg entlang, der seiner Berechnung nach zum Trakt der inneren Verwaltung führte.

In diesem Teil der Fabrik war er noch nicht gewesen, da er abseits seines Arbeitsplatzes lag, aber er konnte sich, da er einen gut ausgeprägten Orientierungssinn besaß, ohne weiteres ausrechnen, in welcher Richtung er sein Ziel zu suchen hatte.

Er nutzte trotz seiner Ungeduld alle Deckungsmöglichkeiten so gut es ging aus, und kurze Zeit später gewahrte er zu seiner Erleichterung tatsächlich die Maschinenhalle, an deren, von seinem Arbeitsplatz aus gesehen, gegenüberliegenden Seite sich, wie er aus einem Plan wusste, den Zimmer ihm mitgegeben hatte, die geheimen Räume der Spionageabteilung befanden. Es war für Schmidt ein Rätsel, wie sein Chef in den Besitz dieses Plans gelangt war.

Im Augenblick war es ihm auch völlig gleichgültig; er huschte zum Gebäude, schloss vorsichtig die Tür auf und lehnte sich erschöpft und aufatmend gegen die Wand des ihm wohlbekannten Flures. Jetzt erst hatte er Zeit, einen Blick auf seinen Finger zu werfen, der ihm weh tat und eine warme, glitschige Flüssigkeit von sich gab, die, wie Schmidt jetzt sah, seiner Erwartung entsprechend Blut war.

Die nächsten paar Minuten war er so beschäftigt damit, auf die „Schlamperei in diesem Saftladen" und auf verrostete alte Fässer zu schimpfen, dass ihm die Helligkeit, die den Gang durchflutete und die über die, die die Notbeleuchtung zu verursachen pflegte, weit hinausging, entging.

Schließlich bemerkte er sie aber doch, ebenso wie ein leises Geräusch, das vom Ende des Flurs, also vom Maschinensaal her, zu ihm drang. Stutzig geworden bog er nicht in den Seitenflur ein, der an der Außenwand des Gebäudes entlang offiziell zu einigen Lagerräumen, in Wirklichkeit jedoch in das Reich Sneiders führte, sondern schlich den Gang weiter, der Glastür zu, die zur Halle führte. Vorsichtig öffnete der Agent sie und lugte hinein.

Drinnen lief die Schlange der Elektromotoren, und an ihr arbeiteten Professor Windhoff und Ludwig Valveta konzentriert und offensichtlich in dem Glauben, ungestört zu sein. Die Klappläden vor den Ober- und Seitenlichtern hatten sie sorgfältig geschlossen.

Leise pfiff Schmidt durch die Zähne. Anscheinend war er nicht der einzige, der sich in dieser Firma fragwürdiger Methoden bediente. Auch der gute Professor hatte wohl seine eigenen Vorstellungen von dem, was richtig war, und diese schienen denen des Direktoriums zuwiderzulaufen, denn sonst würde Professor Windhoff sein Experiment sicher nicht heimlich machen; dass von diesem Versuch weitere Personen keine Kenntnis erhalten sollten, war für Schmidt klar. Auch Ludwig Valveta war wahrscheinlich nur gezwungenermaßen eingeweiht worden, weil die Ausführung des Versuchs für einen einzelnen unmöglich und Valveta derjenige war, dem der Professor am meisten trauen konnte.

Dann sah Schmidt plötzlich etwas, was ihm die Haare zu Berge stehen ließ: Die Verschlussplatten eines Reaktors waren entfernt und nicht wieder angeschraubt worden, sodass freier Zugang zum Reaktorinnern bestand und die Strahlung ohne Hindernisse den Weg heraus fand und nun dabei war, das Gewebe der drei in der Halle Anwesenden zu zerstören. Entsetzt zog Schmidt seinen Kopf zurück, schlug die Tür zu und beeilte sich, in sein Arbeitszimmer zu gelangen, das vor eventuellen Strahlungsausbrüchen recht gut schützte.

Hier saß er nun im Dunkeln an seinem Schreibtisch, während sein Denkvermögen langsam wieder einsetzte.

Nein, so ein Hasardeur oder gar ein Mörder und Selbstmörder war der Professor nicht! Wenn ein Reaktor offen war, so bedeutete das, dass sich keine radioaktive Masse darin befand. Dann liefen die Motoren eben nur mit der Kraft einer der Kernbatterien. Allerdings konnte sich Schmidt nicht vorstellen, welchem Zweck der Versuch dienen sollte; eigentlich konnte er sich überhaupt nicht denken, welchen Sinn diese nächtliche Eskapade haben könnte, außer – und bei diesem Gedanken stockte Schmidt der Atem –; außer der Professor hatte gar nichts mit radioaktiven Stoffen im Sinn und trieb die Motoren auf eine ganz andere Art an! Dem Agenten fiel ein, dass das ja der Hauptgrund war, weshalb er den Professor zur Kraftwerkunion bringen sollte; schließlich arbeitete man auch dort auf chemischer und nicht auf atomarer Basis, wie es Professor Windhoff seit seinem Hiersein bei Direktor Gruiten durchzusetzen versuchte. Sollte er etwa eine Methode gefunden haben?

Eine ungeheure Erregung bemächtigte sich Schmidts. Er hatte ja gesehen, dass die Maschinen liefen, und er hatte ebenso gesehen, dass der Reaktorraum offenstand, er also offensichtlich nichts Gefährliches enthielt. Das war der Beweis! Welch' ein erfolgreicher Tag! Erst das Gespräch zwischen Sneider und dem Professor und nun das! Schmidt musste sich mühsam beherrschen, um nicht jubelnd durch den Raum zu tanzen.

Es entsprach allerdings seiner sanguinischen Art, dass die übermäßige Freude in der nächsten Sekunde in Zorn auf sich selbst umschlug. Wie panikartig er gehandelt hatte! Er hätte dableiben und versuchen sollen, das Antriebsschema in Erfahrung zu bringen, notfalls hätte er die beiden wieder belauschen müssen. Nun, es war noch nicht aller Tage Abend, und er war entschlossen, die beinahe vergebene Chance doch noch so weit wie möglich zu nutzen.

Er war schon aufgestanden, hatte die Türklinke schon in der Hand, um zum Maschinenraum zurückzukehren, als er draußen auf dem Gang Schritte hörte.

Es konnte sich nur um den Professor und Valveta handeln, die an Schmidts Tür vorbeimarschierten. Der Agent vermutete, dass sie zum Arbeitsraum des Professors wollten, wartete, bis sie vorbei waren, und öffnete vorsichtig die Tür. Dabei nahm er den ‚Saftladen' von vorhin zurück, denn selten konnte man Scharniere finden, die so gut geschmiert waren wie die in der Versuchshalle der Vereinigten Motorenwerke Süddeutschland.

Seine Vermutung erwies sich als richtig; er sah die beiden um die Ecke biegen und hörte kurz danach ein Schloss zuschnappen. Der Lärm aus der Maschinenhalle drang nur schwach zu ihm, da Professor Windhoff die Verbindungstür zu ihr geschlossen hatte; Schmidt dachte daran, dass man mit weiterem Besuch wohl nicht zu rechnen habe, da, falls alle Zugänge dicht sein sollten, die Versuchsanstalt schalldicht war. Dann jedoch konzentrierte er sich wieder voll auf die Aufgabe, die er sich gestellt hatte, und folgte den beiden vorsichtig. Und richtig, aus dem Zimmer des Professors drang leises Gemurmel. Schnell huschte der Agent in einen Nachbarraum, um etwas von dem Gespräch mitzubekommen.

Es handelte sich um ein Lager für Bürobedarf, das korrekterweise hätte verriegelt sein müssen. Schmidt verschwendete jedoch daran keinen Gedanken, sondern stieg behutsam über unordentlich aufgetürmte Papierballen, bemüht, ein Rascheln oder gar das Herabstürzen einer der schweren Mappen von einem Regal zu vermeiden; schließlich gelangte er, ohne dass etwas passiert war, an die Trennwand zum Büro des Professors und presste angestrengt sein Ohr dagegen, in der Hoffnung, etwas von der nebenan stattfindenden Unterhaltung aufschnappen zu können.

Die Hoffnung erfüllte sich: Zwar hatte man sich sehr bemüht, das ganze Gebäude und die Maschinenhalle weitgehend schalldicht zu bauen, dafür jedoch innerhalb des Bürotrakts umso strenger gespart. Die Wände waren dünn genug, um Schmidt das Gespräch leise, aber deutlich mithören zu lassen. Glücklicherweise hatte er auch diesmal nicht viel versäumt, denn Valveta kam gerade auf den Kern der Sache zu sprechen, indem er sagte: „Nun spannen Sie mich aber nicht mehr länger auf die Folter, Herr Professor: Wie funktioniert das Gerät, das wir statt der Reaktormasse in die Kernbatterie eingebaut haben?"

Der Agent hörte den Professor seufzen. „Also schön, dann muss ich es Ihnen wohl sagen; Sie lassen mir sonst doch keine Ruhe.

Sie haben sicher mitgekriegt, dass ich seit langem Differenzen mit Direktor Gruiten über die Methode der Stromgewinnung habe. Er will sein Ziel mit Hilfe konventioneller Kernbatterien erreichen. Ich bin aus zwei Gründen dagegen: Erstens wird man nie auf ein Gewicht kommen, das den Einbau solcher Batterien beispielsweise in ein Auto erlaubt; während der letzten zwanzig Jahre gelang es nicht, ein Vehikel mit ungefähr 200 PS, in das vier Personen und einige Koffer hineinpassten, Sie sehen also, ein ganz normales Automobil, auf ein Gewicht von unter zehn Tonnen zu bringen. Mit dem schwedischen ‚Holmit' könnte man es vielleicht auf die Hälfte drücken, möglicherweise durch diese oder jene weitere Verbesserung sogar auf vier Tonnen. Für befriedigend halte ich diese Lösung nicht.

Zweitens erscheint mir die Verwendung von radioaktiven Stoffen in fahrbaren Maschinen als zu gefährlich. In ortsfesten Kraftwerken meinetwegen! Aber eine Eisenbahn kann entgleisen, zusammenstoßen, eine Schlucht hinabfallen und was weiß ich noch alles; dabei kann der Reaktor beschädigt werden, so dick er auch sein mag, und die radioaktive Strahlung wird auf die Menschheit losgelassen.

Das also sind die Gründe, warum ich den chemischen Weg vorziehe. Um Ihnen zu erklären, wie ich mir das vorstelle, möchte ich die zehn Minuten, die uns ungefähr bleiben, bis die Motoren auf volle Touren kommen, nutzen, um etwas weiter auszuholen."

Der Lauscher im anderen Zimmer wurde immer erregter. Er war im Begriff, das große Geheimnis Professor Windhoffs zu ergründen! Von Ludwig Valveta war nichts mehr zu hören; anscheinend war er entschlossen, den Professor nicht zu unterbrechen, der unterdessen weitersprach: „Um an die Lösung des Problems erfolgreich herantreten zu können, muss man sich zunächst überlegen, wie sich elektrischer Strom uns eigentlich darstellt.

Tatsache ist, dass man bis heute nicht weiß, was die Elektrizität eigentlich ist. Man weiß lediglich, dass man sie beispielsweise in einem Metallleiter als Strom wandernder Elektronen auffassen kann. Das heißt, eine Masse Metall präsentiert sich uns nicht wie bei anderen Stoffen als eine geordnete Menge von Atomkernen, die als einzelne von einer bestimmten Anzahl von Elektronen umkreist werden, sondern als ungeordnete Masse von Atomkernen in der Mitte, dem sogenannten Rumpf, und einer ebenso ungeordneten Anzahl von Elektronen drum herum. Nun kann man aber nicht einfach ungeordnet sagen, denn die Menge der positiv geladenen Protonen, aus denen die einzelnen Atomkerne neben den neutralen Neutronen bestehen, muss gleich sein der Menge der negativen Elektronen, sonst wäre ja ein Stück Metall, wie es sich uns darbietet, nicht neutral, sondern positiv oder negativ geladen, je nachdem, ob Protonen oder Elektronen überwiegen.

Entschuldigen Sie, Herr Valveta, wenn ich vieles erwähne, was Ihnen bekannt ist, aber es ist auch für mich schwer, meine Idee für andere verständlich vorzutragen, und ich glaube, die beste Methode ist es, wenn ich Schritt für Schritt meinen Gedankengang darlege."

„Ich möchte Sie auch in keiner Weise beschränken, Herr Professor; es ist auch für mich am besten, wenn Sie mit Ihrer Methode fortfahren."

„Vielen Dank, Herr Valveta. Also, nehmen wir ein längliches Stück Metall, beispielsweise einen Draht, und legen ihn an eine Stromquelle. Was bedeutet das? Nun, ganz einfach: An der einen Seite werden Elektronen zugeführt, sodass ein Überschuss entsteht, auf der anderen werden welche weggenommen, sodass es zu einem Defizit kommt. Was ist die natürliche Folge? Die Elektronen beginnen durch den Draht von der überfüllten zu der Seite zu wandern, bei der Elektronenknappheit herrscht. Diesen Elektronenfluss nennt man Strom, das Ausmaß des Überschusses beziehungsweise Untergewichts der Elektronen Spannung. Kurz gesagt, um einen Stromkreis in Gang zu bringen, muss ich auf der einen Seite Elektronen hineinpressen und ihnen auf der anderen Seite eine Möglichkeit geben, ihn wieder zu verlassen. Das dürfte soweit klar sein?"

Ohne eine Antwort abzuwarten, dozierte der Professor weiter, während der Agent im Nachbarraum atemlos lauschte.

Des Langen und Breiten entwickelte Professor Windhoff seine Theorie, die ungefähr besagte, dass es irgendwie gelingen müsste, einem Element (in diesem Fall sollte es Kalzium sein) durch eine gewaltsame chemische Verbindung freischwebende Elektronen abzupressen; diese fließen nun durch die Motoren, die dadurch angetrieben werden, zu dem Element, dem sie ursprünglich angehört hatten und das inzwischen von der gewaltsamen Bindung wieder getrennt worden war, zurück.

„Das ist ja fast ein Perpetuum-Mobile", warf Ludwig Valveta an dieser Stelle etwas spöttisch ein.

„Schön wär's, Herr Valveta! Aber um die oben erwähnte gewaltsame chemische Verbindung zustande zu kriegen und sie dann wieder zu trennen, braucht man viel Energie in Form von Wärme. Um diese erzeugen, benutze ich ein einfaches Knallgasgebläse, wie es schon seit Jahrzehnten in jedem Schweißgerät gang und gäbe ist. Das meinte ich übrigens, wenn ich immer gesagt habe, dass es möglich sein müsste, Wärmeenergie – die ja in beliebiger Menge herstellbar ist – in elektrische umzuwandeln. Es war mir immer klar, dass die Lösung dieses Problems die Beseitigung aller Schwierigkeiten nach sich ziehen würde."

„Ach darum ist Direktor Gruiten immer der Ansicht, dass Sie mit Hilfe von Wasserstoff Strom erzeugen wollen?"

„Ach, wissen Sie, nichts gegen den Herrn Direktor, aber ich habe den Verdacht, dass er mir nie so recht zugehört hat, weil er meine Ideen von vornherein für utopisch hielt."

„Das stimmt allerdings, das glaube ich auch bemerkt zu haben. Also, wenn ich Sie recht verstehe, braucht Ihre Maschine nur Wasser- und Sauerstoff. Das wäre in der Tat recht billig. Aber ist es denn nicht auch ziemlich gefährlich?"

„Kaum. Denken Sie doch einmal an die hunderttausend Schneidbrenner, die es in der Welt geben mag. Haben Sie schon einmal gehört, dass einer explodiert ist? Doch wohl nicht!" „Zugegeben, Herr Professor. Aber glauben Sie wirklich, dass es Ihr – ich möchte fast sagen, chemisches Kraftwerk – mit der Atomkraft aufnehmen kann?"

„Das werden wir ja bald sehen, Herr Valveta. Wir sollten sowieso bald gehen; ich höre die Maschinen unten immer deutlicher. Sie werden bald ihre höchste Leistung erreicht haben."

Auch Karl-Dietrich Schmidt war sich der anschwellenden Lautstärke bewusst geworden. Er hatte sein Ohr immer fester gegen die Wand pressen müssen, um etwas zu verstehen, sodass es jetzt schmerzte. Trotzdem hoffte er inständig, die beiden möchten noch nicht gehen, damit er vielleicht noch etwas mehr erführe.

Der Professor tat ihm den Gefallen. „Eins möchte ich doch noch sagen, bevor wir uns wieder an die Arbeit machen", begann er zu erklären. „Ich bin fest überzeugt, dass mein Werk gelingen und sich in der Praxis einmal bewähren wird. Ich habe mir das Gerät unten auf eigene Kosten bei einer Schweizer Firma, die für ihre Präzisionsarbeit bekannt ist, bestellt. Seit einem Jahrhundert experimentiert man mit chemischen Batterien, ohne auch nur den geringsten Erfolg erzielt zu haben, und wissen Sie warum? Weil ein paar Leute, die im 19. Jahrhundert mit Öl viel Geld gemacht haben, den Verbrennungsmotor, diese größte Fehlentwicklung der menschlichen Technik – selbst im Vergleich zur Dampfmaschine ist er ein Rückschritt –, mit allen Mitteln forciert und ihn dorthin gebracht haben, wo er heute ist. Ich glaube, Herr Valveta, mit meiner Erfindung hört das Zeitalter dieses Kretins endgültig auf und beginnt das des Elektromotors. Allein darum hoffe ich, und ich bitte Sie, Herr Valveta, hoffen Sie mit mir, dass das Gerät unten meinen Erwartungen entspricht."

Die letzten Worte hatte Professor Windhoff beinahe pathetisch gesprochen; Ludwig Valveta glaubte sogar eine Träne in dessen Auge glitzern sehen zu können. Aber in der nächsten Sekunde war der sentimentale Augenblick vorüber und die beiden verließen den Raum, um das Ergebnis ihres Experiments zu begutachten.

Schmidt verharrte noch eine ganze Weile in seiner unbequemen Stellung, um seiner Erregung Herr zu werden. Erst als das Dröhnen aus dem Maschinensaal zunächst anschwoll und dann wieder verebbte, was bewies, dass der Professor und sein Assistent die Tür passiert hatten, gelang es ihm, sich wieder einigermaßen zu fassen.

Was hatte er eben alles erfahren! Er war auf naturwissenschaftlichen Gebieten wie Chemie und Physik genügend geschult, um sich den Reaktionsablauf im Inneren der Windhoff'schen Batterie bildhaft vorstellen zu können; in seinen Gehirnwindungen wirbelte eine Vision von zusammenprallenden Atomen, überschüssigen Elektronen, abgesaugter Materie und nochmals zusammenprallenden Atomen umher, sodass durch die sehr schnelle Folge dieser Geschehnisse ein beständiger Elektronenfluss entsteht, der gigantische Motoren anzutreiben vermag, während ein anderer Teil seines Denkapparats versuchte, den regulären Betrieb wieder aufzunehmen.

In diesem Teil nun entstand ein Zwiespalt: Sollte er dem Professor folgen, um von dem Ergebnis seines heimlichen Versuchs Kenntnis zu erhalten, oder sollte er sich der Aufgabe zuwenden, derentwegen er eigentlich gekommen war?

Karl-Dietrich Schmidt entschied sich schnell. Er wusste, dass er in der Lage war, Professor Windhoffs Gedankengang in verständlicher Weise wiederzugeben. Nun, das fiele sicher niemanden schwer, dachte er, wobei er lächeln musste, der Professor hat ja alles simpel genug erklärt. Der arme Valveta war sich sicher wie ein Untersekundaner vorgekommen, der von der Chemie gerade zum ersten Mal etwas gehört hat. Nun, ihm, Schmidt, konnte das nur recht gewesen sein, denn er war ein größerer Laie als des Professors Assistent, und auch ihm hatte er – freilich ohne es zu wissen – seine Idee klargemacht.

So entschloss sich der Agent, sich nunmehr dem vorgesehenen Zweck dieses Ausflugs zuzuwenden, dem Stehlen des Tests und einer Probe der Wunderlegierung, zumal er instinktiv zu wissen glaubte, dass der Versuch gelingen würde – der Professor war bestimmt kein Schwachkopf. Allerdings fragte er sich, woher dieser wohl das Geld für seinen sehr komplizierten und sicher nicht weniger teuren Apparat habe; so üppig war ein Professorengehalt vermutlich nicht. Er ahnte nicht, dass sich Ludwig Valveta just zum selben Zeitpunkt das gleiche fragte. –

Die beiden waren inzwischen vor ihren Anzeigegeräten angelangt, und hier hatte sich das Gefühl bestätigt, das in beiden seit Betreten der Halle vorgeherrscht hatte: Die Motoren liefen zu langsam, die Leistung, die die Kernreaktoren zu liefern vermochten, wurde längst nicht erreicht. Der Professor las von jenem sinnreichen Gerät, das die Endleistung in konkreten Zahlen anzeigte, eine von 14.000 kW ab, noch nicht einmal ein Drittel von der, die er selbst heute Morgen mit der Kernbatterie erzielt hatte. Die Enttäuschung stand ihm deutlich im Gesicht geschrieben.

Ludwig Valveta, der hinter ihn getreten war und nun ebenfalls das Ergebnis betrachtete, zuckte mit den Schultern. „Tut mir leid, Herr Professor, aber ich fürchte, Ihr Versuch ist missglückt." Professor Windhoff brachte es gerade noch fertig, resignierend zu nicken.

Sie ließen die Motoren in der schwachen Hoffnung, dass sich deren Leistung noch ein wenig steigern möge, zehn Minuten weiterlaufen. Als sich erwies, dass das nicht der Fall war, brachen sie den Versuch ab. Außerdem hätten nach des Professors Berechnungen die antreibenden Elemente sowieso bald verbraucht sein müssen, und es gab keine Möglichkeit, das laufende Aggregat mit neuen zu versorgen.

Schließlich, als die Schwungmasse der Elektromotoren endgültig zum Stillstand gekommen und nur noch ihr abklingendes Klicken zu vernehmen war, bauten die beiden das Gerät aus und verstauten es im Wagen des Professors, der diesen in die Halle hineingefahren hatte, was bei der Größe des Hauptportals ohne weiteres möglich gewesen war.

Als das geschehen und die Halle so gut es ging von den Spuren des nächtlichen Besuchs gesäubert worden war, fanden sie schließlich etwas Zeit, ein wenig miteinander zu plaudern.

„Nehmen Sie's mir nicht übel, Herr Professor", eröffnete Ludwig Valveta das Gespräch, „aber nachdem Sie mir erklärt haben, wie Sie sich die Batterie der Zukunft vorstellen, habe ich kaum ein anderes Ergebnis erwartet. Aber Ihnen bleibt wenigstens der Triumph, dass es überhaupt funktioniert, und zwar wesentlich besser als die bisher gebräuchlichen Akkumulatoren nach dem Anoden-Kathoden-in-Schwefelsäure-Prinzip!"

„Aber nicht besser als eine Kernbatterie, und da liegt der Hase im Pfeffer! Es ist doch klar, dass meine Batterie sehr viel teurer ist als ein Reaktor. Bedenken Sie bitte, dass das Gerät, das wir verwendet haben, für eine praktische Verwendung noch längst nicht geeignet ist, da man es in laufendem Zustand nicht nachladen kann. Zu diesem Zweck muss man komplizierte Zuleitungsröhren konstruieren, die außerdem noch starker Hitze trotzen sollen."

„Vergessen Sie aber nicht, dass Sie die Rekord-45.000 kW von heute Morgen nur mit Hilfe von zwei Reaktoren erreicht haben, die außerdem wesentlich schwerer sind als Ihre Konstruktion!"

„Trotzdem ist einer noch fast doppelt so stark wie mein Gerät und der Vorteil des geringeren Gewichts wird größtenteils durch die Vorräte, die eine Eisenbahn oder ein Auto mitschleppen muss, um länger als eine halbe Stunde fahren zu können, wieder zunichte gemacht. Nein, Herr Valveta, das Experiment ist unzweifelhaft fehlgeschlagen. Ich bedaure, dass Sie sich meinetwegen eine Nacht um die Ohren geschlagen haben."

„Oh, das macht wirklich nichts, Herr Professor. Ihr Versuch war zumindest äußerst interessant. Aber haben Sie wirklich ernsthaft geglaubt, mit Hilfe chemischer Mittel die Atomkraft ausstechen zu können?"

„Doch, das habe ich. Sie wissen doch, dass man heute in der Lage ist, konventionelle Brandbomben herzustellen, die eine weit größere Vernichtungskraft haben als jene erste Atombombe, die auf Hiroshima fiel. Selbstverständlich gibt es heute Bomben, zum Beispiel in Form von Wasserstoff-, also Kernfusionsbomben, mit denen es ein leichtes wäre, die ganze Erde mit einem Schlag ins

Weltall zu blasen. Aber die Wirkung der ersteren genügt mir, verstehen Sie, was ich meine?"

„Nicht ganz."

„Sehen Sie, die Skala der Energiespender ist stufenweise aufgebaut. Auf der untersten, der schwächsten, steht die Chemie. Dann folgt die Kernphysik. Was dann folgt, wissen wir noch nicht, aber ein Wissenschaftler glaubte schon vor über zwanzig Jahren eine weitergehende Unterteilung zu den Protonen, Neutronen und Elektronen, die wir bisher für die kleinsten herstellbaren Einheite in unserem Universum hielten, entdeckt zu haben. Er nannte diese noch kleineren Teilchen Quarks.

Leider konnte ihre Existenz bis heute nicht nachgewiesen werden. Ich bin aber persönlich davon überzeugt, dass es sie gibt, und ich bin sogar überzeugt, dass man auch diese Quarks weiter teilen kann und die dadurch entstandenen Teilchen wiederum. Kurz, ich glaube nicht an die Atomtheorie in des Wortes eigentlichem Sinn, nämlich dass die ganze Welt auf der Existenz von Körpern beruht, die das Kleinste sind, was es gibt, und die nicht weiter teilbar sind.

Es liegt jedoch in der Natur der Sache, dass die immer kleiner werdenden Partikel immer einfacher im Aufbau werden, und je einfacher sie werden, desto reaktionsfreudiger werden sie – ein Phänomen, das bereits aus der Chemie bekannt ist – und desto gewaltiger wird der Ausbruch, der erfolgt, wenn es gelingen sollte, diese Partikel aus ihrer natürlichen Umgebung herauszureißen.

Um aber auf unser Thema zurückzukommen: Ich wollte nur sagen, dass eine besonders starke Reaktion der ersten Stufe durchaus an eine schwache, wenn nicht gar mittelmäßige Reaktion der zweiten heranreichen kann. Selbstverständlich gibt es von meinem chemischen Gerät auch eine atomare Version, das heißt ich nehme es an, obwohl ich mir, wie ich zugeben muss, im Moment nicht vorstellen kann, wie diese aussehen soll. Diese atomare Version hätte natürlich eine weitaus größere Effektivität als die chemische, aber ich glaube nicht, dass die Herstellung einer solchen zu verantworten wäre. Ich glaubte, dass die chemische Version völlig genügen würde. Allerdings war das ein Irrtum."

Während der letzten beiden Sätze hatten sich Professor Windhoffs Züge, die während seiner Rede fast die alte Straffheit wiedererlangt hatten, wieder merklich verdüstert. Er drehte sich resigniert um und winkte nur kraftlos mit der Hand, wodurch er seinen Assistenten auffordern wollte, ihm zu folgen, während er seinem

Wagen zustrebte. „Gehen wir", sagte er müde. Während Ludwig Valveta der Weisung seines Chefs folgte, dachte er: Armer, alter, fanatischer Mann. Begibst dich in die Gefahr, ins Gefängnis zu wandern, weil du für deine Idee der Firma mindestens eine halbe Million unterschlägst, und nun ist alles umsonst. –

Unterdessen hatte Karl-Dietrich Schmidt sein Ziel, das geheime Büro Sneiders, erreicht und mit Hilfe seines Dietrichs, den er stets bei sich trug, geöffnet. Nachdem er die Tür geschlossen und sich vergewissert hatte, dass die Rollläden dicht waren, knipste er das Licht an und begann den Raum systematisch zu durchsuchen.

Er öffnete die Schubladen, in denen sämtlich die Schlüssel steckten – welch' eine Schlamperei, dachte Schmidt, bei meinem Chef käme so etwas garantiert nicht vor; Sneider muss sich sehr sicher fühlen –, hob vorsichtig die Blätter an, die darin lagen, um festzustellen, ob nicht das Gesuchte dabei war, achtete streng darauf, dass er sie genau dorthin zurücklegte, wo sie sich befunden hatten, und schloss die betreffende Schublade wieder, um den Inhalt der nächsten zu untersuchen.

Schmidt war durch frühere Aufträge mit ähnlichen Aufgaben geübt genug, um die gesuchten Schriftbögen ziemlich schnell aufzufinden. Er erkannte sie auf Anhieb, denn er hatte ja Duplikate davon bei seiner Einstellung als fingierten Eignungstest ausfüllen müssen. Schnell und sicher fotografierte er die Blätter ab und ordnete sie nach Ausführung seines Werkes geschickt wieder an, wie sie gewesen waren.

Nun galt es noch, den Auswertungscode für diesen Test zu finden. Der Agent war sich darüber im Klaren, dass Sneider möglicherweise mit seinem Besuch rechnete; die Testbögen zu verstecken, hatte sich der Spionagechef keine allzu große Mühe gegeben, da sein Gegner diese ohnehin schon gesehen hatte. Mit dem Auswertungsverfahren war das etwas anderes.

Allerdings war Schmidt nicht auf den Kopf gefallen. Er schloss den Schreibtisch wieder ab, da er nicht glaubte, dass sich die Bögen, die er suchte, darin befanden, und sah sich forschend im Raum nach etwas um, was ihm als Versteck für etwas besonders Wertvolles geeignet erschien.

Er unterwarf einen jeden Gegenstand im Büro einer gründlichen Betrachtung unter dem Aspekt, inwieweit er sich als Aufbewahrungsort für hochgeheime Dokumente eigne.

Er selbst pflegte nach der Poe'schen Methode vorzugehen, das heißt, ein Versteck zu suchen, das so auffällig war, dass niemand es als Versteck in Betracht zog. Das mag etwas merkwürdig klingen, aber er hatte äußerst positive Erfahrungen gesammelt und schätzte Sneider für schlau genug ein, dasselbe Verfahren anzuwenden. Andererseits konnte es natürlich sein, da Sneider seinerseits ihn für gerissen genug hielt, sich auch dieser Methode zu bedienen, und seine Papiere ganz normal in der hohlen Rückwand des Schreibtischs oder sowas aufbewahrte; er konnte natürlich auch damit rechnen, dass ein ungebetener Gast selbst diesen Schritt mitdachte und die Dokumente doch auf die erstere Art verbarg.

Schmidt seufzte. Da es nur die zwei Möglichkeiten gab, kam es lediglich darauf an, dass er die richtige Phase erwischte, denn die Kette ging endlos weiter. Normalerweise hätte er ohne weiteres angefangen, die Möbelstücke vorsichtig abzuklopfen, und es wäre eine reine Fleißarbeit gewesen, die Schriftstücke zu entdecken. Bei Sneider jedoch war eine derartige Primitivität nicht zu erwarten und so beschloss Schmidt, es auf seine Art zu versuchen.

Die Poe'sche Methode hieß so, weil der Schriftsteller Edgar Allan Poe sie erfunden hatte. In seiner Geschichte ging es darum, einen Brief von äußerster Wichtigkeit in einer fremden Wohnung aufzufinden. Während der Polizeipräfekt vergeblich von seinen Männern Dielen und Teppiche sogar mit dem Mikroskop untersuchen ließ und auch sonst keinen Millimeter bei seiner Suche ausließ, fand ihn die Hauptperson der Geschichte, August Dupin, ziemlich rasch in einem Kartenhalter, in der der Brief offen, mit betonter Nachlässigkeit, halb zerrissen, kurz, dahingehend verändert, dass er vollkommen unwichtig aussah, steckte. In diesem Zusammenhang erinnerte sich Schmidt an ein eigenes Erlebnis während seiner Kindheit. Damals hatten er und seine Geschwister auf Aufforderung ihrer Mutter fast eine Stunde lang ergebnislos ihren Fingerhut gesucht; niemandem war aufgefallen, dass die Mutter während dieser ganzen Zeit dasaß und nähte. Schließlich hatte sie selbst ihnen lachend sagen müssen, dass der Fingerhut an ihrem Finger steckte, also genau dort, wo er hingehörte.

Die Poe'sche Methode erforderte keinen Fleiß-, sondern reinen Denkaufwand.

Nun, mein Freund, sagte Schmidt zu sich selbst, dann streng' deinen Kopf mal ein bisschen an.

Allzu viele Möglichkeiten gab es eigentlich gar nicht. Außer dem Schreibtisch befanden sich nur noch einige obligatorische Ledersessel, ein Bücher- sowie ein Aktenschrank, beide von einer auf

Ästhetik bedachten Sekretärin dekorativ mit Blumen bestückt, ein Waschbecken und natürlich ein Heizkörper im Raum. Auch das Waschbecken war in einen Schrank eingelassen, der wahrscheinlich Kaffeetassen und ähnliches Geschirr enthielt. Auf dem Schreibtisch standen, außer dass natürlich eine Menge beschriebenen und bedruckten Papiers und Stifte aller Sorten herumlagen, ein Tonband-, ein Radiogerät und eine Sprechfunkanlage. An den Wänden hing nichts außer zwei schrillen modernen Bildern, hinter oder in denen das Gesuchte selbstverständlich auch stecken konnte.

Schmidt hoffte sehnlichst, dass die Dokumente nicht im Akten- oder Bücherschrank versteckt waren, denn wenn er alle Bücher und Akten durchblättern musste, konnte er suchen, bis er schwarz wurde.

Also durchstöberte er hoffnungsvoll zunächst die Blätter auf dem Schreibtisch. Als das ergebnislos blieb, den Geschirrschrank. Erst dann beschloss er, den Aktenschrank in Angriff zu nehmen. Den Schreibtisch und die Bilder beachtete er nicht, denn alle ‚normalen‘ Verstecke wollte er sich bis zum Schluss aufsparen.

Das Schlimme ist, dass ich gar nicht genau weiß, ob das Auswertungsverfahren wirklich in diesem Raum ist, dachte er; ich vermute es nur, weil ich den Test selbst ja auch hier gefunden habe.

Aber es half alles nichts. Seufzend öffnete er den Schrank und wollte gerade die erste Akte entnehmen, als ihm etwas auffiel.

An dem Bücherregal, das direkt neben dem Aktenschrank stand, lehnte eine Aktentasche. Sie war nicht sehr alt, aber auch nicht allzu neu, nicht schäbig, aber doch schon ziemlich abgewetzt, kurz, eine Tasche, wie sie unauffälliger und alltäglicher nicht hätte sein können. Schmidt hatte sie zwar vorher schon gesehen, aber nicht beachtet. Nun betrachtete er sie genauer. Ihm war aufgefallen, dass zwar an den Schlössern Fingerabdrücke sichtbar waren, nicht jedoch am Griff.

Das Büro hier war geheim, deshalb hatten auch keine Putzfrauen Zutritt. Sneider und seine Sekretärin machten sich nicht die Mühe, es allzu oft zu säubern, und dementsprechend lag über dem Raum eine angemessene dünne Staubschicht. Der Schreibtisch, der Fußboden, das Spülbecken und einige Sessel waren weniger staubbedeckt, weil sie häufiger benutzt wurden, umso mehr jedoch die Schränke und die Blumen. Aber die Aktentasche wurde des Öfteren benutzt, das bewiesen die Fingerabdrücke. Da es sie nur an den Schlössern gab, weder am Griff noch an der Rückseite, wie sich der Agent schnell überzeugte, konnte sie unmöglich getragen worden sein. So blieb nur die Möglichkeit, dass sie als Ablageplatz verwendet wurde.

Mit fiebernden Händen öffnete er sie, durchwühlte vorsichtig den Inhalt, einen Haufen Altpapier, und fand sehr schnell einige unscheinbare, vergilbte Blätter, die er als die richtigen erkannte.

Geschwind, wie man im schwäbisch-alemannischen Sprachgebrauch sagt, fotografierte er sie ab, steckte sie wieder zurück, schloss Aktentasche und -schrank, warf einen abschließenden prüfenden Blick in die Runde, ob man etwa noch etwas von seinem nächtlichen Besuch erahnen könne, löschte die Lichter, vergaß auch nicht, die Tür wieder abzuschließen, und machte, dass er fortkam. Hut ab, Sneider, dachte er noch, würdest du ein bisschen öfter Staub wischen, hätte ich das Versteck nie entdeckt.

Er stellte nach einem Blick auf seine Leuchtzifferuhr fest, dass schon eine ganz schöne Zeit vergangen war, und nahm sich deshalb vor, sich jetzt etwas mehr zu beeilen.

Und es ging nun auch schnell; die Maschinenhalle war inzwischen verlassen und mit einem flüchtigen Gedanken daran, was für ein Glück es war, dass Sneiders Büro ausgerechnet in diesem Gebäude eingerichtet worden war, sammelte der Agent einige Späne der schwedischen Legierung, die als Abfall in größerer Menge in der Nähe der Reaktoren herumlagen, in seinen Plastiksack, verstaute diesen unter seiner Jacke und begab sich auf den Heimweg.

Den Rest der Nacht verbrachte Karl-Dietrich Schmidt damit, einen zweiten, sehr ausführlichen Bericht zu schreiben. Den Mikrofilm klebte er unauffällig in den Umschlag hinein, ebenso die Materialproben; am frühen Morgen brachte er den Brief zum Postkasten, um danach übermüdet in sein Bett zu fallen.

4

Er sollte, bevor seine Berichte ihren Empfänger erreicht haben würden, wieder vor seinem Chef stehen, denn der Montagmorgen hielt eine sehr unangenehme Überraschung für ihn bereit.

Karl-Dietrich Schmidt hatte das Wochenende damit zugebracht, die Fülle der neuen Informationen zu verdauen und in dem Bewusstsein zu baden, eine große Leistung vollbracht zu haben.

Heute gab es ein böses Erwachen. Gegen 10:00 Uhr trat Sneider an ihn heran und fragte harmlos: „Guten Morgen, Herr Schmidt, wissen Sie noch, wer ich bin?"

„Aber sicher", erwiderte Schmidt verwundert, „Sie sind Herr Sneider, der mich bei meiner Einstellung den Eignungstest ausführen ließ."

„Oh, tun Sie nicht so, Herr Schmidt, Sie wissen sehr genau, wer ich bin. Sollten Sie es aber tatsächlich nicht wissen, dann werden Sie es bald erfahren. Kommen Sie bitte mit!"

Mit diesen Worten drehte sich Sneider um und marschierte los, ohne sich zu vergewissern, ob Schmidt dieser Aufforderung auch Folge leiste. Diesem blieb nichts anderes übrig, und so tappte er hinter dem Chef der Spionageabteilung her, fieberhaft überlegend, was der von ihm wollen könnte. Es erschien Schmidt kaum glaublich, dass sein Besuch vorgestern Nacht entdeckt worden war, aber andererseits gab es keinen anderen vernünftigen Grund für Sneiders Verhalten. Führte ihn der etwa in sein Allerheiligstes? Tatsächlich! Das war ja unglaublich.

„Bitte, Herr Schmidt!" Dieser entsprach der Einladung, die durch eine Handbewegung unterstrichen wurde. „Setzen Sie sich!"

Flüchtig hatte Schmidt schon gesehen, dass auf dem Bücherregal ein Projektor stand und vor der gegenüberliegenden Wand eine Leinwand herabgezogen worden war. Seine wirbelnden Gedanken wurden von Sneiders Stimme unterbrochen: „Sie werden sich vielleicht wundern, dass ich Sie in mein geheimes Büro gebeten habe, aber da Sie sowieso schon einmal hier waren, glaube ich nicht, dass ich ein großes Geheimnis preisgebe."

Bei diesen Worten lief es Schmidt abwechselnd heiß und kalt über den Rücken. Er fand jedoch keine Zeit zu einer Antwort, denn Sneider fuhr bereits fort: „Wissen Sie, ich habe es nicht gern, wenn jemand bei Nacht hinter meinem Rücken mein Büro durchstöbert. Darum habe ich mich entschlossen, Maßnahmen gegen Sie zu ergreifen. Sie möchten aber vielleicht erst wissen, wie ich zu meiner Behauptung komme?"

„Bitte", sagte Schmidt schwach.

Der Geheimdienstchef schloss mit einem Knopfdruck die Rollläden, begab sich zur aufgebauten Filmkamera und setzte sie in Betrieb. Auf der Leinwand zeigte sich in Umrissen ein Mann, der sich am Schreibtisch zu schaffen machte. Aus dem Blickwinkel war zu erkennen, dass der Film aus einem der Bilder heraus aufgenommen worden war. Sneider begann ihn zu kommentieren.

„Wie Sie an den schemenhaften Bildern sehen können, handelt es sich um einen Infrarotfilm, der ja bekanntlich nur Wärmeeindrücke aufzunehmen imstande ist. Die Gestalt, die Sie dort sehen, sind Sie. Man kann das zwar nicht erkennen, aber im Raum sind genügend Fingerabdrücke von Ihnen, um das zu beweisen. Ich darf dazu vielleicht sagen, dass zu diesem Raum, außer meinen Mitarbeitern natürlich, einzig meine Sekretärin, Direktor Gruiten und ich Zutritt haben.

Es ist mir mittlerweile klar geworden, dass Sie den Eignungstest gesucht und auch gefunden haben. Aber was suchten Sie danach, wenn ich fragen darf?

Warum haben Sie, nachdem Sie die Testbögen gefunden hatten, den Geschirrschrank durchwühlt? Sehen Sie, da sind Sie gerade dabei.

Ich bedaure, dass ich nur so wenig Film in die Kamera gespannt habe, weil ich damit nur …" – wie um die Worte zu bestätigen, stoppte die Vorführung und beide saßen im Dunkeln; Sneider ließ sich jedoch nicht unterbrechen – „… feststellen wollte, ob jemand während meiner Abwesenheit das Büro betreten hat. Das hier ist mir eine Lehre; ich muss Sie also selbst fragen, Herr Schmidt: Was haben Sie gesucht?"

Schmidt hatte inzwischen Zeit genug gehabt, um wieder zu sich zu kommen. Er war sich darüber im Klaren, dass sein Versteckspiel zu Ende war. Andererseits hatte Sneider keine Ahnung, was er alles wusste. Der Film war glücklicherweise schnell genug abgelaufen, sodass Sneider nicht wissen konnte, ob er sein Ziel erreicht hatte. „Das Auswertungsverfahren zu dem Test", erklärte er deshalb kühl, ohne sich von der aggressiv gewordenen Stimme des Geheimdienstchefs irritieren zu lassen.

„Ach, und haben Sie gefunden, was Sie gesucht haben?"

„Leider nicht. Ich bin zu dem Ergebnis gekommen, dass sich die Bögen gar nicht in diesem Raum befinden."

„Sehr scharfsinnig", entgegnete Sneider, und aus seinem Tonfall war ein leichter Anflug von Triumph herauszuhören. Dann wechselte er das Thema. „Wissen Sie, dass mir schon seit dem ersten Tag, den Sie hier sind, Ihre Tätigkeit als Geheimagent bekannt ist?"

Schmidts Reaktion enttäuschte ihn offensichtlich. „Warum haben Sie dann nichts gegen mich unternommen?"

„Weil Sie bis Freitag offenbar ziemlich untätig waren. Das hat sich allerdings geändert!" Das hat sich allerdings geändert, dachte Schmidt; wenn ich bedenke, was ich trotz deiner Überwachung alles erfahren habe, sollte ich mich direkt mit ‚Sie' anreden. Es war zwar ein Versäumnis, dass ich vergessen hatte, vorgestern Nacht Handschuhe anzuziehen, aber darauf kommt es nun auch nicht mehr an.

Sneider schien jetzt zum Kern der Unterredung kommen zu wollen. Er hatte natürlich längst die Läden wieder aufgezogen und stand nun hinter seinem Schreibtisch, eine hagere Gestalt, die eisig den vor ihr sitzenden Agenten betrachtete.

„Herr Schmidt", sagte er, „unsere Unterredung ist beendet. Es ist jetzt kurz vor Elf. Bis sechs Uhr heute Abend sind es noch über sieben Stunden, Zeit genug für Sie, Ihre Sachen zu packen, zu verschwinden und sich in dieser Stadt nie wieder blicken zu lassen. Andernfalls sehe ich mich gezwungen, Sie wegen erwiesener Werkspionage verhaften zu lassen."

Da gab es für Schmidt nur noch eins: Er stand auf, drehte sich wortlos um und verließ das Büro. Schnell war er zu Hause angelangt, hatte seine Sachen gepackt und den Rest seiner Miete beglichen. Um drei Uhr nachmittags lag die schöne badische Stadt bereits hinter ihm. –

Aber für noch jemanden sollte dieser Montag ein denkwürdiger Tag werden. Kurz nachdem Schmidt gegangen war, trat Ludwig Valveta ein, dem wenig später Direktor Gruiten folgte.

„Meine Herren, was haben Sie mir Wichtiges zu sagen?" „Nun", übernahm Valveta das Wort, „es geht um Professor Windhoff." Da die beiden anderen schwiegen, fuhr er fort: „Ich glaube, Herr Direktor, dass uns Professor Windhoff mehr schadet als nützt. Bevor Sie auffahren, bitte ich Sie, mich ausreden zu lassen!"

Direktor Gruiten, der den Mund bereits zu einer geharnischten Antwort geöffnet hatte, schloss ihn wieder und bedeutete Valveta mit einer Handbewegung, fortzufahren.

„Ich weiß, Herr Direktor, dass Sie trotz gelegentlicher Differenzen große Stücke auf den Professor halten. Sie wissen aber nicht, dass er im Lauf der letzten zwei Jahre eine halbe Million DM unterschlagen hat."

Den Direktor traf fast der Schlag. Nach dieser ungeheuerlichen Behauptung war ihm gar nicht mehr möglich zu antworten; vielmehr schnappte er fassungslos nach Luft. Ludwig Valveta fuhr unterdessen ungerührt fort: „Das war ihm recht leicht möglich, da auf sein Ersuchen hin ungeheure Investitionen in die Forschungsabteilung gesteckt wurden, sodass eine halbe Million DM eine vergleichsweise geringfügige Summe darstellt.

Ich muss nun meine Anklage erheblich abmildern; der Professor hat das Geld nicht für sich selbst verwendet."

„Na, wenigstens etwas", sagte der Direktor schwach.

„Ja, ich bin sogar überzeugt davon, dass der Professor den Betrug möglichst gering zu halten suchte und einiges draufgezahlt hat. Er hat nämlich das Gerät herstellen lassen, für das Sie ihm Ihre Unterstützung verweigerten: Eine Knallgasbatterie. Und nun komme ich zu dem Punkt, weswegen ich der Ansicht bin, dass der Professor uns mehr schadet als nützt: In der Nacht von Freitag auf Samstag haben wir, also Professor Windhoff und ich, einen heimlichen Versuch mit dessen Gerät unternommen. Der Versuch scheiterte."

„Und was schlagen Sie vor, meine Herren?" fragte Direktor Gruiten, bereits wesentlich gefasster.

„Ich schlage vor, den Professor zu entlassen", schaltete sich Sneider in das Gespräch ein, „ich bin jedoch dagegen, ihn strafrechtlich zu verfolgen. Erstens kann man aus einem Menschen nicht mehr herauspressen als er hat, das heißt, von Professor Windhoff bekommen wir das Geld nicht wieder, denn er ist kein reicher Mann. Auch sein Gerät ist jetzt, da es sich als nicht funktionstüchtig erwiesen hat, nur noch das Material wert, aus dem es besteht.

Zweitens ist es menschlicher, ihn einfach laufen zu lassen. Professor Windhoff ist zweifellos ein fähiger Wissenschaftler, der sich leider hoffnungslos in eine Idee verrannt hat. Soll er doch sehen, ob er jemanden findet, der sie fördert. Vielleicht hat er eines Tages sogar Erfolg, wer weiß? Wir haben für solche Experimente einfach keine Zeit. Mein Vorschlag also ist: Fristlos entlassen – dazu haben wir Grund genug, aber ohne Konsequenzen für ihn."

„Ja, ja, ich glaube, so wird es am besten sein", sagte der Direktor zerstreut. Wirre Gedanken eilten ihm durch den Kopf. Vor zwei Jahren hatte er persönlich den Professor geholt, der eine anerkannte Größe auf seinem Gebiet war. Was hatte er sich für Hoffnungen gemacht, damals. Und nun das! Rasch aber zwang er seinen Verstand wieder in die Rolle des Direktors zurück. Gut, vielleicht hatte er, Gruiten, einen Fehler begangen. Dann war es jetzt an der Zeit, diesen Fehler wieder gutzumachen und an die Zukunft zu denken! „Gut, machen wir es so", bekräftigte er, „aber – wie gehen wir weiter vor? Wenn wir morgen ohne den Professor dastehen, brauchen wir schleunigst einen Ersatz."

„Ich glaube nicht, dass das nötig sein wird", entgegnete Valveta, „natürlich werden wir einmal einen Nachfolger für Professor Windhoff brauchen, aber das eilt absolut nicht. Überlegen Sie doch: Seine Erfindung ist ein Schlag ins Wasser, unsere Entwicklung hingegen fast ausgereift. Wir werden zwar hin und wieder Verbesserungen anbringen müssen, aber das wird erst im Laufe der Jahre geschehen. Tatsache ist, dass wir heute einen Antrieb vorweisen können, der bei gleichem Gewicht die doppelte Leistung des russischen hervorbringt, nicht zuletzt auch dank einiger Patente Professor Windhoffs, der sie uns aber – gewissermaßen als Dank dafür, dass wir ihn nicht anzeigen – überlassen wird. Was ich sagen wollte, ist: Wir sind so weit, dass wir uns mit Lindholm zusammensetzen können und uns um den Auftrag der Schwedischen beziehungsweise Deutschen Bundesbahn bemühen sollten. Bedenken Sie, dass keine fünf Jahre mehr Zeit sind und mit der eigentlichen Produktion begonnen werden muss; die Bahngesellschaften werden nicht mehr allzu lange zögern. Plötzlich ist der Auftrag an eine x-beliebige Firma vergeben und wir stehen da mit unseren grandiosen Errungenschaften!"

„Also", sagte Gruiten, „dann bleibt es dabei! Gleich ist Mittagspause; danach eisen Sie den Professor einmal von seinen Apparaten los und bringen ihn zu mir; aber bitte in mein Büro, er muss nicht noch am Schluss seines Hierseins etwas von diesem Büro erfahren."

So kam es, dass der Professor nach dem Mittagessen vor den drei Männern stand und sich vorkam wie ein Angeklagter vor seinem Richter. Er ahnte sofort, dass etwas von seiner nächtlichen

Eskapade durchgesickert war. Zu seiner Überraschung begann aber nicht der Direktor zu sprechen, sondern Ludwig Valveta.

„Ich glaube, ich muss mich zunächst etwas zu rechtfertigen versuchen, Herr Professor. Leider ist unser heimlicher Versuch nicht unter uns geblieben; Herr Sneider hat Spuren davon entdeckt und mich daraufhin gefragt, ob ich etwas davon wüsste. Ich konnte schlecht umhin, ihm die Wahrheit zu sagen. Herr Sneider hat aber in unseren Geschäftsbüchern noch etwas anderes entdeckt. Was, wird er Ihnen selbst sagen."

Die beiden letzten Sätze verursachten in Professor Windhoffs Herzgegend einen Stich. Sollte etwa …? Gleich darauf sah er seine schlimmste Vermutung bestätigt, denn Sneider begann zu sprechen: „Sie haben der Firma eine halbe Million DM unterschlagen, Herr Professor, und zwar tun Sie das schon etwa eineinhalb Jahre, also genauso lange, wie es her ist, dass Ihnen Herr Direktor Gruiten das Experimentieren mit einer Knallgasbatterie untersagte. Ich dachte mir gleich, dass Sie nicht Ihr persönliches Vermögen damit aufstocken wollten und schwieg deshalb. Heute hat mir Herr Valveta meine Vermutung bestätigt. Da der Herr Direktor Recht behalten hat und Ihr Versuch misslungen ist, sehen wir uns nunmehr allerdings genötigt, unsere Konsequenzen daraus zu ziehen."

Bevor Professor Windhoff zu einer Antwort anzusetzen Gelegenheit fand, sprach zum ersten Mal Direktor Gruiten: „Ich glaube, unter den gegebenen Umständen ist es zwecklos, Sie weiter bei uns zu beschäftigen, Herr Professor. Und da Sie nicht im eigenen Interesse gehandelt haben, möchte ich davon absehen, Sie zu verklagen, zumal eine halbe Million im Verhältnis zu unseren anderen Kosten eine vergleichsweise geringe Summe ist. Ich bin sogar überzeugt, dass sie nicht gereicht hat und Sie aus eigener Tasche dazugezahlt haben, stimmt's?"

„Ja, Herr Direktor!"

„Sehen Sie! Ich machen Ihnen folgenden Vorschlag: Wir verzichten auf eine strafrechtliche Verfolgung, dafür überlassen Sie uns Ihre Patente, die Sie während Ihrer Zeit bei uns beantragt haben und betrachten sich ab sofort als entlassen. Sind Sie einverstanden, Herr Professor, oder wollen Sie es auf einen Prozess ankommen lassen?"

„Lieber nicht. Ich nehme Ihren Vorschlag an!"

„Gut. Machen wir den Abschied kurz und schmerzlos. Herr Professor: Es sei Ihnen gesagt, dass ich viel von Ihnen gehalten habe und immer noch halte. So leid mir die ganze Sache leid tut, so sehr wünsche ich Ihnen, dass Ihnen der Triumph nicht versagt bleiben wird. Ich wünsche Ihnen alles Gute."

„Und ich, Herr Direktor, danke Ihnen für unsere gute Zusammenarbeit während der letzten beiden Jahre, vor allem jedoch für Ihre faire Behandlung in dieser Situation. Auch Ihnen alles Gute für Ihr Projekt: Mögen Sie den Auftrag bekommen. Leben Sie wohl!"

„Leben Sie wohl!"

Die beiden Männer drückten sich einander noch einmal fest die Hände, und jeder glaubte auch ein leises Glitzern in den Augen des Gegenübers feststellen zu können. Dann war der Abschied vorüber, Professor Windhoff wünschte auch den beiden Agenten einen guten Tag und empfahl sich.

So fand sich am Nachmittag dieses Montags auch der Professor Windhoff auf der Straße.

Nun stand er vor dem Problem, wo er hin sollte. In Offenburg wollte er auf keinen Fall bleiben, deshalb hatte er bereits telefonisch seine Wohnung gekündigt, für die er jedoch, weil er die Kündigungsfrist nicht einhielt, noch für zwei Monate die Miete zahlen musste, die er von dem Gehalt, das ihm die Motorenwerke für diesen Monat anständigerweise noch zahlte – wie er auf Anfrage vom Personalchef erfahren hatte –, bestritt. Während er persönliche Dinge und die Unterlagen für die Berechnung seiner Knallgasbatterie in seinen Lieferwagen packte, überkam ihn ein gelinder Zorn auf die Motorenwerke.

Sicher, er hatte unrecht gehandelt und war glimpflich davongekommen! Aber, andererseits, warum war Direktor Gruiten so engstirnig? Ein lauterer Mann, ganz eindeutig, aber sonst genau wie die anderen auch: Zu feige, sich auf etwas gänzlich Neues zu stürzen und somit einem wirklichen Fortschritt zum Sieg zu verhelfen. „Nein, nein, das ist zu riskant, am Ende klappt es nicht und dann sind wir die Gelackmeierten!" murmelte er vor sich hin, unwillkürlich den etwas zurückhaltend-biederen Tonfall des Direktors nachäffend.

Seine Wut steigerte sich noch, wenn er an Ludwig Valveta dachte. Dieser hinterhältige Kerl! Heftig stopfte Professor Windhoff einige Koffer zwischen die Rückenlehne der vorderen Sitzbank und den Rücksitz. Welch' eine Unverfrorenheit, ihm erzählen zu wollen, Sneider habe sein heimliches Experiment entdeckt.

Samstag und Sonntag wurde nicht gearbeitet, und am Montagmorgen war er gar nicht im Maschinensaal gewesen; er konnte folglich nichts gefunden haben. Wie gut war es doch gewesen, dass er diesem Valveta misstraut hatte!

Ein paarmal war er vorhin drauf und dran gewesen, den Herren die Wahrheit über seinen Versuch zu sagen: Dass er nämlich ganz und gar nicht schiefgelaufen war, sondern von ihm, Professor Windhoff, zum Schieflaufen gebracht worden war. Er hatte nämlich die benötigten Elemente in stark verunreinigter Form in sein Gerät gegeben, weil er die Sache allein nicht bewältigen konnte und sich der Hilfe Ludwig Valvetas versichern musste, er diesem jedoch nicht über den Weg traute – welch ein Glück! – und deshalb den Versuch hatte scheitern lassen. Mit Elementen in reiner Form hätte der Apparat, wie er in Heimversuchen eindeutig hatte feststellen können, das Vierfache geleistet und so den Kernreaktor glatt ausgebootet. Hinzu kam noch, dass er in der jetzigen Form unfertig war. Mit größeren finanziellen Mitteln hätte er, Professor Windhoff, ihn in kürzester Zeit zur Serienreife gebracht.

Fast liebevoll strich er mit den Fingern über seine Knallgasbatterie. Gut, dass sie vergessen hatten, sie ihm abzunehmen! Ja, es war richtig gewesen, ihnen nichts zu sagen.

Das ungläubige Kopfschütteln, dann das „das kann ja jeder behaupten!" des Direktors und der neuerliche Versuch; er wäre sich vorgekommen wie ein zum Tode Verurteilter, der seine ultimative Hoffnung auf einen unauffindbaren Zeugen setzt. Dessen war er unwürdig! Außerdem hatten die Motorenwerke streng genommen seine Erfindung nicht verdient, diese Spießer! Schade zwar, dass das Verkehrsmittel der Zukunft, die Breitspureisenbahn, auch in Mitteleuropa erst einmal mit einem vorsintflutlichen Atommotor starten würde, aber das ließ sich nun mal nicht ändern. Es war kaum anzunehmen, dass er innerhalb so kurzer Zeit bei jemandem unterkam, der das Prinzip der Knallgasbatterie mit Kusshand aufnehmen würde. Nein, dachte der Professor, selbst wenn du mit deinem Gerät hausieren gingst, was du bestimmt nicht tun wirst, ist dieser Traum ausgeträumt. Europas erster Breitspurzug wird nicht von der Windhoff'schen Batterie mit Strom versorgt werden.

Inzwischen war alles in dem alten Lieferwagen verstaut, dessen Boden dem Asphalt des Zufahrtsweges zur Garage bedenklich nahe gekommen war. Als sich der Professor jetzt, nachdem er das Haus verriegelt und sich vorgenommen hatte, den Schlüssel dem Hauseigentümer in Kürze per Post zuzusenden, hineinsetzte, knirschten die Stoßdämpfer unheilvoll.

Seufzend schlug der Professor die Tür zu und machte sich auf den Weg. Bis er eine neue Stelle gefunden hatte, gedachte er zunächst bei seinem Bruder Joachim abzusteigen, der ihn schon öfter gedrängt hatte, sich mal wieder bei ihm blicken zu lassen. Ist ja eigentlich undankbar, dachte der Professor. Da schreibt er mir so oft, ich solle kommen, und ich antworte ihm kaum, weil ich zu viel zu tun habe, und nun stehe ich plötzlich vor seiner Tür und bitte um Asyl, weil es mir dreckig geht.

Merkwürdig, ich habe in den letzten beiden Jahren keinen Urlaub genommen, so vertieft war ich in meine Arbeit. Vielleicht ist es ganz gut, wenn ich jetzt mal wieder etwas mehr Zeit habe. –

Nachdem Professor Windhoff gegangen war, begab sich Sneider mit Valveta wieder in sein Büro, um mit ihm die nächsten Schachzüge zu planen. „Ich glaube, Herr Valveta, die Sache ist klar!"

„Das denke ich auch. Ich habe Professor Windhoffs Theorie bereits schriftlich dargelegt und brauche nur noch zu schreiben, dass das Experiment ein Bombenerfolg wurde. Das gibt einen schönen fetten Happen für die Herren in Lugansk."

„Wird auch Zeit. Sie haben schon lange nichts Wichtiges mehr berichtet. Jetzt wird deren Vertrauen zu Ihnen wieder stärker werden."

„Genau. Ist ja ulkig; ich gehe als Agent nach Lugansk und erwerbe mir dort ein solches Vertrauen, dass die mich glatt als Spion an meinen eigenen Auftraggeber zurückschicken. Wenn die wüssten, dass ich denen von lauter ‚Erfolgen' berichte, die sie um Monate, wenn nicht gar um Jahre zurückwerfen müssen."

„Die würden Sie in siedendem Öl schmoren, bis Sie knusprig sind. Ich würde an Ihrer Stelle doch etwas vorsichtig sein; wenn sie dort hinter Ihr Doppelspiel steigen, würden sie nicht zögern, Sie zu beseitigen. Wie werden Sie sich herauswinden, wenn die merken, dass die Sache nicht klappt?"

„Och, da fällt mir schon was ein!"

„Hoffentlich. Sehen Sie sich bitte vor. Doppelagenten leben noch etwas gefährlicher als einfache!"

„Ich werd's beherzigen!"

5

Die mittelgroße Stadt in der Nähe von Köln bot denselben Anblick, den wohl jede Stadt gleicher Größe an einem Vormittag mitten in der Woche bieten mochte: Nicht allzu viel Betrieb, fast nur mit Lebensmitteln bepackte Frauen waren zu sehen, es herrschte noch nicht jene Hektik, die einem Wochenende vorauszugehen pflegt, die Busse waren noch nicht überfüllt – das würden sie erst, wenn die Schulen eine Horde kleinerer Kinder und Halbwüchsiger freigäben – und die Fahrer nahmen sich die Zeit, ihre Zeitung zu lesen, bevor sie losfuhren.

Karl-Dietrich Schmidt fühlte sich inmitten dieses Fluidums gedämpften Trubels fast glücklich. Er hatte bis zu seinem nächsten Auftrag Urlaub. Zimmer war durchaus zufrieden mit ihm gewesen, denn trotz seiner Entlarvung hatte er unglaublich viel erfahren. Das Abwerben Professor Windhoffs musste halt sein Nachfolger übernehmen, und dafür, dass er entlarvt worden war, konnte er schließlich nichts. Dr. Steiner, der Chefpsychologe der Neuen Rheinischen Kraftwerkunion, war schon dabei, den teuflischen Test auszuwerten, sodass Schmidts Nachfolger die richtigen Antworten bereits mitgegeben werden konnten.

Wirklich, dachte Schmidt, das Leben ist doch eine schöne Sache.

Wer weiß, wie lange es dauert, bis ich einen neuen Auftrag bekomme. Während er über den Marktplatz wanderte und sich überlegte, was er mit seiner Freizeit anfangen könne, sah er Professor Windhoff.

Ja, es war zweifellos der Professor. Der Agent hatte ihn lange genug gekannt, dass er ihn eindeutig an dem schlendernden Gang erkannt hätte, der immer den Eindruck erweckte, er träume vor sich hin und achte gar nicht so richtig auf seine Umgebung – ein Eindruck, der ohne weiteres stimmen konnte.

Ohne recht zu wissen, warum, folgte Schmidt dem Professor, als dieser in eine Seitengasse einbog und auf eine weniger bewohnte Gegend zusteuerte. Ohne es bewusst beschlossen zu haben, schlich der Agent ihm nach, gekonnt unauffällig wie ein Detektiv. Nach einer Weile befanden sie sich in einem Villenviertel und Schmidt sah den Professor in ein Haus einbiegen, das zwar nicht protzig wirkte, aber dennoch einen gewissen Wohlstand verriet. Im Schutz der Hecken, die anstelle eines Zauns fast mannshoch wucherten, tastete er sich zum Tor vor und las den Namen. ‚Joachim Windhoff' stand auf dem Schild.

Hm, der Professor hieß Alexander; der hier war also wahrscheinlich ein Bruder. Dann konnte er allerdings auch ein Zwillingsbruder sein, was die Ähnlichkeit erklärt hätte. Merkwürdig nur, dass er ihm dann offenbar noch nie begegnet war, wo sie doch beide in dieser wirklich nicht so großen Stadt wohnten; in diesem Fall hätte ihn der Offenburger Windhoff sicherlich an eine wenn auch noch so flüchtige Begegnung mit seinem Bruder erinnert.

Dieser Umstand sprach also dafür, dass er eben den Professor selbst erblickt hatte. Dann wäre die Frage: wie sollte er hierhergekommen sein? Er selbst war erst zwei Tage vor Ort, und der Professor hätte also direkt nach ihm hergekommen sein müssen. An jenem Montagvormittag war aber weder von einem Urlaub noch von einer Kündigung des Professors die Rede gewesen. Ob man etwa von dem nächtlichen Experiment erfahren und ihn an die Luft gesetzt hatte? Möglich wäre es immerhin.

Während Schmidt diesen Gedanken nachhing, hatte er sich auf den Rückweg begeben und sich vorgenommen, als erstes seinen Chef von der Begegnung zu unterrichten. Der würde leicht feststellen können, was es mit diesem Bruder oder Zwillingsbruder auf sich hatte, und eher in der Lage sein, die nächsten Schritte zu unternehmen. –

„Na, Alex, wie fühlst du dich?" fragte seine Schwägerin den Professor, als sie ihn in das Wohnzimmer treten hörte, wo sie damit beschäftigt war, die Deckchen auf dem Tisch einigermaßen symmetrisch anzuordnen.

„Oh, danke, viel besser", antwortete dieser, „der Spaziergang hat mir wirklich gut getan."

„Du solltest dir die ganze Sache nicht so zu Herzen nehmen; schließlich ist sie ohne Folgen für dich geblieben."

„Ich nehme sie mir aber zu Herzen!" Das traf in der Tat zu.

Während der letzten anderthalb Jahre hatte er gar keine Zeit gehabt, über sein Tun nachzudenken. Er, ein ordentlicher Professor und bis jetzt ein von Grund auf ehrlicher Mann, hatte sich außerhalb des Gesetzes gestellt! Selbst nach seiner Entlassung war er mit dem Packen, Autofahren und Begrüßen zu sehr beschäftigt gewesen, um diese Tatsache geistig völlig zu umfassen. Erst heute Morgen hatte ihn ihre volle Erkenntnis derart heftig getroffen, dass sie ihm auf den Magen geschlagen war. Seinem Bruder und dessen Frau hatte er sich natürlich rückhaltlos anvertraut.

Überhaupt, sein Bruder und vor allem Margarethe! Was waren das doch für unglaublich gutherzige Menschen! Er war wie ein Ausgewiesener gekommen, der in einem fremden Land um Duldung bittet, und wie ein König empfangen worden. Beide hatten sich sehr bemüht, ihn zu trösten. Margarethe auf weiblich-sanfte und Joachim, wie es seiner Mentalität entsprach, auf derb-kameradschaftliche Art, indem er ihm auf die Schulter schlug und sagte: „Ach, das wird schon wieder werden!" Auf jeden Fall hatten sie ihn eingeladen, für unbegrenzte Zeit bei ihnen zu bleiben.

Professor Windhoff aber schämte sich. Es war nicht daran zu rütteln, dass er weitgehend mittellos und von den Einkünften seines Bruders zu leben gezwungen war. Zwar gehörte diesem eine gutgehende Reparaturwerkstatt, die er vor fast zwanzig Jahren gegründet und mit eisernem Willen und Fleiß hochgebracht hatte, sodass ihn die Miternährung seines titelgeschmückten Bruders nicht sonderlich belasten würde, aber es bedeutete für diesen eine tiefe Demütigung, für eine längere Zeit in Abhängigkeit leben zu müssen.

Er bewunderte den Bruder, auch wenn dieser nicht vier Doktortitel der Naturwissenschaften und keine Professur vorzuweisen hatte; Joachim war immer schon ein Mechaniker gewesen, ein reiner Praktiker, der in seiner Reparaturwerkstatt seine Erfüllung gefunden hatte. Er, Alexander, war und blieb dagegen ein Theoretiker, der zwar Prinzip und Aufbau des Verbrennungsmotors erläutern konnte, aber beim kleinsten Defekt Leute wie seinen Bruder holen musste, der ihn reparierte, denn dazu war er nicht in der Lage. Den Professor plagte manchmal das ungute Gefühl, dass die Artgenossen Joachims für die Funktionstüchtigkeit der Welt wesentlich wichtiger waren als seine eigenen.

Nein, dachte Professor Windhoff, so erbarmungswürdig und unfähig bin ich nun auch wieder nicht! Heute gönne ich mir noch einmal Ruhe und morgen suche ich mir eine Stellung, wenn es sein muss, als einfacher Elektriker! Er wusste, dass die Kraftwerkunion in Köln ständig solche Leute suchte und war fest entschlossen, morgen dort vorzusprechen. Er konnte ja auch Programmierer oder so etwas zu werden versuchen; sein jahrelanges intensives Studium und die fast ebenso langwierige Ausbildung ließen ihm allerhand Spielraum.

Als wäre dieser Entschluss das langgesuchte Universalmittel gegen Übelkeit und Kopfschmerzen, fühlte sich der Professor gleich besser, sodass er den Rest des Tages zu genießen fertigbrachte.

An diesem Tag kam Joachim schon gegen drei Uhr nachmittags heim, weil seine Reparaturwerkstatt renoviert wurde und er sie zu diesem Zweck früher geschlossen hatte. Nun war der Kaffee getrunken, die Kinder Johannes und Gerd hatten ihre Hausaufgaben zufriedenstellend gelöst und leisteten nun ihrer Mutter im Garten Gesellschaft, während die beiden Brüder im Wohnzimmer beisammensaßen und Halma spielten.

Da klingelte es.

Befremdet blickte Joachim auf. Gerade hatte er eine Möglichkeit entdeckt, eine Figur aus seinem Feld auf einmal mit Hilfe von sieben Sprüngen in das gegnerische zu befördern, und nun musste er sie verstreichen lassen, um seiner Pflicht als Hausherr nachzukommen. Hoffentlich hatte er sie nachher nicht vergessen!

Seufzend stand er auf und öffnete die Haustür. Der Mann, der vor ihm stand, war ihm unbekannt.

„Ich kaufe nichts!"

„Das entspricht auch nicht meiner Absicht. Ehrlich gesagt, ich bin überhaupt nicht an Ihnen interessiert!"

„Was wollen Sie dann?"

„Wohnt zurzeit nicht Ihr Bruder bei Ihnen, ein Professor Alexander Windhoff?"

„Oh ja! Zu ihm möchten Sie? In welcher Angelegenheit denn?" Das klang etwas misstrauisch, denn es konnte ja immerhin sein, dass der Mann von den Motorenwerken war. In diesem Fall war es vielleicht ratsam, nicht allzu vertrauensselig zu sein; wer mochte wissen, was der von Alex wollte?

„Das möchte ich ihm lieber selbst sagen. Mein Name ist Schmidt, Karl-Dietrich Schmidt; wenn Professor Windhoff den hört, weiß er schon Bescheid!"

Dieser hatte aber schon den Klang einer bekannten Stimme vernommen und war auf den Flur hinausgetreten. „Oh, Herr Schmidt! Was verschafft mir die Ehre?"

„Dasselbe könnte ich Sie fragen, Herr Professor!

Darf ich eintreten?" fragte er den leicht verdutzt dreinschauenden Mechaniker.

„Oh bitte, gern!"

Kurz darauf war alles geklärt.

Sie verhandelten zu Dritt im Wohnzimmer. Das Halmaspiel mit der gigantischen Sprungmöglichkeit war vergessen und Karl-Dietrich

Schmidt redete eifrig auf Professor Alexander Windhoff ein, wobei er von dessen Bruder vorbehaltlos unterstützt wurde.

„Mensch, Alex, das ist doch die Chance! Vorhin warst du noch fast verzweifelt und bereit, jede Drecksarbeit anzunehmen, und jetzt wird dir eine Stelle als Abteilungsleiter angeboten – wird dir angeboten, du brauchtest dich nicht einmal zu bemühen. An deiner Stelle würde ich keine Sekunde zögern!"

Tatsächlich schwanden des Professors Bedenken langsam; als Schmidt das Angebot seiner Firma ausgesprochen hatte, war es ihm zuerst wie Verrat vorgekommen, wenn er zugesagt hätte.

Erst betrog er die Motorenwerke um eine halbe Million und nun würde er gegen sie arbeiten? Jeden anderen Posten hätte er sofort angenommen, aber genau den gleichen, nämlich Leiter der Forschungsabteilung, den er bei den Motorenwerken innegehabt hatte?

Das hatte Schmidt jedoch gemerkt und geschickt einzuflechten gewusst, dass die Kraftwerkunion eine Lösung auf die gleiche oder zumindest eine ähnliche Art zu finden hoffte wie Professor Windhoff, und das hatte die Sachlage schlagartig geändert.

Schmidt merkte natürlich, dass der Professor, dessen Lauterkeit sowieso die einzige Schranke zwischen ihm und der Kraftwerkunion hätte werden können, langsam auf ihn einschwenkte und verdoppelte seine Anstrengungen, die angebotene Position als besonders verheißungsvoll erscheinen zu lassen. „Gehalt nach Ihrem Ermessen, freie Hand und praktisch unbegrenzte finanzielle Mittel für Ihre Versuche, kein direkter Vorgesetzter und die Möglichkeit, zu Studienzwecken beliebig oft ins Ausland reisen zu können, zum Beispiel um die bereits bestehende russische Breitspurstrecke zu besichtigen. Was wollen Sie mehr?"

„Wenn alles, was Sie sagen, der Wahrheit entspricht, nichts mehr", erwiderte Professor Windhoff lächelnd, „aber es ist nicht alles Gold, was glänzt und es gibt sicher noch eine Menge Probleme, die gelöst werden müssen. Was ist zum Beispiel mit meinem Vorgänger? Es ist doch bestimmt schon jemand da, der die Position innehat, die ich in Kürze bekommen soll? Es entspräche nicht meiner Absicht, dass Sie ihn meinetwegen einfach abservieren!"

Die Begeisterung in Schmidts Gesicht erlosch etwas, was dem Professor bewies, dass er einen wunden Punkt berührt hatte. „Ihr Vorgänger ist Professor Angermann. Wir haben durchaus nicht die Absicht, ihn ‚abzuservieren', wie Sie es ausdrücken. Er wird weiterhin bei uns bleiben, wenn er will, wird aber in Zukunft wohl unter Ihnen stehen müssen."

„Das wird ihm aber gar nicht gefallen!"

„Nein, wahrscheinlich nicht! Aber er ist nun mal der Erfolglosere von Ihnen beiden und wird sich damit abfinden müssen."

„Hm, da möchte ich Sie etwas fragen: Sie haben erzählt, dass Sie zwar unser Gespräch, also das zwischen Ludwig Valveta und mir, belauscht haben, haben aber nichts davon gesagt, dass Sie dem eigentlichen Versuch auch zugesehen haben?!"

„Nein, habe ich auch nicht! Warum, ist der Versuch etwa misslungen?" Schmidt blickte erschrocken.

„Nein, ich frage nur so." Ich frage mich auch, dachte der Professor, warum Schmidt nicht wissen will, weshalb man mich hinausgeschmissen hat, wenn mein Versuch geglückt ist. Die Verfehlung eines heimlichen Unternehmens hinter dem Rücken der Direktion wäre damit voll und ganz ausgeglichen und von meinen Unterschlagungen weiß er nichts.

Schmidt schien auf diese Idee gar nicht zu kommen und Professor Windhoff konnte nur hoffen, dass sich auch seine künftigen Arbeitgeber nicht den Kopf darüber zerbrechen würden. Schmidt schien schon über den kritischen Punkt hinweg zu sein, denn er hatte das Thema gewechselt. „Wann glauben Sie, werden Sie Ihre Maschine bis zur Betriebsreife gebracht haben?" fragte er.

„In einem halben Jahr, schätze ich. Warum fragen Sie? "

„Das ist gut. Ich frage deshalb, weil die Motorenwerke vermutlich glauben, sie hätten bereits das Ei des Kolumbus gefunden, und beginnen werden, sich um den Auftrag zu bemühen. Wir können zwar die Bundesbahn mit dem Versprechen hinhalten, in Kürze etwas Besseres bieten zu können, aber ein halbes Jahr ist da schon die äußerste Grenze. Vergessen Sie nicht, dass bald mit der Produktion begonnen werden muss. Es sind keine fünf Jahre mehr Zeit, und bis dahin muss der vollständige Lok- und Wagenpark zur Verfügung stehen."

„Ah so. Tja, ich bin wirklich nicht abgeneigt, Ihr Angebot anzunehmen. Wann, glauben Sie, kann ich anfangen?"

„Morgen. Melden Sie sich bitte bei Herrn Direktor Winterscheidt, am besten morgen früh gegen zehn Uhr, und handeln mit ihm persönlich den Vertrag aus. Er wird nicht ungünstig für Sie ausfallen!"

Damit war alles erledigt. Der Agent lehnte jegliche Bewirtung ab und verabschiedete sich. Kaum war die Tür ins Schloss gefallen, sprang Joachim begeistert um seinen Bruder herum und rief: „Na, Alex, was hab' ich gesagt? Es wird schon werden, mach' Dir nur keine Sorgen um die Zukunft, während du dagesessen und Trübsal geblasen hast. Und nun? Wer hätte das gedacht?"

„Ja, wer hätte das gedacht?" murmelte der Professor. Seine stillere Natur erlaubte es ihm nicht, die gleiche Begeisterung wie sein Bruder an den Tag zu legen und so begnügte er sich mit einem glücklichen Lächeln. Wie er doch an Joachim diese Fähigkeit, sich neidlos für andere freuen zu können, bewunderte!

Noch mehr aber freute sich Karl-Dietrich Schmidt, und zwar freute er sich so sehr, dass er sich vornahm, sich künftig wirklich mit ‚Sie' anzureden. Er setzte diesen Entschluss auch gleich in die Tat um, indem er zu sich sagte: „Das haben Sie großartig gemacht, Herr Schmidt! Sie haben innerhalb zweier Monate sämtliche Aufträge ausgeführt und das, obwohl Sie vom ersten Tag an entlarvt waren. Zwar gebührt für diesen letzten Erfolg ein klein wenig auch Ihrem Chef das Verdienst, weil er Sie – gerade Sie! – hingeschickt hat, aber ich muss Sie trotzdem loben. Eins höher, Herr Schmidt!" Eine alte Frau blickte ihm verwundert nach. –

Als Ludwig Valveta Sneiders Büro betrat, wusste er sofort, dass ihm etwas Unangenehmes bevorstand. Sneider machte denn auch nicht viele Worte, knallte dem Agenten einen Zettel vor der Nase auf den Tisch und fragte knapp: „Was sagen Sie dazu?"

Valveta nahm das Blatt in die Hand; es war ein bereits dechiffrierter Bericht von Arnold Czyercin, seinem Ersatzmann bei der Lokomotivfabrik Woroschilowgrad, und er lautete kurz: „Seid ihr verrückt geworden, den Russen unsere wichtigsten Trümpfe zu verraten? Sie experimentieren mit eurer Knallgasbatterie, und zwar äußerst erfolgreich!" Nicht einmal die Höflichkeit, die Anrede groß zu schreiben, hatte er mehr für nötig gehalten.

„Nun, was sagen Sie dazu?" wiederholte Sneider.

Valveta sagte zunächst gar nichts, so sprachlos war er. Schließlich riss er sich zusammen und sagte: „Ich …; ich kann mir das nicht erklären!"

„Das können Sie sich nicht erklären!" meinte Sneider mit hinterhältiger Freundlichkeit. „Aber ich kann es mir erklären!"

„Äh …; ja?"

„Oh ja!" Sneiders Ton wurde wieder schärfer. „Und wissen Sie wie? Der Professor hat Sie 'reingelegt, dass es nur so raucht!"

Ludwig Valveta kam langsam wieder zu sich. „Aber wie soll er das denn gemacht haben? Ich war doch während des ganzen Versuchs bei ihm."

„Wie er das gemacht hat, kann ich mir auch nicht erklären. Ich habe mich aber schon vor einiger Zeit gewundert, als der ständige Agent, den wir bei der Rheinischen Kraftwerkunion haben, mir meldete, dass Professor Windhoff dort angefangen habe, und das drei Tage, nachdem wir ihn bei uns ‘rausgeschmissen haben."

Als Valveta schwieg, fuhr Sneider fort: „Seit der Professor fort ist, geht bei uns alles schief. Und warum? Weil wir keinen Nachfolger für ihn haben. Unsere Neuentwicklungen stagnieren und die Bundesbahn vertröstet uns ein ums andere Mal; ich bin überzeugt, weil die Kraftwerkunion ihr einen Wink gegeben hat, dass sie mit etwas ganz Tollem käme, wenn sie noch ein Weilchen warten würde.

Sie sehen, alles deutet darauf hin, dass die Erfindung des Professors beileibe kein Schlag ins Wasser war."

„Aber warum hat er uns das an jenem Tag nicht gesagt? Direktor Gruiten hätte dann bestimmt die Kündigung zurückgenommen."

„Weil er nicht wollte. Ich glaube, er hatte von der Kraftwerkunion bereits ein besseres Angebot und hat es regelrecht darauf angelegt, von uns hinausgeschmissen zu werden.

Aber lassen Sie sich keine grauen Haare wachsen, noch ist nichts verloren. Ich selbst habe einen Fehler gemacht, als ich meine Aktentasche nach Schmidts Besuch nicht nach Fingerabdrücken abgesucht habe und mich auf den Schreibtisch beschränkte. Ich habe Schmidt einfach geglaubt, als er sagte, er habe das Auswertungsverfahren zu den Tests nicht gefunden. Inzwischen bin ich vom Gegenteil überzeugt."

„Was hat das mit unserem Problem zu tun?"

„Sehr viel. Natürlich weiß ich heute, dass Schmidt ein Agent der Union war. Ich habe auf die früher kein besonderes Augenmerk gelegt, denn wer konnte schon ahnen, dass ausgerechnet aus einem Elektrizitätswerk unser schärfster Konkurrent erwachsen würde. Kurz und gut, Schmidt stahl mir meine Unterlagen, die Union probierte den Test aus, unter anderem an unserem Agenten, und feuerte ihn. Mein Mann hat natürlich von der Herkunft dieses Tests nichts gewusst und erst vor kurzem, als er in meinem Büro war und den Test auf dem Tisch liegen sah, die Wahrheit erkannt. So erfuhr ich jetzt erst den wahren Grund für seine Entlassung. Ich hatte mir damals nicht viel dabei gedacht und geglaubt, unser Agent sei wegen einer Bagatelle, also etwa wegen Unfähigkeit – für mich ist das eine Bagatelle! – gefeuert worden. Hätte ich die Wahrheit geahnt, hätte ich schleunigst einen neuen Spion hingeschickt – was ich nicht getan habe, da ich die Union zu jenem Zeitpunkt noch nicht für wichtig hielt – und so viel eher erfahren, dass der Professor dort ist und Versuche in der Art durchführt, wie jener nächtliche einer war, den wir für einen solchen Misserfolg hielten." „Und was gedenken Sie nun weiter zu unternehmen?"

„Ich will an die Erfindung des Professors heran, und dieses Ziel werde ich zweigleisig zu erreichen suchen. Einmal wird der jetzige Agent sich der Mithilfe des kaltgestellten Professors Angermann versichern und ebenfalls einen nächtlichen Versuch durchführen. Im Fall eines Erfolges soll er den Windhoff'schen Apparat stehlen und Professor Angermann als Nachfolger Professor Windhoffs mitbringen. Das wird leicht sein, denn Professor Angermann ist bestimmt verärgert, weil man ihm Professor Windhoff vor die Nase gesetzt hat."

„Äh …; eine Frage hätte ich doch noch!"

„Ja, bitte!"

„Wie haben Sie einen Agenten dort einschleusen können, da doch die Union nun ebenfalls im Besitz unseres Tests ist?"

Sneider lächelte, zum ersten Mal während des laufenden Gesprächs. „Ebenso, wie es für jedes Gift ein Gegengift gibt, gibt es auch eine vorprogrammierte Lösung für unseren Test. Unser Agent ist selbstverständlich damit ausgerüstet worden und weiß, wie er die Fragen zu beantworten hat.

Das Dumme ist nur, dass die Psychologen der Union ebenfalls herausgefunden haben werden, wie man den Fragebogen richtig ausfüllen muss. Gegen Agenten der Kraftwerkunion sind wir also nicht mehr immun.

Um auf unser Thema zurückzukommen: Sehen Sie, ich habe noch einen Fehler gemacht. Wenn ich daran gedacht hätte, von dem Professor auch noch das Gerät zu fordern – was er nicht hätte abschlagen können –, wäre alles viel einfacher. Nun ist es dazu zu spät und ich muss auf Umwegen das zurückholen, was wir schon einmal hatten. Dass die Russen auch von der Sache Wind bekommen haben, macht nichts. Sie sind ja keine direkten Konkurrenten von uns.

Sagen Sie, steckt Ihrer Meinung nach in des Professors theoretischer Überlegung ein Fehler?"

Ludwig Valveta überlegte eine ganze Weile. Endlich erklärte er: „Nein, meines Erachtens nicht."

„Gut. Ich sprach von dem Versuch, doppelgleisig ans Ziel kommen zu wollen. Sie verstehen etwas von Technik, jedenfalls weit mehr als ich. Ihre Aufgabe dürfte Ihnen somit klar sein."

„Äh …?"

„Versuchen Sie, die Windhoff'sche Batterie nachzubauen!" –

„Aus, Schluss für heute!" rief Professor Windhoff in die Halle hinein.

„Ach, können wir den Versuch nicht heute noch laufen lassen?" fragte Professor Angermann zurück, „wo wir gerade so schön mit dem Aufbau fertiggeworden sind."

„Nein, nein! Überstunden gibt's nicht, wir leben schließlich nicht im Mittelalter. Morgen, äh, am Montag geht's weiter. So lange werden wir uns noch gedulden müssen. Ich jedenfalls betrachte das Experiment als eine Art Osterei, das wir erst am Montag öffnen dürfen. Das erhöht die Spannung."

Missmutig kletterte Professor Angermann aus der Apparatur heraus. Ihm wäre es lieber gewesen, der Probelauf hätte jetzt noch stattgefunden, dann bräuchte er heute Nacht nicht unterwegs zu sein. Aber es war nicht ratsam, den Professor Windhoff Verdacht schöpfen zu lassen.

Dieser betrachtete inzwischen stolz sein Werk. Das hier war doch etwas ganz anderes als seine erste stümperhafte Batterie ohne Auflademöglichkeit. Dieses viel größere Gerät war an vier Schläuche angeschlossen, die die erforderlichen Elemente samt Wasser und Sauerstoff zuführten.

Das hier war eigentlich die erste wirkliche Starkstrombatterie der Erde. Seit langem gab es Ansätze, eine solche zu entwickeln, aber diese Projekte waren immer wieder am Desinteresse oder sogar am Widerstand der zuständigen Behörden gescheitert. So hatte es zum Beispiel vor ungefähr zwanzig Jahren schon vielversprechende Versuche gegeben, die aus diesen Gründen hatten abgebrochen werden müssen. Eine Arbeitsgruppe der Deutschen Forschungs- und Versuchsanstalt für Luft- und Raumfahrt war es gewesen, soweit sich Professor Windhoff erinnerte, die damals unter der Leitung von Professor Knoernschild versucht hatte, unter Zuhilfenahme von Cernetelelektroden, also Elektroden, die aus einer Mischung von Keramik und Metall bestehen, Thermionik-Zellen als elektrische Antriebsmittel zu verwenden.

Diese Zellen sind ein althergebrachtes Prinzip, bei dem von einer heißen Metalloberfläche, dem Emitter, Elektronen abstrahlen, die von einer kälteren, dem Kollektor, aufgefangen werden. Führt man diesen Elektronenstrom über einen äußeren Stromkreis zum Emitter zurück und verschafft ihm so Gelegenheit, erneut vom Emitter zum Kollektor zu fließen, liefert er eine gewisse Leistung in Form von Elektrizität.

Dieses einfache Prinzip stößt allerdings auf erhebliche technische Schwierigkeiten, denn der Emitter muss auf mindestens 1700° Celsius erhitzt werden, der Abstand zwischen Emitter und Kollektor beträgt idealerweise nur 0,15 Millimeter und selbst dann geht der thermische Wirkungsgrad, das heißt jener Anteil an eingegebener Wärmeenergie, der tatsächlich in elektrische umgewandelt wird, nicht über zehn Prozent hinaus.

Mit Hilfe der besagten Cernetelelektroden gelang es dem Stuttgarter Team, die Emittertemperatur auf ca. 1250° zu senken, den Abstand auf volle ein bis zwei Millimeter zu vergrößern und einen Wirkungsgrad von dreißig Prozent zu erreichen. Als Füllgas zwischen Emitter und Kollektor wurde Barium-Cäsium-Dampf verwendet. Erhitzt wurde der Emitter mittels reinen Benzins, das ohne schädliche Abgase verbrennt. Der Schwachpunkt des Systems lag darin, dass bis zum Erreichen der vollen Emittertemperatur eine Batterie althergebrachten Prinzips zwischengeschaltet werden musste. Trotzdem hätte ein Auto, bei gleicher Größe und gleichem Gewicht wie ein mit Verbrennungsmotor ausgestattetes, die gleiche Leistung wesentlich umweltfreundlicher erbracht.

Professor Windhoffs Apparatur arbeitete im Grunde nach dem gleichen Prinzip, nur dass er Nägel mit Köpfen machte und ein Knallgasgebläse verwendete, das bekanntlich bis zu 3200°C zu erreichen imstande ist; lediglich eine Art Zündkerze musste eingebaut werden, um den auslösenden Funken zu erzeugen. Durch eine viel genauere Kenntnis vom Inneren des Atoms war es heute möglich, den schweren Akkumulator zu vermeiden, aber man sieht, das vollwertige abgasfreie Auto hätte es bereits in den 70er Jahren geben können, bei dem auch noch Kuppeln und Schalten entfallen wäre, denn ein Elektromotor braucht kein Getriebe.

Professor Windhoff war jedenfalls froh, dass ihm heute, da der Umweltschutz ein Gebot der Notwendigkeit war und die Einfuhr von Öl nicht nur von ständig wechselnden politischen Situationen, sondern auch davon abhing, dass allmählich alle großen Lager versiegten, keine neuen mehr gefunden wurden und somit Benzin immer teurer wurde, von Seiten der Regierung und vor allem großer Ölraffinerien, wenn er schon keine Unterstützung erhielt, wenigstens keine Hindernisse mehr in den Weg gelegt wurden. Auch waren mit dem sinkenden Stern der ölverarbeitenden Industrieen die E-Werke immer mächtiger geworden, sodass sich dem Giganten Rheinische Kraftwerkunion heute wohl niemand mehr in die Quere stellen dürfte.

Die ‚Abgase' der Knallgasbatterie waren jedenfalls reines Wasser und ihr thermischer Wirkungsgrad betrug fast fünfzig Prozent – zumindest hatte der Professor das errechnet. Beides ergab eine haushohe Überlegenheit über den Verbrennungsmotor. Bald würde es keins dieser Kretins mehr geben, weder auf der Straße noch auf der Schiene.

Na ja, dachte Professor Windhoff, als es ihm endlich gelang, den Blick von seiner Schöpfung loszureißen, das liegt noch alles in der Zukunft. Vielleicht muss ich froh sein, dass ich das Verhältnis von hineingesteckter Materie, also Wasser und Sauerstoff, und gewonnener Energie nicht berechnen kann, sonst würde möglicherweise mein Traum durch die Mathematik zerstört werden. So aber kann ich ihn noch träumen, den Traum vom abgasfreien, leisen und leistungsfähigen Motor.

Er konnte ihn noch träumen, weil die Menschheit bisher keine Möglichkeit gefunden hat, das Verhältnis zwischen Energie und Materie zu errechnen, ja, die Entstehung der Energie überhaupt für sie noch in undurchdringliches Dunkel gehüllt ist.

Außerdem hatte Professor Windhoff einiges im Ärmel, woran er jetzt konkret noch nicht zu denken wagte.

Nun, erst einmal musste der heute vorbereitete Versuch erfolgreich verlaufen. Es war der erste größere nach einigen tastenden Experimenten, und das nahe Ostern konnte dem Professor kein schöneres Ei zum Geschenk machen als diese erste große Bestätigung für die Richtigkeit seiner Theorie.

Kurz darauf verabschiedete sich Professor Windhoff von seinen Mitarbeitern und ging nach Hause, das heißt, zu seinem Bruder. Der hatte es sich nicht nehmen lassen, ihn mindestens so lange unter seinem Dach festzuhalten, bis er eine Wohnung gefunden haben würde; auch das versuchte Joachim noch hinauszuschieben. Bei diesem Gedanken musste Professor Windhaff lächeln; alle waren so nett zu ihm, obwohl er es gar nicht verdient hätte.

Sogar Professor Angermann, dem er einen gewissen Missmut nicht verübelt hätte – immerhin hatte er ihn quasi ausgebootet, zumindest jedoch in eine Art Assistentenrolle gedrängt –, behandelte ihn ausnehmend freundlich. Er bewunderte den Mann deshalb sogar ein wenig, denn bei einer objektiven Prüfung seines Gewissens hätte er zerknirscht zugeben müssen, dass er selbst wohl nicht so großherzig gehandelt hätte.

Hier befand sich Professor Windhoff aber in einem Irrtum: Professor Angermann war bei weitem nicht so großherzig wie er tat, im Gegenteil. Gerade an diesem Abend geschah es, dass er, als er deri Stunden zu Hause verbracht hatte, wieder aufbrach und sich an einer vereinbarten Straßenecke mit einer zwielichtigen Gestalt traf.

„Ah, Herr Professor", begrüßte diese ihn.

„Ja, sicher", entgegnete dieser, „sind auch Sie bereit, Herr Dirk?"

„Aber ja, kommen Sie, gehen wir!"

Die Gestalt war keine andere als die Olaf Dirks, des Agenten der Vereinigten Motorenwerke in Offenburg; er hatte keine bessere Stelle als die eines Hofmeisters bekommen können; außerdem war er eine Notlösung – Sneider hatte keinen besseren zur Hand gehabt –, denn er hatte sich auf das Durchschnüffeln von Büroräumen spezialisiert und war technisch nicht sonderlich versiert.

Deshalb wäre ihm kaum gelungen, die Windhoff'sche Batterie allein zum Leben zu erwecken. Weil er sich überhaupt erst Zugang zur Maschinenhalle verschaffen musste, was selbst für einen gelernten Einbrecher ohne Schlüssel schwierig gewesen wäre, denn ihre Schlösser waren mit besonderen Sicherheitsmaßnahmen versehen, hatte er sich der Mithilfe Professor Angermanns versichern müssen.

Das war nicht so einfach gewesen, wie Sneider sich das vorgestellt hatte, denn auch Professor Angermann war wie Professor Windhoff ein weitgehend ehrlicher Mann; einzig der Zorn auf die Kraftwerkunion und das Versprechen, ihn baldmöglichst bei den Motorenwerken als Nachfolger für Professor Windhoff einzustellen, hatten ihn bewogen, bei dem Unternehmen mitzumachen.

Noch schwieriger war es gewesen, den Professor von der Notwendigkeit dieses nächtlichen Experiments zu überzeugen; schließlich hätte man ja einfach den Montag abwarten können, wo sich erweisen würde, ob die Windhoff'sche Batterie etwas taugte.

Olaf Dirk hatte sich dem Professor gegenüber dahingehend herausgeredet, dass er eine ähnliche Manipulation von Seiten Professor Windhoffs fürchte wie bei dessen nächtlichem Probelauf in den Motorenwerken und so das Ergebnis unter Umständen verfälscht wäre. Ein echtes Urteil könne man sich nur erlauben, wenn man sich selbst von der Funktionstüchtigkeit des Gerätes überzeuge.

Olaf Dirk musste sich selbst gegenüber zugeben, dass diese Erklärung arg dünn war, denn er hatte die Absicht, den Apparat zu stehlen, ohne Professor Angermann davon in Kenntnis zu setzen.

Deshalb hatte er mit diesem vereinbart, dass er ihm lediglich die Schlüssel überließe, das Gerät anschalte und wieder ginge, um „auf Sie keinen Schatten des Verdachts fallen zu lassen", wie Dirk sich ausdrückte. Allerdings war er sich darüber im Klaren, dass der Professor den Braten bereits gerochen hatte und noch mehr ins Grübeln geriet, als er ihn zu einem Lieferwagen, der fast die Größe eines LKW hatte, führte. Glücklicherweise schien der Professor trotzdem nicht, wie der Agent zuerst befürchtet hatte, von dem Unternehmen abspringen zu wollen. Nichtsdestoweniger war es wohl besser, ihm nichts von der Person, die hinten im Laderaum saß und Dirk beim Abtransport der Geräte helfen sollte, zu sagen.

Schweigend fuhren sie zu der Fabrik, kamen ungehindert durchs Tor und rollten in den Maschinensaal, nachdem der Professor ihn aufgeschlossen hatte.

„Na, dann wollen wir mal!" rief Dirk unternehmungslustig, während Professor Angermann sich vom Tor her näherte, das er sorgfältig wieder geschlossen hatte. Weitere Vorsorgen brauchte er nicht zu treffen, denn die Halle besaß keine Seitenfenster und der Lichtschein, der aus dem Oberlicht drang, hätte nur von einem Flugzeug aus gesehen werden können. „Hier sind die Schlüssel für dieses Gebäude; Sie kommen morgen doch zu mir, um sie mir zurückzugeben?" Damit übergab der Professor dem Agenten einen klirrenden Metallbund.

„Aber selbstverständlich, Herr Professor!"

Diese Halle ähnelte jener in Offenburg frappierend; in der Mitte stand die lange Reihe der Elektromotoren, im Hintergrund befanden sich der Hauptgenerator und der Dieselmotor als Antrieb für ihn. Der einzige offenkundige Unterschied bestand darin, dass statt eines doppelseitigen Abschlusses der Motorenanordnung durch die Kernreaktoren sich an nur einem Ende die Windhoff' sche Wunderbatterie auftürmte, vor der auch die Schalttafel aufgebaut war, an die die beiden Männer jetzt herantraten. Während er einige Hebel betätigte, begann Professor Angermann die Bedienungsweise zu erläutern. „Mit dem großen Schalthebel hier wird die Anlage in Betrieb genommen, das heißt, mit Hilfe einer Zündkerze wird das Knallgas – die Klappen zu den Behältern mit Wasser- und Sauerstoff werden gleichzeitig geöffnet – entzündet. Nun können wir eine Weile nichts tun, bis die Batterie genügend heiß ist."

Der Professor blickte auf Dirk. „Soll ich Ihnen die Wirkungsweise der Batterie erklären?"

„Um Gottes Willen, Herr Professor! Ich bin kein Techniker und würde nur Bahnhof und Kofferklauen verstehen. Es genügt mir, wenn Sie sich darauf beschränken, mir eine Bedienungsanleitung zu geben."

Der Professor lächelte. „Gut; Sie werden merken, dass die Batterie denkbar einfach zu steuern ist. Dieser Hebel hier ist zum Ausschalten. Mit ihm wird die gesamte Batterie mit einem Schlag abgedreht.

Die ganzen Drehknöpfe hier sind zur Feineinstellung. Der hier, auf dem die Ziffern eins bis zehn stehen, dient zur Einstellung der verlangten Leistung. Es ist klar, dass man nicht immer die volle Motorenleistung braucht. Null gibt es nicht; die hypothetische Einstellmöglichkeit null bis eins wird vom Einschalthebel überbrückt; eins bezeichnet die kleinstmögliche Rohstoff-, das heißt Wasser- und Sauerstoffzufuhr, bei der die Batterie überhaupt läuft. Wenn man einschaltet, sollte der Zeiger auf eins stehen; es ist zwar nicht notwendig, aber gesünder für den Antrieb. Läuft er erst einmal, kann man stufenlos bis zehn höher drehen; bei dieser Einstellung erhofft sich Professor Windhoff eine Leistung von bis zu 50.000 kW. Inwieweit diese Erwartung erfüllt wird, werden Sie ja in Kürze sehen.

Sie sehen also, die Menge des erzeugten Stroms wird direkt von der Batterie und nicht im Motor bestimmt. Wir haben hier dasselbe Prinzip wie bei einer Modelleisenbahn; die Lokomotive fährt nur so schnell, wieviel Strom durch die Schienen geschickt wird. In diesem Punkt unterscheidet sich also die Windhoff'sche Batterie von einer herkömmlichen, die bekanntlich konstant eine bestimmte Spannung abgibt.

Das wäre das. Diese Drehknöpfe hier regulieren die Zuführung von Wasser- und Sauerstoff im Einzelnen, sodass man manuell die optimale Einstellung erzielen kann. Das hier ist der Leistungs-anzeiger, an dem Sie das Ergebnis Ihrer Manipulationen ablesen können. Sie müssen aber erst die gewünschte Gesamtleistung einstellen und dann diesen Knopf nicht mehr berühren, bevor Sie zur Feineinstellung übergehen. Lassen Sie sich auch nicht einfallen, die Einzelzufuhrknöpfe ruckartig zu bewegen. Drehen Sie sie einzeln in einer Richtung; nimmt die Leistung ab, drehen Sie zurück und in die andere Richtung. Nimmt auch da die Leistung ab, steht der Knopf richtig. Sie wissen ja, dass das Idealverhältnis von Wasser- und Sauerstoff 2:1 beträgt. Das lässt sich aber automatisch leider nie ganz erreichen.

So, das wär's eigentlich. Also, im Notfall und auch sonst: Hier wird abgeschaltet!" Erneut berührte der Professor mit der Hand leicht jenen Hebel, auf den er schon einmal hingewiesen hatte. „Haben Sie noch irgendwelche Fragen? Passieren kann eigentlich nichts!"

„Nur eine, Herr Professor. Muss man eigentlich dauernd bei dem Gerät bleiben?"

„Nein! Sie werden es sinnvollerweise auf zehn einregulieren, um die Höchstleistung zu ermitteln. Da dauert es eine ganze Weile, bis die Batterie heiß genug ist und die Motoren warm gelaufen sind. Überwachung ist nicht nötig."

Professor Angermann entfernte sich vom Schaltpult. „Ich werde jetzt gehen, denn das scheint alles zu sein."

Dirk folgte ihm bis an die Tür. „Eine persönliche Frage noch, Herr Professor: Wird die Windhoff'sche Batterie funktionieren?"

„Davon bin ich überzeugt." Die Stimme des alten Mannes klang mutlos. „Worum ich mich über dreißig Jahre lang bemüht habe, ist Professor Windhoff praktisch auf Anhieb gelungen.

Wissen Sie, ich bin nicht eigentlich böse auf ihn; er ist einfach besser als ich. Er hat sich rein theoretisch den Stromerzeugungs-vorgang klargemacht, sich gefragt, wie man ihn auf einfache Weise nachvollziehen kann und ist zu dem Ergebnis gekommen, das Sie hier vor sich sehen." Mit einer Handbewegung deutete der Professor auf die Windhoff'sche Apparatur. „Sie sehen dort hinten drei Tanks, und Sie wissen auch, dass der Kalziumbehälter inzwischen überflüssig geworden ist", fuhr er fort, „sodass nur noch Wasser- und Sauerstoff als Treibstoff nötig sind. Meine einzige Hoffnung ist, dass es mir gelingt, das bereits Vorhandene so weiterzuentwickeln, dass man nur noch einen Stoff braucht, den man dann als wirklichen ‚Treibstoff' bezeichnen kann und alle anderen Stoffe geschlossene Kreisläufe haben, sodass man sie nicht mehr nachfüllen muss."

Der Professor öffnete die Tür und trat hinaus. „Eine Theorie habe ich schon", murmelte er vor sich hin, dann, wieder Dirk zugewandt, sagte er laut: „Also, viel Glück!

Zu tun ist für Sie nichts mehr, Sie müssen noch etwa eine Viertelstunde warten, bis die Batterie die volle Leistung erreicht. Ich gehe jetzt, auf Wiedersehen!"

„Auf Wiedersehen!"

Als der Professor verschwunden war, zog der Agent die Tür zu, lüpfte die Plane des Lieferwagens und sagte: „Kannst 'rauskommen, Karl; der Knacker ist weg!"

„Endlich!" Der mit Karl Angeredete kroch gekrümmt und verfroren aus seinem Versteck. „Ich dachte schon, er würde gar nicht mehr gehen."

Karl Nickelberg war ein ehemaliger Klassenkamerad Olaf Dirks gewesen und von diesem in dem beneidenswerten Zustand der Arbeitslosigkeit angetroffen worden. Allerdings war der Zustand, in dem Karl selbst sich befunden hatte, alles andere als beneidenswert gewesen. Kein Wunder also, wenn er dem Vorschlag eines alten Kameraden, sich bei einer nächtlichen Unternehmung auf freilich nicht ganz legale Weise ein paar Mark zu verdienen, begeistert zugestimmt hatte.

So saßen beide da und warteten, während Professor Angermann noch die letzte U-Bahn erwischt und sich bereits weit vom Fabrikgelände entfernt hatte, als es geschah.

Professor Windhoff hatte nämlich bei der Konstruktion seines Geräts an eines nicht gedacht. Bei den kleineren Vorgängern der Batterie hatte sich das noch nicht ausgewirkt, jetzt aber zeitigte diese Vernachlässigung verheerende Folgen.

Das Grundprinzip der ganzen Batterie war die Erhitzung, um einen Strom freischwebender Elektronen zu erzeugen. Jeder weiß nun, dass sich Gase bei Erhitzung sehr viel stärker ausdehnen als feste Stoffe; deshalb ist es nicht ratsam, ein luftdicht abgeschlossenes Gefäß auf hohe Temperatur zu bringen. Das geschah jedoch hier. Dass das System geschlossen sein musste, ist unmittelbar einsichtig, denn sonst hätte die gewaltsame chemische Verbindung, die der Erzeugung der freischwebenden Elektronen diente, nicht zustande kommen können. Durch die Erhitzung des Emitters geriet es nun so stark unter Druck, dass er speziell bei diesem Gerät übermächtig wurde. Von dem halbautomatisch geregelten Nachschubsystem noch bestärkt, würde die spezifische Dichte im Innern der Windhoff'schen Batterie, auch bedingt durch die immer weiter steigende Temperatur, stetig größer, bis das Material es nicht mehr aushalten und zerrissen würde.

Das wäre schon schlimm genug gewesen – jemand, der einmal unmittelbarer Zeuge einer Dampfexplosion war, hat selten Gelegenheit, es weiterzuerzählen. So ging es auch Olaf Dirk und Karl Nickelberg. Bevor sie etwas merkten, waren sie schon von umherfliegenden Stahlteilen erschlagen worden. Aber die Katastrophe sollte sich weiter steigern, denn diese herumfliegenden Stahlteile zerstörten auch die etwas entfernt und unter Druck stehenden Wasser- und Sauerstofftanks.

Da war sie perfekt, denn bekanntlich ist Wasserstoff unter Druck hochexplosiv. Er verbindet sich unter enormer Energieabgabe mit vielen anderen Elementen und die Menge, die in der Maschinenhalle gelagert hatte, genügte nun, um beinahe die gesamten Werksanlagen der Neuen Rheinischen Kraftwerkunion in die Luft fliegen zu lassen.

6

Professor Windhoff war so versonnen, dass er nicht gleich merkte, als Direktor Winterscheidt zu ihm trat. „Das dürfte den vorläufigen Abschluss unserer Versuche bedeuten", brach dieser Satz unvermittelt in sein Gehirn ein.

Der Professor schrak auf, riss sich zusammen und erwiderte: „Ja, das glaube ich auch!"

So standen beide inmitten des Trümmerfeldes, der Direktor resignierend, der Professor enttäuscht, fast verzweifelt. Es war der Mittwoch vor Karfreitag und beide hatten sich das Osterfest gänzlich anders vorgestellt; drei Tage lang hatte das Feuer gelodert, bevor es mit Hilfe modernster Löschgeräte gelungen war, die Flammen unter Kontrolle zu bringen und zu vernichten. Gestern war das Gelände wegen der starken Hitzeentwicklung noch nicht betretbar gewesen. Auch heute schwitzten trotz des unfreundlichen Wetters die beiden Männer noch erheblich unter dem Gluthauch, den das verkohlte Mauerwerk von sich gab.

Professor Windhoffs Gedanken drehten sich immerzu im Kreis. Alles aus; zum zweiten Mal alles aus! hämmerten sie unablässig. Seine Träume waren insoweit zerstört, als er seine Batterie nicht mehr der Deutschen Bundesbahn würde anbieten können; allein der Wiederaufbau des Gebäudes würde ein halbes Jahr in Anspruch nehmen.

Die Kraftwerkunion musste jedoch, um wenigstens weiterexistieren zu können, zunächst einmal die Produktionsanlagen wieder errichten. Die Entwicklungsabteilung war zweitrangig. Es bestand keine Hoffnung mehr, den Motorenwerken den Auftrag wegzuschnappen; der atomelektrische Antrieb würde also das Rennen gewinnen. Der Traum der Windhoff'schen Batterie lag wieder ein Stückchen ferner in der Zukunft.

So stand ihr Erfinder wortlos neben seinem Chef und betrachtete mit ihm die Untersuchungsbeamten, die zwischen den Trümmerbergen umherkrochen und hier und dort irgendetwas auflasen.

Jetzt kam Inspektor Potschek, der Leiter der Untersuchungskommission, auf sie zu. Er wandte sich an Direktor Winterscheidt, hielt ihm ein Teil, das einmal ein Schlüsselbund gewesen war, vor die Nase und fragte: „Können Sie mir sagen, wem der gehört haben mag?"

Der Direktor betrachtete das verkohlte Metall mit unverhohlenem Abscheu und stieß schließlich hervor: „Nein!"

„Ich kenne ihn aber", meldete sich Professor Windhoff zu Wort, „das ist der Schlüsselbund von Professor Angermann."

„Interessant", murmelte der Inspektor. „Warum?" „Nun, wir fanden diesen Gegenstand bei den schwer erkennbaren Resten eines Menschen, der sich zum Zeitpunkt der Explosion offenbar zusammen mit einer anderen Person, deren Überbleibsel wir ebenfalls entdeckten, in der Maschinenhalle aufgehalten hat. Aus der Tatsache, dass der Schlüsselbund einem Professor Angermann gehört, lässt sich vielleicht schließen, dass es sich bei dem Toten, bei dem er gefunden wurde, um diesen Herrn handelt."

„Wohl kaum", sagte Direktor Winterscheidt, „ich habe ihn nämlich am Montag noch gesehen."

„Dann dürften die Toten wohl Schichtingenieure gewesen sein?!"

„Das ist die einzige Erklärung. Allerdings frage ich mich, warum sie sich in der Versuchsabteilung aufgehalten haben und wie sie hineingekommen sein sollen; diese Abteilung arbeitet nämlich in der Nacht nicht und braucht deshalb auch nicht überwacht zu werden. Die Sicherheitsingenieure haben auch gar keinen Zugang."

„Bei dieser Katastrophe gibt es manche Rätsel. Darf ich morgen noch einmal zu Ihnen kommen? Es muss noch einiges geklärt werden. Vor allem bitte ich Sie, per Telefon oder sonstwie festzustellen, welche Schichtingenieure im Besonderen und welche Leute im Allgemeinen von Ihrer Belegschaft vermisst werden; Sie als Direktor haben wahrscheinlich zu den Adressen Ihrer Mitarbeiter eher Kenntnis als ich. Bis morgen also?"

„Gewiss, Herr Inspektor! Ein provisorisches Büro wird dort hinten errichtet, Sie können es von hier aus sehen." –

„Nehmen Sie bitte Platz, Herr Inspektor", forderte Direktor Winterscheidt seinen Besucher auf, „was haben Sie herausbekommen?"

„Etwas sehr Erstaunliches", antwortete Inspektor Potschek, bevor er es sich noch richtig bequem gemacht hatte, „aber erzählen Sie mir zunächst, wer von Ihrer Belegschaft abgängig ist."

„Gut. Halten Sie sich fest. Von jenen, die in der fraglichen Nacht Schicht hatten, haben ausnahmslos alle überlebt."

„Was? Ich meine, wie bitte?"

„Wie ich sagte. Ich habe mich schon am Samstag, Sonntag gewundert, dass niemand zu mir kam, um sich nach einem Angehörigen zu erkundigen. Acht Leute liegen mit leichten Verletzungen im Krankenhaus; sie hatten gerade eine Pause und verbrachten sie in einem geheizten Aufenthaltsraum am Rand des Werksgeländes, und einer war zu dem Zeitpunkt, als es passierte, auf der Toilette. Dadurch sind die acht wie durch ein Wunder am Leben geblieben. Wie ich gestern von meinem Betriebsleiter erfuhr, waren das auch die einzigen, die sich zum fraglichen Zeitpunkt auf unserem Territorium aufhielten – bis auf die zwei, die sich ohne mein Wissen in die Maschinenhalle eingeschlichen hatten –; wir sind nämlich ein modernes Werk, in dem zwar die Maschinen auch nachts laufen, man jedoch kaum Bedienungspersonal dafür braucht. Nur einige Überwachungsingenieure. Dass allerdings nur so wenige nötig sind, habe ich selbst nicht gewusst."

„Und wer sind dann die Toten?"

„Einer ist möglicherweise Olaf Dirk, unser Hofmeister; er ist der einzige der gesamten Belegschaft, der vermisst wird. Es kann aber sein, dass ich mich irre und Herr Dirk sich irgendwo anders aufhält. Er ist erst seit kurzem bei uns und hat hier keine Freunde oder Verwandte, vielleicht ist er in seine Heimat, ins Badische, zu ihm nahestehenden Leuten gefahren."

„Nein, dorthin ist er nicht gefahren." Inspektor Potschek blickte den Direktor ernst an. „Mit an Sicherheit grenzender Wahrscheinlichkeit ist einer der Toten Olaf Dirk."

„Oh!"

„Jetzt kommt das Erstaunliche, das wir herausbekommen haben. Lassen Sie mich erzählen. Wir fanden nämlich außer den beiden nicht identifizierbaren menschlichen Überresten in der Maschinenhalle einen total verkohlten Lieferwagen. Es steht fest, dass sich Olaf Dirk diesen Wagen geliehen hat – wir haben uns beim Autoverleih erkundigt und die Beschreibung des Mannes, der ihn abgeholt hat, entspricht genau der Olaf Dirks – und mit einem anderen Mann zusammen in die Fabrik gefahren ist. Der Nachtpförtner, der zwar einen Schock erlitten hat, sonst aber unverletzt geblieben und vernehmungsfähig ist, hat ihn gesehen, den anderen aber nicht erkennen können.

Wir nehmen an, dass Olaf Dirk ein Werkspion war und die Windhoff'sche Batterie, von der Sie mir erzählten, stehlen wollte. Er hat sie jedoch vorher in Betrieb gesetzt, wahrscheinlich um sie zu testen, und da unterlief ihm ein Fehler, der zu der Katastrophe geführt hat. Daraus kann man schließen, dass der andere ebenfalls kein Fachmann war, wahrscheinlich ein Arbeitsloser, den Dirk in dieser Nacht als Handlanger engagiert hat."

Der Inspektor wurde von einem Klopfen unterbrochen.

„Herein!" rief Direktor Winterscheidt. „Ach, Sie sind's, Herr Professor! Ich habe nämlich Professor Windhoff für jetzt herbestellt", wandte er sich entschuldigend an den Inspektor, „tut mir leid, dass Ihre Besuche gerade zusammenfallen. Setzen Sie sich doch", forderte er Professor Windhoff auf und sagte, wieder den Inspektor ansprechend, „was Sie mir da erzählen, ist ja äußerst interessant. Gibt es sonst noch etwas Berichtenswertes?"

„Nur Routinesachen. Der Sachschaden beläuft sich auf rund eine Milliarde DM – da hat die Versicherung was zu knacken. Tote sind, wie gesagt, außer den beiden in der Maschinenhalle, nicht zu beklagen; selbst die Nachtwächter machten zum Zeitpunkt der Explosion gerade eine schöpferische Pause und saßen im Pförtnerhäuschen, bei dem lediglich die Scheiben eingedrückt wurden. Es ist überhaupt ein unwahrscheinliches Glück, dass die Maschinenhalle so ziemlich in der Mitte des Werksgeländes lag; so ist zwar die Firma fast vollkommen zerstört, außerhalb ist jedoch, außer dass im Umkreis von fünfzehn Kilometern sämtliche Fensterscheiben zersprungen sind, nichts passiert. Wie durch ein Wunder hat auch das Feuer nicht übergegriffen. Übrigens, wo kann ich Professor Angermann finden?"

„Ich weiß es nicht", antwortete Direktor Winterscheidt, „denn er hat gekündigt. Seine Kollegen wussten davon noch nichts; Professor Angermann wollte ursprünglich zum 1. Mai gehen, hat sich aber entschlossen, nach der Explosion gleich seine neue Stelle anzutreten, weil es hier doch nichts mehr zu tun gibt."

„Herr Angermann ist nicht mehr bei uns?" mischte sich Professor Windhoff überrascht ein.

„Nein, er ist nicht mehr hier. Kann ich irgendwelche weiteren Fragen beantworten, Herr Inspektor?"

„Sie wissen nicht, wo sich Professor Angermann jetzt aufhält oder bei welcher Firma er angefangen hat?"

„Nein. In seiner bisherigen Wohnung ist er jedenfalls nicht mehr; das war nämlich eine Werkswohnung und von der hat er mir bereits am Montag den Schlüssel übergeben. Wo er sich jetzt eingemietet hat, müssen Sie auf dem Einwohnermeldeamt erfragen."

„Danke! Es ist wegen dem Schlüsselbund", murmelte Inspektor Potschek, „wir müssen wissen, wie Olaf Dirk darangekommen ist." Damit wandte er sich der Tür zu und empfahl sich.

Nachdem der Polizeibeamte gegangen war, sah Professor Windhoff auf und fragte seinen Chef: „Was wollten Sie mir sagen, Herr Direktor?"

Direktor Winterscheidts Gesichtszüge glitten langsam von ihrer bisherigen Geschäftsmäßigkeit zu nicht verhohlener triumphaler Freude über. Er nahm einen Zettel in die Hand und schwenkte ihn wie eine unverhoffte Begnadigung hin und her. „Was glauben Sie, was das hier ist?" fragte er geheimnisvoll.

„Ich weiß nicht", antwortete Professor Windhoff wahrheitsgemäß, „etwa eine gute Nachricht?"

„Und wie!" dröhnte der Direktor, „lesen Sie selbst!"

Der Professor nahm die Schrift und las: „... Wir haben von Ihrem Missgeschick gehört und bedauern es zutiefst, zumal wir wissen, dass Sie kurz vor dem Abschluss einer großartigen Neuentwicklung standen, was durch die Katastrophe verhindert wurde. Dank unserer Zusammenarbeit haben auch wir bereits eine Windhoff'sche Batterie in Erprobung, die bisher zu unserer Zufriedenheit funktioniert.

Damit Sie die letzten Verfeinerungen, deren Vollendung auch für uns von größtem Nutzen wäre, an dem Gerät anbringen können, laden wir Professor Windhoff und sein Team herzlich ein, diese bei uns an unserem Exemplar vorzunehmen. Wir glauben, damit wäre allen gedient. Herzlichst Okis Toyago und Vorstand – ich verstehe nicht recht ..."

„Sie verstehen nicht?" lachte der Firmenchef, „erinnern Sie sich nicht, dass wir einen Kooperationspakt mit den Buzzard-Werken in Osaka haben: Nun, wir haben voreinander keine Geheimnisse; so ist die dortige Windhoff'sche Batterie parallel zu unserer entstanden, was sich ab jetzt zu beider Vorteil auswirken wird."

Langsam begann des Professors Gesicht zu strahlen. „Heißt das – heißt das etwa, dass ich mit meiner Arbeit fortfahren kann?"

„Aber natürlich, und zwar sofort. Das heißt, Ostern soll noch Ihrer Familie oder vielmehr der Familie Ihres Bruders gehören. Am Dienstag aber sind Sie mit Ihrem Stab auf dem Weg nach Osaka. Die Sache duldet keinen Aufschub!"

Man konnte es dem ehrwürdigen Professor ansehen, dass er am liebsten im Zimmer herumgetanzt wäre. „Fliegen Sie auch mit?" wollte er wissen.

„Nein, das ist unmöglich; zwar ist Ihre Aufgabe wichtig, wichtigste ist aber die schleunigste Wiederinbetriebnahme unseres Werks.

Immerhin sind wir die Hauptstromlieferanten im südlichen Ruhrgebiet. Natürlich konnte die entstandene Lücke in der Stromversorgung von kleineren E-Werken notdürftig gefüllt werden; nichtsdestotrotz bereitet der Ausfall dieses Standorts beträchtliche Versorgungsschwierigkeiten, sodass nicht gezögert werden darf. Sie werden verstehen, dass ich beim Aufbau zugegen sein muss."

„Natürlich, Herr Direktor. Und seien Sie versichert: ich werde mein Bestes tun."

„Das glaube ich Ihnen gern. Alsdann, viel Glück und auf Wiedersehen!"

„Danke; ich werde Sie am Dienstagabend von Japan aus anrufen. Auf Wiedersehen!"

Leise klinkte das Türschloss ein, das die beiden Männer lediglich räumlich voneinander trennte und jeden von ihnen mit neuen Hoffnungen versehen sah. –

Wieder einmal hatte Professor Windhoff Grund, stolz sein Werk zu betrachten. Erst drei Wochen war er hier und schon stand die Windhoff'sche Batterie fast vollendet vor ihm. Selbst die Apparatur, die vor Ostern in die Luft geflogen war, hätte sich mit der hier nicht mehr messen können.

Noch während der Feiertage war er darauf gekommen, welchen Grund die Explosion wahrscheinlich gehabt hatte und es war ihm nachträglich ein Stein vom Herzen gefallen, dass man den Versuch nicht am Montagmorgen, wenn es in der Fabrik von Mitarbeitern nur so gewimmelt hätte, gestartet hatte. Insofern war man den beiden Toten, so traurig ihr Opfer auch war, zu größtem Dank verpflichtet.

Erschüttert darüber, dass seine Unterlassungssünde unter Umständen Hunderten das Leben gekostet hätte, hatte Professor Windhoff nun natürlich schleunigst Maßnahmen ergriffen, um eine zweite derartige Katastrophe zu verhindern; und zwar hatte er die gesamte Einheit luftdicht verschließen und mit einer dicken Wandung versehen lassen. Im Kaltzustand herrschte nun in der ganzen Batterie ein gewisser Unterdruck, während es bei Erhitzung zu einem Überdruck kam, der nicht kraftvoll genug war, das Batteriegehäuse zu sprengen.

Nun konnte nichts Unvorhergesehenes mehr geschehen. Zufrieden stand er vor seiner Schöpfung, deren Energiequelle gerade die Reihe der Elektromotoren anlaufen ließ, ganz Mann, der sich am Ziel seiner Wünsche sieht. Da trat Karl-Dietrich Schmidt neben ihn und zupfte ihn am Ärmel, ihm dabei bedeutend, ihm in seinen Arbeitsraum zu folgen.

Da die Maschinen, wie immer, noch zehn Minuten brauchen würden, um ihre volle Leistung zu erreichen, leistete der Professor der Aufforderung Folge.

„Nun, glauben Sie, dass das Experiment ein Erfolg wird?" fragte der Agent zur Einleitung. Auch er gehörte zu der Crew des Professors, die diesen nach Japan begleitet hatte, zwar nicht zur technischen Abteilung – davon verstand er zu wenig –, dafür als Mittler zwischen Direktor Winterscheidt in Köln und Direktor Toyago hier.

„Dessen bin ich sicher", antwortete Professor Windhoff im Brustton der Überzeugung. „Dass meine Maschinerie funktioniert, haben ja bereits frühere Versuche bewiesen. Jetzt geht es darum, mit weiteren geschlossenen Energiekreisläufen zu operieren und zu experimentieren. Wenn man bedenkt, wie einfach das ist …"

Schmidt stöhnte innerlich. Jetzt würde der Professor wieder zu einem seiner langatmigen und für ihn weitgehend unverständlichen Vorträge ansetzen, dabei hatte er wahrlich etwas anderes zu berichten! „Herr Professor, ich bitte Sie …", machte er einen schwachen Versuch, den Hahn des drohenden Redeflusses abzudrehen, allein ohne Erfolg. Professor Windhoff war bereits in Fahrt geraten.

Dieser sprach eine ganze Weile, freilich ohne zu wissen, dass sein Zuhörer diesem Anspruch überhaupt nicht entsprach und nichts als ein eintöniges Summen zu vernehmen imstande war. Wie im Traum hörte er: „… sodass wir als Treibstoff, wenn ich so sagen darf, wirklich nur noch Wasser und Sauerstoff benötigen. Früher mussten wir immer noch dieses oder jenes Element nach bestimmten Zeiträumen nachfüllen."

„Kann man denn nicht gleich Wasser verwenden?" warf Schmidt ein, weil ihm nichts Besseres einfiel, er jedoch unbedingt etwas sagen zu müssen glaubte, um nicht den Eindruck zu erwecken, dass er träumte.

„Das geht leider nicht", lachte der Professor, „sehen Sie, in jeden Stoff, der als Treibstoff verwendet wird, muss vorher Energie hineingesteckt werden, ob es sich nun um Benzin, Kohle oder Eisen handelt, denn selten oder gar nicht werden diese Stoffe in bequemer reiner Form gefunden; sie müssen erst durch einen endothermen chemischen Vorgang, das heißt einen Vorgang, der – entgegengesetzt einer Verbrennung – stets Energie verschlingt, gewonnen werden.

Genauso geht es mit Wasser. Um H_2O chemisch zu trennen, bedarf es ungeheurer Energiemengen, die nur unsere großen Kernkraftwerke liefern können. Wir machen es also genauso wie der Ottomotor, der unter Verlust die Energie, die eine Raffinerie in die Benzingewinnung hineinsteckt, wieder aufbraucht; auch wir holen die potenzielle Energie, die in Wasser- und Sauerstoff steckt, wenn sie getrennt sind, einfach wieder 'raus. Geschenkt wird einem nichts."

Hier unterbrach ein erschrockener Ausruf Schmidts, der gegen Schluss wider Willen doch Interesse an den Ausführungen des Professors gezeigt hatte, diesen: „Herrje, ich wollte Ihnen doch etwas ganz anderes sagen, und wir verplaudern die ganze Zeit!"

„Es sind erst fünf Minuten vergangen, seit wir hier heraufgekommen sind", erwiderte Professor Windhoff nach einem Blick auf seine Uhr, „es bleiben uns also noch gut weitere fünf Minuten."

„Ich muss mich jetzt trotzdem beeilen. Was ich sagen wollte: Ich werde nicht länger hierbleiben, denn Herr Zimmer, mein Chef, hat mir einen neuen Auftrag erteilt. Ich gehe in die Sowjetunion."

„Was? Was wollen Sie da denn?"

„Dazu muss ich etwas weiter ausholen", begann Schmidt nicht ohne herumdrucksen, „wir sind nämlich beim Bau Ihrer Batterie nicht ohne Konkurrenz. Die Motorenwerke in Offenburg experimentieren unter Professor Angermann ..."

„Professor Angermann? Etwa mein Ex-Kollege aus Köln?"

„Genau. Wussten Sie das noch gar nicht? Professor Angermann und Sie haben praktisch die Stellen getauscht. Vorher waren Sie bei den Motorenwerken und er bei uns, jetzt ist es umgekehrt.

Nun, Sie können sich denken, dass Ihr Kollege allerhand Kenntnisse mitgenommen hat, die jetzt den Motorenwerken zugute kommen, obwohl sie von uns sind, sodass jene beinahe genauso weit sind wie wir."

„Das kann ich mir allerdings denken", sagte der Professor, der die Neuigkeit unterdessen verdaut hatte, „aber verstehen kann ich es auch; immerhin arbeitet Herr Angermann seit Jahren auf demselben Gebiet wie ich, hatte auch weitgehend die gleichen Gedankengänge und war auch weitgehend zu denselben Schlüssen wie ich gelangt. Als ich zu Ihnen kam, fehlten an seiner Konstruktion nur ein paar Details, und sie hätte genauso funktioniert wie meine."

„Hat sie aber nicht, und darauf kommt es an! Sei es wie es sei, ob rechtmäßig oder nicht, mich persönlich geht das nichts an. Im Gegenteil, auf meinem Gebiet arbeiten die Motorenwerke und wir sogar zusammen."

„Was soll das nun wieder heißen?"

Der Agent lächelte. „Das ist ein uraltes Gesetz der Klugheit. Genauso wie sich Frankreich und Großbritannien im Zweiten Weltkrieg verbündet hatten, um die Deutschen besiegen zu können, obwohl sie sich nie hatten riechen können, verbünden wir uns mit den Motorenwerken, um gegen einen gemeinsamen Feind zu bestehen. Dass sich dieser gemeinsame Feind im Roten Reich, der Sowjetunion, befindet, ist wahrscheinlich keine große Neuigkeit."

Diese Enthüllung ließ Schmidt einen Augenblick wirken, bevor er fortfuhr: „Das Folgende muss unter uns bleiben, Herr Professor. Das Prinzip Ihrer Erfindung hat nicht nur Offenburg, sondern auch Lugansk erfahren, wie, spielt keine Rolle. Während es in Köln zu jener verheerenden Explosion kam, geschah das, wie Sie wissen, bei den Motorenwerken nicht, einfach weil sich Professor Angermann gleich Ihnen sofort nach Bekanntwerden des Unglücks Gedanken darüber gemacht hat und zu einem dem Ihren ähnlichen Ergebnis gekommen ist.

Anders war es bei den Lokomotivfabriken in Lugansk. Dort kam es auch zu einer Katastrophe; die Russen zogen daraus allerdings viel weitergehende Schlüsse als wir: Zunächst verbannten sie ihre Versuchsanlage nach Sibirien und ließen außerdem Testreihen anlaufen, inwieweit sich der Kreislauf jener aggressiven Elemente, die bei der Windhoff'schen Batterie zum Teil verwendet werden, als Sprengstoff im Kriegsfall verwenden lässt. Die Explosionen in Köln und Lugansk haben eine recht starke Wirkung gezeigt, sodass man hofft, bei guter ‚Züchtung' so gute Ergebnisse zu erhalten, dass damit ausgerüstete Bomben zwar eine ähnliche Sprengwirkung wie Kernwaffen zeigen, die für das eigene Land nachteilige Wirkung der radioaktiven Verseuchung jedoch nicht auftritt."

Hier unterbrach sich der Agent, denn Professor Windhoff drückte die Hände vor sein Gesicht und stöhnte verhalten. „Kann man denn niemals eine Erfindung entwickeln, die nur guten Zwecken dient?" raffte er sich schließlich auf, leise zu sagen. „Muss sie denn immer missbraucht werden?" Plötzlich schlug er mit der Faust auf den Tisch und rief empört aus, während Schmidt, der von der Heftigkeit des Ausbruchs überrascht und erschrocken war, zurückzuckte: „Verdammt! Ich wünschte, ich könnte persönlich den Brüdern das Handwerk legen. Wenn Sie mich fragen, in diesem Fall würde ich aktive Sabotage sogenanntem diplomatischen Verhalten, das nie etwas eingebracht hat und nie etwas einbringen wird, vorziehen und befürworten!"

Diesmal überzog ein breites Grinsen das Gesicht des Agenten. „Sie werden lachen, Herr Professor: Genau das haben wir vor!"

7

„Ah, werte Genossen, treten Sie ein!" rief eine Stimme ihnen dröhnend zu.

Ludwig Valveta fühlte sich zwar etwas befangen, befolgte jedoch die einladenden Worte ohne Zaudern und fragte beinahe unterwürfig: „Danke; ich nehme an, Sie sind Direktor Smirkov, Leiter des hiesigen Zweigwerks?"

Der als Direktor Angeredete, doch eher wie ein Schmied aussehende Mann, der auch ein zu jenem Berufsstand passendes Organ sein Eigen nannte, röhrte als Antwort: „Bin ich, bin ich! Sie sind sicher die mir angekündigte Person namens Valveta, während dieser Genosse dort ...?!"

„Das ist Herr Schmidt, Karl-Dietrich Schmidt! Er ist, wie Sie leicht hören können, ein Deutscher und möchte sich um unseren Staat verdient machen."

„Verdient machen ist gut, haha!" sagte Genosse Smirkov, der bereits einige Sätze zuvor aufgestanden war und jetzt dem zarten Ludwig Valveta auf die Schultern schlug, dass dessen Knie fast eingeknickt wären.

„Guten Tag", meldete sich nun Schmidt erstmals in bestem Russisch, das er in einem dreiwöchigen firmeneigenen Kurs derart geochst hatte, dass er sich nun völlig ausgelaugt fühlte. Aber immerhin, er beherrschte es jetzt; schließlich weiß man, was man seinem Ruf als Werkspion erster Klasse schuldig ist!

„Guten Tag!" erwiderte der Direktor etwas irritiert. Dann hatte er sich wieder gesammelt und erklärte: „Ich glaube, Sie machen sich erst einmal mit dem Betrieb etwas vertraut. Ich werde Ihnen einen Mann mitgeben, der sich hier gut auskennt."

Mit diesen Worten öffnete er die Tür und brüllte in eine unbestimmte Richtung: „Roskow!" und dann noch einmal: „Roskow!"

Sprechfunk scheint es hier nicht zu geben, dachten die beiden Agenten, von der Lautstärke buchstäblich betäubt.

„Genosse Roskov ist ein hervorragender Vorarbeiter", sagte Smirkov, zu ihnen gewandt, „kennt praktisch jeden Winkel im Betrieb, obwohl er erst drei Jahre steht – der Betrieb, meine ich."

Von weitem hörte man Schritte, und bald folgten die ‚Genossen' Schmidt und Valveta dem gewieften Vorarbeiter durch die Stätte ihres künftigen Wirkens.

Ursprünglich hatte Ludwig Valveta allein hierher nach Sibirien gesollt, da er von seinem Chef in Lugansk, Peter Arnowitsch, gerufen worden war, an den Neuentwicklungen der Lokomotivfabriken Woroschilowgrad mitzuarbeiten, größtenteils deshalb, weil er mit den Professoren Windhoff und Angermann zusammengearbeitet hatte und als deren Assistent umfangreiche Kenntnisse über die Wirkungsweise der Windhoff'schen Batterie mitbrachte.

Hierin hatte Sneider natürlich seine große Chance gesehen, den lästigen sowjetischen Konkurrenten für eine Weile auszuschalten, und Valveta mit dem Auftrag entlassen, Fortschritte der Russen auf diesem Gebiet soweit wie möglich zu sabotieren. Allerdings hatte er eingesehen, dass das Valveta allein nicht zugemutet werden konnte, und diesem erlaubt, sich von einem zweiten Mann unterstützen zu lassen.

Hier hatte es gelinde Schwierigkeiten gegeben, denn es erwies sich, dass dem Geheimdienst der Lugansker nahezu sämtliche Agenten der Motorenwerke bekannt und die paar anderen alle unabdingbar waren. So hatte sich Sneider schweren Herzens entschlossen, Valveta zu gestatten, einen firmenfremden Agenten zu Hilfe zu rufen.

Aus diesem Grunde hatte es geschehen können, dass Ludwig Valveta und Karl-Dietrich Schmidt, selbst zwar inzwischen gute Freunde geworden, jedoch unter Vorgesetzten stehend, die offiziell erbitterte Feinde sein müssten – obwohl Zimmer nach langen Vorhaltungen Valvetas und unterstützenden Bitten Schmidts schließlich zähneknirschend dieser Zweckentfremdung seines Agenten zugestimmt hatte –, als Verbündete gegen einen gemeinsamen Feind in die Schlacht gingen, die ihnen, was sie genau wussten, den Kopf kosten würde, wenn sie nicht scharf obacht gäben.

Und jetzt befanden sie sich in der Höhle des Löwen, in Rykowgrad an den Ufern des Jenisej, am Fuß des Mittelsibirischen Berglandes, jener aufstrebenden Industriestadt, die die Lokomotivfabrik Woroschilowgrad unter hundert anderen, gleichartigen für würdig befunden hatte, Sitz ihrer größten Zweigniederlassung zu werden, und die nun, seit der Katastrophe im Hauptwerk, den größten Teil der Produktion und die Neuentwicklungen übernommen hatte.

Beim Rundgang konnte man deutlich sehen, wie neu die Fabrik war: Noch gab es nirgends herausgebrochene Stellen im Mauerwerk, noch liefen alle Maschinen rund, ohne in irgendeiner Phase ein ohrenbetäubendes Quietschen zu erzeugen, noch entwich an irgendeiner Stelle Dampf, wo es nicht geplant war, und sämtliche Hallen, Räume und Gänge rochen neu, fast konnte man sagen, richtig frisch.

So natürlich auch die Versuchsabteilung, in der man jetzt, am Ende des Rundgangs, anlangte.

„So, werte Genossen, da wären wir. Hier ist Ihr zukünftiger Arbeitsplatz!" sagte Roskow gerade, die Rede rnit einer den Saal umfassenden Gebärde unterstreichend, als bereits ein anderer Mann auf sie zukam und, zu Roskow gewandt, fragte: „Sind das die angekündigten Leute?"

„Klar, Arkadi, und hiermit seien sie dir übergeben!"

Somit waren also Valveta und Schmidt an der vorläufigen Endstation ihres Wirkens angekommen. Der Unbekannte stellte sich als Genosse Arkadi Tysoff und ihren zukünftigen Vorarbeiter vor und begann auch sogleich, sie einzuarbeiten.

Das war aber eigentlich gar nicht nötig, denn ob Osaka, Köln, Stockholm, Offenburg, Lugansk oder Rykowgrad, die Versuchshallen sahen alle ungefähr gleich aus. Es braucht daher nicht zu verwundern, wenn Ludwig Valveta und Karl-Dietrich Schmidt bereits am zweiten Tag arbeiteten, als wären sie schon Jahre in diesen Wänden beschäftigt. Die bekannte Kontaktfreudigkeit und Unkompliziertheit der Russen hatte ein Übriges dazu getan, dass die beiden sich schon fast wie zu Hause fühlten, was sie natürlich in nicht geringe Gewissensnöte brachte.

So kam es, dass Schmidt am Abend jenes zweiten Tages zum ersten Mal, seit sie sich in der Sowjetunion befanden, ein offenes Gespräch begann.

Sie wohnten gemeinsam in einem Doppelzimmer mit Kochnische und Toilette, das man ihnen zugewiesen hatte und einen gewissen Komfort bot; man hatte ihnen aber versichert, dass ihnen bei hinreichenden Leistungen schon bald eine geräumigere Wohnung winken würde.

Natürlich hatten sich die beiden zunächst einmal auf die Suche nach einem versteckten Mikrofon gemacht, denn es war durchaus nicht nur in der Sowjetunion üblich, Neue, über deren Gesinnung man sich noch nicht ganz im Klaren war, die ersten Tage oder Wochen über heimlich zu belauschen; wahrscheinlich hatte man sie deshalb auch zusammen in eine Wohnung gesteckt.

Heute Abend war ihre Suche von Erfolg gekrönt gewesen: Sie hatten einen Mikrosender in einer Blumenvase gefunden, die auf einem Podestchen unauffällig in der Ecke stand und so geschickt hindrapiert worden war, dass sowohl ein Gespräch vom Tisch, an dem die Mahlzeiten eingenommen wurden, als auch eine Unterhaltung, die die Agenten in den Betten, die nicht weit voneinander entfernt standen, führten, dorthin drang.

Sofort beschlossen sie, etwas gegen diesen ungebetenen Lauscher zu unternehmen. So kam es, dass Schmidt, als beide vom Essen aufstanden, plötzlich rief: „Ach, guck mal, die Blumenvase da in der Ecke. Die habe ich noch gar nicht gesehen!"

„Na und?" fragte Valveta missmutig.

„Na, hör mal, die ist doch wirklich schön! Die soll einen besseren Platz bekommen." Und schon nahm Schmidt Vase samt Podest und stellte beides zwischen Fernseher und Couch auf, jedoch ein Stückchen von der Wand entfernt. Valveta sagte dazu zwar nichts, deutete jedoch durch ein tadelndes Brummen an, dass er mit dieser Veränderung nicht einverstanden sei.

Der zweite Teil des Schlachtplans lief darauf hinaus, dass die Freunde sich nun das Fernsehprogramm ansahen, obwohl das Thema keinen von beiden im Mindesten interessierte. Während der Sendung ging Ludwig Valveta, der heute Abend offensichtlich schlecht gelaunt war, mehrmals zum Apparat, weil ihm der Ton entweder zu laut oder zu leise war, und stolperte dabei demonstrativ über die Vase. Schließlich wurde es ihm zu bunt und er sagte deutlich: „Du mit deinen Schnapsideen!" nahm das Objekt seines Zorns und ging damit zum Geschirrschrank. Schmidt setzte zu einem schwachen Protest an, gab es dann jedoch auf und sah zu, wie Valveta die Vase in der hintersten Ecke des Schranks verstaute, sich vergewisserte, dass auch wirklich genügend Teller, Gläser und besonders dämpfend wirkende Kunststoffschüsseln davor standen und die Schranktür schloss.

Vorsichtshalber ließen sie die Sendung bis zum Schluss laufen, denn das Geräusch des Fernsehers drang vielleicht noch bis zum Abhörgerät vor; danach gingen sie zu Bett.

Leise sagte Schmidt zu seinem Kameraden: „Glaubst du, dass sie uns immer noch hören können?"

„Nein, bestimmt nicht!" flüsterte Valveta ebenso vorsichtig zurück, „aber ich glaube, es ist besser, nicht lauter zu sprechen als wir es jetzt tun!" Eine Weile herrschte Schweigen, dann setzte Karl-

Dietrich Schmidt wieder an: „Komisch. Jetzt, wo wir uns zum ersten Mal richtig unterhalten können, fällt mir nichts ein. Und dir?"

„Mir ja! Und zwar, weil uns etwas einfallen muss. Immerhin kann es sein, dass das hier nicht nur die erste, sondern auch die letzte Möglichkeit für eine offene Unterhaltung ist."

„Wieso das denn? Das Mikrofon haben wir doch beseitigt."

„Das schon! Es ist aber doch anzunehmen, dass sie uns ein neues verpassen, zumal wir mit unserem Theater heute Abend den Anflug eines Verdachts erweckt haben werden, von dem wir uns zwar leicht wieder werden reinwaschen können; das setzt jedoch voraus, dass wir uns eines etwaigen zweiten Abhörgeräts, das sie uns womöglich schon morgen während der Arbeitszeit ins Zimmer pflanzen, nicht auf die gleiche unauffällige Art entledigen, weil das eben nicht mehr unauffällig wäre. Meinst du nicht auch?"

„Schon, aber worauf willst du eigentlich hinaus?"

„Ich will dich nur daran erinnern, dass wir eine Aufgabe haben, nämlich das hiesige Exemplar der Windhoff'schen Batterie betriebsunfähig zu machen und dass wir genau planen müssen, um diese Aufgabe zu erfüllen. Und dass wir den Plan heute Abend, also hier und jetzt, fassen müssen; eine bessere Gelegenheit bekommen wir nicht mehr."

„Oh!"

„Daran hast du noch gar nicht gedacht, was? Aber du wirst lachen: Ich habe mir schon etwas zurechtgelegt, eine Art Vorstudie."

„Na, dann schieß los!"

„Du hast ja gemerkt, dass ihnen der Nachbau der Batterie recht gut gelungen ist; sie haben nur einige Kleinigkeiten übersehen, die wir bequem in vier Tagen ausbessern könnten; es sind wirklich nur Kleinigkeiten, aber sie verhindern, was das Wichtigste ist: Das Funktionieren des Apparats."

„Du wirst lachen: Das ist mir bekannt!"

„Sei doch nicht so ungeduldig. Also, du hast das auch gemerkt, unseren Kameraden aber klugerweise erzählt, die Professoren hätten ziemlichen Mist gebaut, sodass es eine ganze Weile dauern könnte, bis die Sache läuft. Dieser Schachzug schenkt uns eine Menge Zeit."

„Tja, manchmal bricht auch bei mir rein instinktiv das Genie durch!"

„Ach, du Angeber! Also pass' auf!"

Ludwig Valveta flüsterte seinen Plan unwillkürlich noch leiser, sodass Schmidt ihn kaum verstand, umso weniger ein unsichtbarer Lauscher, der aller Vorsicht zum Trotz doch das Gespräch der beiden Agenten bis hierher mitverfolgt hatte.

Dieser Lauscher war kein geringerer als Smirkov, der Direktor des Zweigwerks, in eigener Person.

Sein aufrechter und lauterer Charakter hatte ihn von vornherein daran gehindert, zu den beiden Agenten, die man ihm zugeteilt hatte und von denen ihm nur einer mit Namen bekannt gewesen war, Zutrauen zu fassen, größtenteils deshalb, weil er in jedem Spion ein speichelleckerisches Kriechtier sah, das einem jedoch, sobald man ihm den Rücken dreht, in die Ferse zu beißen pflegt. Er hatte deshalb versucht, die Einstellung der beiden in seinem Betrieb nach Möglichkeit zu verhindern. Als man ihm aber sagte, dass Valveta und Schmidt nicht in ihrer Eigenschaft als Agenten, sondern allein wegen der Kenntnisse, die seinen Fachleuten fehlten, geholt worden seien und man ihm außerdem diskret zu verstehen gab, dass man sich nach einem geeigneten Nachfolger für ihn umsehen wolle, falls er weiter lamentieren sollte, hatte er klein beigeben müssen. Nichtsdestoweniger hatte Direktor Smirkov beschlossen, ein besonderes Auge auf die beiden zu werfen.

Der Einbau des Abhörgeräts war natürlich mit Billigung des Parteiausschusses, der für seine Firma, ein wichtiges Glied in der Kette des technischen Fortschritts in der Sowjetunion, verantwortlich war, geschehen, denn das war allgemein üblich. Als ein Übriges hatte Smirkov aber nun in die Mauer des benachbarten Appartements, das zufällig leer stand, während der Arbeitszeit ein Loch bohren lassen, sodass es außer dem empfindlichen Mikrofon eine zusätzliche direkte Verbindung zu dem Doppelzimmer der Agenten gab.

An diesem Abend nun hatte er es sich nicht nehmen lassen, die Gespräche zu den Freunden höchstpersönlich abzuhören; das war eigentlich nicht nötig, denn sie wurden auf Tonband aufgezeichnet und konnten ebenso gut von einem Mitglied des Ausschusses am nächsten Tag geprüft werden. Trotzdem tat Smirkov es, da er es als eine Art Hobby betrachtete, und als die Sache mit der Vase passierte, wurde er misstrauisch.

Selbstverständlich konnte das ein Zufall sein. Genau genommen hatten die beiden sogar einen recht guten Eindruck auf ihn gemacht, gar nicht den, den er von Agenten erwartete; sie hatten sich auch ordentlich eingearbeitet und verstanden sich mit ihren

Kollegen, alles Punkte, die für sie sprachen und ihm, Smirkov, das Misstrauen langsam austrieben. Aber ein Funke davon war geblieben, und jetzt wollte er ein für alle Mal die Sachlage klären.

So war er also flugs in das leere Appartement geeilt – weit hatte er dabei nicht zu gehen brauchen, denn alle im Betrieb Tätigen wohnten auch innerhalb des Firmengeländes in sechs großen Wohnblocks, einschließlich des Direktors –, hatte sein Ohr an das Loch gepresst und zugehört, denn zum Unglück für Valveta und Schmidt schloss sich jene Wohnung genau an der Wand an ihre an, an der auch die Betten standen.

Auf diese Weise hatte Smirkov fast jedes Wort mitbekommen, das in den Betten geflüstert worden war, und verständlicherweise war sein Zorn bis zum Siedepunkt gestiegen; fast hätte er ihnen vertraut gehabt! Dass er jetzt von dem eigentlichen Plan nichts verstand, ärgerte ihn umso mehr. Verzweifelt quetschte er sein Ohr an die Wand, hörte aber nichts weiter als ein unverständliches Gebrabbel.

Erst als Schmidt antwortete: „Das ist wirklich ein guter Plan!" verstand er wieder.

„Ja, nicht wahr?" sagte Valveta, der jetzt auch wieder lauter sprach, „vor allen Dingen erreichen wir damit, dass zwar die Maschine total funktionsunfähig gemacht wird und die Konstruktionszeichnungen zerstört werden, ohne dass Leute dabei draufgehen und ohne dass wir in Verdacht geraten."

Die Tatsache, dass Valveta darauf bedacht war, möglichst kein Menschenleben zu opfern, besänftigte Smirkov beinahe. Unterdessen redete dieser weiter: „Und das Tolle ist: Da die Herren hier Monate zu tun haben werden, um alles aus dem Kopf wieder so hinzustellen, wie es vorher war, wird man uns wahrscheinlich solange für einen Auftrag wieder nach Deutschland schicken, sodass wir ungestört und sogar mit besten Wünschen für die Zukunft ausgestattet die Heimreise antreten dürfen!"

Das würde dir gefallen, dachte Smirkov hämisch.

Es herrschte eine Weile Schweigen, dann sagte Schmidt: „Weißt du, dass unser Beruf ganz schön hart ist?"

„Wieso?"

„Wenn ich überlege, wie freundlich die Russen zu uns sind und wie gut wir uns mit ihnen verstehen, ist es eigentlich eine Schweinerei, dass wir sie so verraten."

„Du hast schon Recht, aber was sollen wir machen? Außerdem bin ich ganz froh, von hier wegzukommen. Den lieben langen Tag in dieser rauen Arbeitskleidung herumzulaufen, während ich bei uns in Deutschland mit Anzug und Krawatte arbeiten kann, das behagt mir ganz und gar nicht."

„Ach, so schlimm ist das nun auch wieder nicht. Hier haben das doch alle an, sogar der Direktor selbst."

„Schon, aber mir behagt das nicht und darauf kommt es schließlich an."

„Du hast ja Recht. Abgesehen davon: Unseren Kollegen passiert ja nichts."

„Eben. Die sind nur ein paar Tage arbeitslos, bis man ein neues Betätigungsfeld für sie gefunden hat, und denen ist es ja egal, wohin sie geschickt werden. Eine schlimmere Gegend als hier das nördliche Sibirien gibt es sowieso nicht."

„Genau. Die meisten werden nach Lugansk kommen, um dort am Wiederaufbau des Stammwerks zu helfen, und sich darüber freuen. Um die brauchen wir uns wirklich keine Gedanken zu machen. Gute Nacht!"

„Gute Nacht, Karl!"

Das Klicken des Lichtschalters verriet, dass Valveta und Schmidt den Tag endgültig abgeschlossen hatten und bald bewiesen ihre regelmäßigen Atemgeräusche die Richtigkeit dieser Annahme.

Direktor Smirkov sah ein, dass heute nichts mehr zu holen sei und begab sich auf den Heimweg, einesteils, um seine steifgefrorenen Extremitäten wieder aufzuwärmen – man schrieb zwar schon Mitte Mai, aber die Kälte des eisigen sibirischen Winters steckte noch in den Räumen und eine leerstehende Wohnung wurde natürlich nicht beheizt –, andernteils aber, um sich seine nächsten Schritte zu überlegen.

Morgen zum Ausschuss laufen und die beiden anzeigen war unmöglich. Er war ihretwegen schon einmal aufgefallen und wollte sich dort erst wieder melden, wenn er Beweise vorzulegen imstande war, was er im Augenblick nicht konnte. Das Duo würde die Beschuldigungen einfach ableugnen und wenn es das durchhielt, war dem Direktor schon klar, wem der Ausschuss Glauben schenken würde, zumal der anscheinend einen Narren an den beiden gefressen hatte. Hinzu kam, dass sie deutsch gesprochen hatten, und hier lag die Möglichkeit eines Missverständnisses geradezu in der Luft, zumal er den eigentlichen Plan gar nicht herausbekommen hatte. Objektiv gesehen, würde er sich unter diesen Umständen selbst nicht glauben, obwohl er ziemlich gut deutsch verstand.

Nein, das war wirklich nichts. Die vorläufig einzige Möglichkeit bestand darin, auf der Hut zu bleiben und jeden Schritt der Agenten sorgfältig zu überwachen. Als erstes beschloss er, morgen keine neue Wanze anbringen zu lassen, damit sie sich auch die folgenden Tage über betreffs ihrer Pläne ausließen, auch wenn er nur schaudernd an die kalten Nachtwachen zu denken vermochte, die ihm an den kommenden Abenden bevorstanden. –

Doch das Ausharren auf diesem unangenehmen Posten erwies sich als vergebens; die Agenten hatten nämlich automatisch angenommen, dass man ihnen ein neues Abhörgerät einbauen würde und, um keinen Verdacht zu erregen, gar nicht danach gesucht. Deshalb hielten sie wohlweislich den Mund und wussten gar nicht, dass sie den Direktor damit bis zur Weißglut reizten, dessen einzige Hoffnung nunmehr war, dass er trotzdem den Sabotageakt noch vor seiner Ausführung verhindern konnte und als Entschädigung für die nächtelangen Touren und Tortouren in ein milderes Klima versetzt werden würde, denn, dachte er bei sich, ob als Strafgefangener, Arbeiter oder als Direktor – Sibirien bleibt Sibirien.

So änderte sich während der nächsten zwei Wochen nichts, nichts außer dem Verhältnis zwischen den Deutschen und Smirkov, der nicht genügend Talent zum Schauspieler hatte, um ihnen gegenüber weiterhin ein freundliches Gesicht zu aufzusetzen und sie damit in entsprechende Unruhe versetzte; sie beruhigten sich jedoch, als ihre Kollegen ihnen offenbarten, dass der Direktor sich zu vielen, die er ebenfalls aus jedweden unerfindlichen Gründen nicht leiden konnte, so unfreundlich verhielt.

Nach Ablauf dieser zwei Wochen traten die ersten Alarmzeichen auf; natürlich waren sie versteckt und niemand außer dem aufgeschärften Smirkov nahm sie wahr; aber selbst bei unvoreingenommener Betrachtung muss gesagt werden, dass tatsächlich welche vorhanden waren.

Zunächst einmal tuschelten Schmidt und Valveta viel miteinander, verständigten sich durch unauffällige Handzeichen oder blinzelten sich zu. Dann trat bei beiden eine verstärkte Arbeitswut zutage, die sich darin äußerte, dass sie häufig bereit waren, ohne Entgelt allein am Abend weiterzuarbeiten, „um nicht länger als unbedingt nötig Staat und Gesellschaft dadurch zu schädigen, dass die Batterie nicht funktioniert", wie sie sich ausdrückten. Das aber war das letzte Verdachtsmoment; wer konnte wissen, was sie bei ihrer nächtlichen Arbeit alles anstellten?

An einem bestimmten Abend schunden die Agenten besonders ergiebige Überstunden und warfen sich gleich, nachdem sie ihr Appartement betreten und zu Abend gegessen hatten, ins Bett und schliefen ein. Der Direktor, der seinem Horchposten immer noch die Treue hielt, sah ein, dass er auch an diesem Tag kein Glück haben würde und ging nach Hause.

Das war das letzte Mal, dachte er, morgen lasse ich wieder ein Mikrofon einbauen und sie auf die übliche Weise überwachen; bin ich denn verrückt? Während er missmutig seinen Weg fortsetzte, gelang es ihm, seine Gedanken in andere Bahnen zu lenken. So war zum Beispiel immer noch nicht jener freche Dieb erwischt worden, der ständig wertvolle Styroporplatten stahl. Die Nachforschungen hatten kein Ergebnis gezeitigt.

Na, dachte er, als er daheim anlangte, morgen ist auch noch ein Tag. Jetzt ist erstmal die Familie dran. –

Morgens um vier wurde er von zwei verschiedenen Anzeichen geweckt: Von dem penetranten Brandgeruch, der ihn auch schon seit geraumer Zeit im Traum verfolgte, und von der Alarmsirene. Er war schon hinausgestürzt, bevor er sich noch richtig angekleidet hatte.

Er wusste genau, wohin er rennen musste, ohne jemanden zu fragen, und richtig: als er hinkam, stand das Gebäude der Versuchsabteilung in hellen Flammen. Smirkov war noch eher da als Feuerwehr und Werkspolizei; als die ersten Vertreter beider Sparten kurz nach ihm eintrudelten, schrie er den Feuerwehrmännern zu: „Rettet vor allem die Konstruktionspläne!" und den Polizisten: „Verhaftet Valveta und Schmidt, Block 5, Zimmer 517!"

Während die Feuerwehrleute einen noch nicht im Flammenmeer untergegangenen Eingang suchten, der inzwischen eingetroffene erste Spritzenwagen die Leiter ausfuhr und mehrere Leute den Schlauch an den Hydranten anschlossen, beeilten sich die Sicherheitsbeamten, dem Befehl ihres Chefs schleunigst nachzukommen. Sie mussten aber zu ihrem Erschrecken feststellen, dass sich in der angegebenen Wohnung niemand befand; die Vögel waren ausgeflogen.

Als Smirkov das hörte, wurde er vor Wut so rot, dass seine Untergebenen befürchteten, er würde in Kürze platzen. „Überwacht alle

Flugplätze, Bahnhöfe, Ausfallstraßen und zusätzlich alle Wasserwege!" brüllte er. „Sie dürfen nicht entwischen, los, beeilt euch!" Angesichts der Alarmzeichen in Smirkovs Gesicht beeilten sich die Sicherheitsbeamten, dem Befehl Folge zu leisten. Binnen einer Stunde war jedes Bächlein, jeder Schienenstrang und jeder Feldweg so gut bewacht, dass es selbst einem Floh kaum mehr gelungen wäre, die Stadt unbemerkt zu verlassen.

Trotz dieses Eifers konnten die Flüchtenden jedoch nicht gefasst werden; einen Tag später stand mit ziemlicher Sicherheit fest, dass sie sich sofort nach ihrem Attentat noch mitten in der Nacht aus dem Staub gemacht und so einige Stunden Vorsprung gewonnen hatten. Dass sie sich noch innerhalb von Rykowgrad aufhielten, war wenig wahrscheinlich, denn dort wurde buchstäblich jeder Stein umgewälzt, um die Saboteure vielleicht doch noch zu fassen; es wäre reine Dummheit gewesen, die Stadt nicht verlassen zu haben.

Smirkovs einzige Hoffnung bestand darin, dass man sie wenigstens noch innerhalb der Sowjetunion erwischte, denn er hatte natürlich sofort die Unionspolizei informiert, die dafür sorgen würde, dass Schmidt und Valveta nicht allzu weit kämen.

Inzwischen hatte der Direktor einige unangenehme Augenblicke durchzustehen, und zwar vor dem Überwachungsausschuss, dessen Mitglieder ihm mehrere recht peinliche Fragen stellten.

Da sie es ihm garantiert ankreiden würden, würde er etwas von seinem heimlichen Lauschposten sagen, zog er es vor, darüber zu schweigen. Dass er kein neues Abhörgerät hatte einbauen lassen, zumindest nicht unverzüglich, begründete er damit, dass die Ausschussmitglieder selbst volles Vertrauen zu den beiden Deutschen gehabt und die Anbringung des Mikrofons nur als Routinesache betrachtet hätten, was diese nicht abstreiten konnten. So gelang Smirkov seine Rehabilitation, während die Untersuchung weiterging.

Eine Woche später stand ihr Ergebnis fest: Danach hatten die beiden Saboteure sämtliche aggressiven und explosiven Stoffe aus der Batterie entfernt und sie statt dessen mit den gestohlenen Kunststoffplatten, welcher Fall damit auch abgeschlossen werden konnte, ausgelegt. Am Abend ihrer Tat hatten sie nun den Kunststoff angezündet, die Klappen soweit geschlossen, dass nur ein bisschen Luft an die Flammen gelangen konnte und das gleiche mit den Türen und Fenstern der Maschinenhalle angestellt, damit

sich das Feuer wegen Sauerstoffmangels nicht allzu schnell aus-
breitete.

So war der Brandverlauf gewesen: Zunächst hatte im Innern der
Batterie ein Feuer geschwelt, das durch die in nur geringem Maß
eintretende Luft am Ausbruch gehindert wurde; so hatte es sehr
lange gedauert, bis die Flammen aus dem Gerät ausbrachen.
Aber auch im Maschinensaal fehlte ihnen durch die geschlossenen Fenster der Sauerstoff, und so war es bereits gegen vier Uhr
morgens, ehe sich das Feuer endgültig durch die schwächsten
Stellen des Gemäuers hindurchgefressen hatte und bemerkt worden war. Dann allerdings war es schnell soweit gewesen, dass
das Gebäude völlig abgebrannt war, denn zu dem Zeitpunkt war
es schon so gründlich durchgeglüht gewesen, dass die Flammen
leichtes Spiel hatten. Der leichte Brandgeruch, der während der
Nacht über dem ganzen Gelände gehangen hatte, war zwar von
vielen bemerkt, jedoch nicht für wichtig gehalten worden.

Selbst der hasserfüllte Direktor musste den Agenten zubilligen,
dass sie es geschickt verstanden hatten, sich soviel Vorsprung
zu verschaffen, dass sie sich bequem hatten retten können. –

Inzwischen war es den Zielscheiben des sowjetischen Zorns tatsächlich gelungen, wieder nach Hause zu gelangen.

Drei Tage vor dem Attentat hatte sich Schmidt unruhig in seinem
Bett hin und her gewälzt, wahrscheinlich weil er am Abend zuvor
zu schwer gegessen hatte. Zudem erlebte er im Traum blutrünsti-
ge Abenteuer, die ihn veranlassten, wild mit den Händen zu fuch-
teln; diese Bewegung artete mehr und mehr in ein beständiges
Pulen in einem unsichtbaren Loch aus, das auch nicht aufhörte,
als die Traumbilder wechselten. Dieser Verfremdungseffekt kam
Schmidt recht seltsam vor, sodass er sich immer intensiver den
Kopf darüber zerbrach. Das führte schließlich dazu, dass sein
Geist aus den dunklen Tiefen des Traumzustandes allmählich
höher in die Sphären der Dämmerung stieg und er erwachte.

Überrascht stellte er fest, dass sein Finger tatsächlich irgendwie
festgeklemmt war, erstaunlicherweise an der Seite, an der er die
Wand vermutete. In dem Glauben, noch in Trance zu sein, schaltete er die Nachttischlampe ein, wobei er sich fast den Arm ver-
renkt hätte.

Unwillig brummte Valveta im Schlaf, als ein Lichtschein ihn störte;
als das aber nichts nützte und die Störung andauerte, wachte er
auf. „Was ist denn los?" murmelte er ärgerlich. Er sah, dass sein
Freund das Gesicht der Wand zugedreht hatte und unter Flüchen

zuckende, ruckartige Bewegungen vollführte. „Pst!" flüsterte dieser, „ich habe mir den Finger eingeklemmt."

„Aber doch nicht an der Mauer?"

„Nicht an, sondern in!"

Diese merkwürdige Antwort scheuchte den letzten Rest Schlaf aus Valvetas Augenwinkeln. Er beugte sich über Schmidt und sah verwundert, wie dessen Finger, scheinbar abgeschnitten, stumpf an der Wand endete. Sein Freund zerrte ein paarmal vergeblich an seiner Hand, bis sich zu seiner Erleichterung der Finger aus der Mauer löste.

„Da ist tatsächlich ein Loch."

Schmidt setzte seine Lippen daran und stellte fest, dass er ohne weiteres hineinblasen konnte; das bedeutete, dass das Loch nicht ins Gemäuer, sondern in den anliegenden Raum mündete.

„Verdammt, das hat uns gerade noch gefehlt!"

„Pst, sei leiser!"

Da sie immer noch glaubten, dass in ihrer Wohnung möglicherweise eine Wanze verborgen war, krochen sie unter die Bettdecke und flüsterten miteinander, wie es die Verständlichkeit gerade noch erlaubte.

„Das wirft auf die Sache ein anderes Licht", meinte Valveta, „ich habe tatsächlich geglaubt, Smirkovs Verhalten wäre normal."

„Das kann doch immer noch sein; das Loch ist vielleicht schon seit Jahren hier und niemand weiß etwas davon."

„Bestimmt nicht! Hast Du nicht gesehen, wie sorgfältig man die Ränder unscheinbar zu machen versucht hat? Außerdem ist es so geschickt angebracht, dass der Lauscher alles, was wir hier im Bett besprechen, hören kann. Aber selbst wenn das Loch beispielsweise für unseren Vorgänger gebohrt worden wäre, ist es, glaube ich, für uns besser, einfach anzunehmen, dass irgendjemand uns belauscht hat und von unseren Plänen weiß."

„Glaubst du …; glaubst du, dass jetzt, in diesem Augenblick, auch ein Spion dahinter hockt?"

„Nein! Und selbst wenn es bis eben der Fall gewesen sein sollte, hat unsere Wühlarbeit den Betreffenden sicher vertrieben."

„Sei es wie es sei: Jedenfalls müssen wir unsere Pläne ändern."

„Richtig. Ich halte es zum Beispiel für zwecklos, daran festzuhalten, dass wir uns möglichst unverdächtig verhalten sollten. Nach

Erledigung unseres Auftrags müssen wir vielmehr sehen, dass wir uns so schnell wie möglich verkrümeln."

Das zweifelte auch Schmidt nicht an, und so änderten sie ihren ursprünglichen Plan in jenen um, der bereits beschrieben wurde.

Am nächsten Morgen begannen sie zielstrebig aus dem Lager Kunststoffplatten zu entnehmen, die leicht brennbaren Innereien in der Batterie aus dieser zu entfernen und sie, wobei sie sie als Abfall deklarierten und zur etliche Kilometer entfernten Müllkippe transportieren ließen. Diese Arbeit konnten sie ungestört verrichten, denn Tysoff hatte sich schon längst von ihrer Fähigkeit überzeugt und ließ sie unbesorgt allein hantieren.

Drei Tage später waren die Vorbereitungen abgeschlossen. Während der letzten Überstunden, die die Agenten in diesem Gebäude machten, versicherten sie sich der Tatsache, dass sich niemand mehr außer ihnen im Haus befand, legten das Feuer und gingen heim.

Während der Brand in der bereits geschilderten Weise ablief, taten Schmidt und Valveta, als legten sie sich schlafen, standen aber eine halbe Stunde später wieder auf, ergriffen das bereits vorher gepackte Allernotwendigste, was sie für ihre Flucht benötigten, und machten sich so leise wie möglich aus dem Staub.

Diese Verzögerung war nötig gewesen, um einen gewissen Zeitvorsprung zu erhalten; hätten sich die beiden nämlich gleich davongemacht, hätte der ungebetene Zuhörer hinter der Wand, dessen Existenz sie sich so gut wie sicher waren, sofort gemerkt, dass etwas nicht stimmte. Das Ergebnis wäre gewesen, dass ganz Rykowgrad keine zwei Stunden nach ihrem Abschied alarmiert gewesen wäre. So durften sie auf einen Vorsprung von einer ganzen Nacht hoffen. Allerdings nur hoffen, denn falls der ungebetene Zuhörer ein Weilchen länger ausgeharrt und von ihrem unauffälligen Go-out etwas mitbekommen hatte, war die Firma vermutlich umstellt und die Agenten mussten damit rechnen, den Rest ihres Lebens auf nicht allzu angenehme Art verbringen zu müssen.

Während sie sich über das Werksgelände schlichen, geschah jedoch nichts. Auch als sie durch ein Loch im Zaun kletterten, das sie einmal auf einem Spaziergang entdeckt und sich vorsichtshalber gemerkt hatten, blieben sie unbehelligt. Schnellen Schritts eilten sie nun zum Ufer des Jenisej hinab, um die Nachtfähre, die Rykowgrad mit Dudinka verbindet, zu erreichen.

Das war, wie sich herausgestellt hatte, die einzige Möglichkeit gewesen. Einen Flugplatz besaß Rykowgrad nicht, Eisenbahn und Busse fuhren nachts nicht; auch durften sie es nicht wagen, am Tage vorher ein Auto zu mieten. Deshalb müssten sie das letzte Schiff am Abend nehmen, das planmäßig am nächsten Morgen gegen fünf Uhr in Dudinka ankommen sollte; von dort aus konnten sie ein kleines Flugzeug besteigen, das gegen sieben Uhr in Richtung Moskau startete. Dann ins westliche Europa zu gelangen, sollte auch nicht mehr allzu schwierig werden. Wenn das Feuer, was durchaus möglich war, erst gegen fünf Uhr entdeckt werden sollte, hatten sie Hoffnung, dass der Haftbefehl ein gutes Stück hinter ihnen her hinken würde.

Sich falsche Bärte oder Schminke zu besorgen, war zu gefährlich gewesen, denn sie mussten stets damit rechnen, dass ihr Appartement während ihrer Abwesenheit durchsucht wurde, aber gefälschte Pässe hatten sie sich schon in Deutschland geben lassen, denn die konnte man bequem verstecken. Dass jemand sie auf der Fähre oder im Flugzeug erkannte, mussten sie als Risiko einkalkulieren.

Während der Fahrt geschah jedoch nichts; hätten die Agenten nicht so ein schlechtes Gewissen gehabt, wäre die Fahrt für sie sogar zu einem ausgesprochenen Genuss geworden, so romantisch sahen die Sterne im wolkenlosen Himmel, die hier und da aufblitzenden Lichter an den Ufern und der Mond, der sich funkelnd im glasklaren Wasser spiegelte, von dem modernen Tragflügelboot aus, das schnell die erforderlichen Kilometer zwischen sich und Rykowgrad brachte.

In Dudinka jedoch erwartete die beiden eine böse Überraschung. Auf halbem Weg zum Flugplatz nämlich sahen sie auf einer Litfasssäule, die, anders als es in westlichen Ländern üblich ist, hauptsächlich zur Anbringung amtlicher Bekanntmachungen aufgestellt werden, ein frisch angeklebtes Plakat, das demjenigen, dem es gelang, die beiden Verbrecher Karl-Dietrich Schmidt und Ludwig Valveta dingfest machen zu helfen oder sie gar selbst zu erledigen, eine beträchtliche Belohnung verhieß.

Schmidt nahm die Sache von der humorvollen Seite: „Donnerwetter, 5000 Rubel ist jeder von uns wert!"

Valveta hielt den Tatbestand für bedeutend schwerwiegender. „Mist, Smirkov hat schneller geschaltet als wir dachten!"

Von weitem war noch der eifrige Mensch zu sehen, der bereit gewesen war, morgens um halb Sechs schon Plakate anzuleimen.

Die Spione verdrückten sich in eine Seitenstraße und hielten sich auch weiterhin auf dem Weg zum Flugplatz auf Nebenwegen. Das war ihnen möglich, weil sie vor Antritt der Reise bereits an eine solche Notlage gedacht und den Stadtplan von Dudinka im wahrsten Sinne des Wortes auswendig gelernt hatten. Nichtsdestotrotz war das Ganze ein nicht ungefährliches Unterfangen, denn es war zwar um diese Zeit noch so gut wie niemand auf den Beinen, doch stand der längste Tag des Jahres kurz bevor, sodass die Mitternachtssonne aus der Nacht hellen Tag machte, der ihr Gesicht jedem doch auftauchenden Passanten präsentieren würde. Bei ihrer Fahrt den Jenisej abwärts hatten sie nämlich den Polarkreis überschritten.

Am Flugplatz angelangt, müssten sie zu ihrem Schrecken feststellen, dass sie zu spät gekommen waren: Am Haupteingang wimmelte es von Uniformierten, die jeden, der heraus oder hinein wollte, eingehend überprüfte, und an jeder Ecke des umgrenzenden Zauns stand mindestens ein weiterer. Die Agenten konnten sich davon überzeugen, als sie im Schatten von Häuserwänden und Hecken den kleinen Flugplatz vorsichtig umkreisten.

„Verdammt", murmelte Valveta, als sie wieder am Ausgangspunkt waren und den Eingang vom Schutz einer außenliegenden Kellertreppe aus beobachteten, „wir sind zu langsam gewesen."

„Den Aufwand, den unseretwegen betreiben, betrachte ich als sehr schmeichelhaft. Ob die jeden Flughafen derart bewachen?"

„Kaum. Das hier ist der, der Rykowgrad am nächsten liegt. Wenn wir überhaupt auf diese Weise fliehen wollten, dann nur von hier, sagten sie sich. Eigentlich unüberlegt; wir hätten uns einen anderen aussuchen müssen."

„Welchen denn? Die Fähre war doch die einzige Möglichkeit, noch mitten in der Nacht von Rykowgrad wegzukommen."

„Das stimmt schon. Das wird die Gegenseite leider auch überlegt haben. Na, wie dem auch sei! Die große Frage ist jetzt nur: Was machen wir nun?"

Das war wirklich eine sehr interessante Frage. Zunächst ließe sie sich vielleicht dahingehend beantworten, dass ein Standortwechsel vonnöten war. Immer mehr Menschen waren jetzt auf der Straße zu sehen und es wäre nicht erstaunlich gewesen, hätte sie einer von den Plakatbildern her erkannt.

Kurze Zeit später war sie gelöst. Die Agenten hatten sich wieder hinter den Flugplatz geschlichen und in dem dichten Wald, der dort begann, verborgen. So waren sie für die nächste Zukunft gesichert und konnten nun in Ruhe daran denken, sich einen Plan für die entferntere Zukunft, das heißt für die kommenden drei Tage, zurechtzulegen.

Das Frühstück bestritten sie mit Hilfe einiger gefundener Waldbeeren, wobei sich die Gelegenheit zu einem Gespräch gab. „Da wären wir also", begann Schmidt resignierend.

„Es hat halt nicht so geklappt, wie wir es uns dachten", antwortete Valveta.

„Eine geistvolle Bemerkung."

„Wenn du 'was Besseres weißt, hindert dich niemand, deine Idee in demokratischer Weise zum Ausdruck zu bringen."

„Du hast schon recht, nur ...; ich glaube tatsächlich, eine Idee zu haben. Wie wäre es, wenn wir uns in ein Flugzeug einschlichen und uns irgendwohin absetzten, von wo aus wir wieder in heimatliche Gefilde kommen können. Wir müssten allerdings ein paar Tage warten, bis die Flughafenüberwachung nicht mehr so stark ist."

„Wie stellst du dir das vor? Die Flugzeuge, die von hier aus starten, sind so klein, dass der Pilot sofort das zusätzliche Gewicht von zwei Männern bemerken würde."

„Dann müssen wir ihn eben zwingen, dorthin zu fliegen, wohin wir wollen!"

„Und das ohne Waffen. Abgesehen davon, dass wir dann spätestens nach der Landung geschnappt werden würden."

„Wir müssen eben bluffen. Und den Piloten zwingen, in ein westliches Land zu fliegen."

„Eine richtige Flugzeugentführung also? Entsinnst du dich noch an die Zeit, als das Mode war, vor etwa zwanzig Jahren also? Dieses Unwesen nahm schließlich derart überhand, dass man sich zu einer durchgreifenden Methode entschloss: Man ließ das betreffende Flugzeug von einigen Jägern umkreisen und forderte die Verbrecher auf, ihr Vorhaben aufzugeben, andernfalls ...; na, jedenfalls hörten die Entführungen schnell auf!"

Das hier angedeutete Verfahren mag unmenschlich erscheinen, aber man darf nicht vergessen, dass die meisten Flugzeugentführer reine Verbrecher sind, die mit ihrer Tat auch die Rettung ihres eigenen Lebens bezwecken. Mit einigen Jägern im Nacken überlegte man es sich doch dreimal, bevor man solch' ein Unterfangen in Angriff nahm; geschah nämlich den Passagieren oder Piloten etwas, war das eigene Schicksal besiegelt. Ergab man sich indes, hatte man Hoffnung auf Strafmilderung. Es ist natürlich klar, dass dieses Mittel bei Überzeugungstätern nicht zum Ziel führt.

Unterdessen hatte Schmidt geantwortet: „Na und? Was sollen wir machen? Willst du deine restlichen vierzig oder fünfzig Lebensjahre in diesen Wäldern verbringen? Oder mit Hundeschlitten und Ruderboot durchs Nördliche Eismeer nach Europa fliehen?"

Valveta seufzte. „Du hast Recht. Drei Tage müssen wir allerdings noch mindestens hier warten; im Moment wäre ein Versuch, überhaupt ins Flughafengelände einzudringen, selbstmörderisch!"

So legten sich die Agenten ins Gras, halb beruhigt und fast zufrieden mit der Welt, denn ihr Entschluss bedeutete, dass sie wenigstens drei Tage lang nichts zu tun brauchten; das war nach der Hetze der letzten Wochen eine große Erleichterung. Entdeckt zu werden befürchteten sie nicht. Falls aber doch jemand in ihre Nähe kommen sollte, war nichts weiter nötig als sich tief in den Urwald zurückzuziehen; groß genug war er ja.

Doch schon bald wurde der Friede gestört; zunächst durch ein aus weiter Ferne vernehmbares Blätterrascheln, das von einem Stimmengemurmel, das sich schnell näherte, untermalt wurde. Kurz darauf hörten die Agenten, die sich entsetzt ansahen, auch ein leises Hecheln und Japsen, dessen Ursprung ein gelegentliches Bellen eindeutig identifizierte.

„Spürhunde!" riefen Schmidt und Valveta wie aus einem Mund. „Nichts wie weg!"

Jetzt blieb ihnen gar nichts anderes übrig, als auf den Flugplatz zuzurennen; hätten sie sich viel tiefer in den Wald gewagt, hätten sie sich möglicherweise verirrt und wären schließlich verhungert oder von wilden Tieren, die es in der Sowjetunion trotz steigender Industrialisierung immer noch in größerer Zahl gibt, angegriffen worden. „Woher könnten die nur wissen, wo wir stecken?" fragte Schmidt keuchend.

„Na, jemand hat uns gesehen und gemeldet, dass wir in den Wäldern verschwunden sind, das ist einfach zu beantworten", erwiderte Valveta.

Danach sprachen sie nichts mehr, sondern sparten ihre Puste und liefen, was das Zeug hielt, durch Gestrüpp und Unterholz, vorbei an ihnen ins Gesicht peitschenden Ästen und durch unergründlichen Morast auf die Stadt zu, verfolgt von der sich immer mehr nähernden Hundemeute.

Endlich erreichten sie den Zaun und kletterten ungeachtet möglicher in der Nähe befindlicher Wachposten darüber. Sie hatten mehr Glück als Verstand; obwohl es helllichter Tag war, wurden sie nicht gesehen. Sie schlichen an einigen einmotorigen Maschinen entlang und entdeckten kurz darauf eine größere, deren Ladeklappen noch geöffnet waren, obwohl man mit dem Be- oder Entladen schon fertig zu sein schien, denn ein kurzer Rundblick überzeugte sie davon, dass niemand in der Nähe war. Schnell huschten die Agenten ins Innere des Flugzeugs und verbargen sich hinter einigen Kisten mit unbekanntem Inhalt.

„Wir scheinen Glück zu haben", meinte Ludwig Valveta, „das Ding ist voll beladen und offenbar abflugbereit."

Auch sein Kamerad nahm jetzt das leise Vibrieren wahr, das nur von den Flugaggregaten herrühren konnte. Trotzdem blieb er skeptisch. „Was machen wir nach der Landung, wenn die Leute hier hereinkommen und ausladen wollen?"

„Ach", sagte Valveta, während er sich streckte und gähnte, „das überlegen wir uns während des Fluges!"

Dieser Überlegung wurden sie aber enthoben. Kaum hatte es sich auch Schmidt bequem gemacht, um das Schließen der Tore zu erwarten, als er plötzlich einen Maschinengewehrlauf auf sich gerichtet sah und eine unfreundliche Stimme sagen hörte: „Das Spiel ist aus! Hände hoch und 'rauskommen!"

8

Wieder einmal fühlte Professor Windhoff aufkeimenden Stolz in sich, diesmal zu Unrecht, denn an der glänzenden, funkelnagelneuen Lokomotive, vor der er stand, war er gänzlich unbeteiligt. Nur der Antrieb stammte von ihm, den Rest hatte die Maschinenfabrik Buzzard besorgt. Nichtsdestoweniger bestand seine Freude über diese technische Schöpfung nicht ganz ohne Berechtigung, denn schön geformte Lokomotiven gab es zu Tausenden; Lokomotiven mit der Windhoff'schen Batterie gab es jedoch nur eine, und das war diese.

„Na, Herr Professor, dann wollen wir mal einsteigen!" Diese Worte sprach Okis Toyago, der Direktor der Firma, der sich ebenfalls als eine Art Erschaffender fühlte und es sich wie der Professor nicht hatte nehmen lassen wollen, der ersten Probefahrt beizuwohnen.

Inzwischen hatte auch der Lokführer das Fenster geöffnet und sie mit freundlichem Grinsen aufgefordert, sein Reich zu betreten, sodass sie nun die Leiter erklommen und den saalähnlichen Führerstand betraten. Professor Windhoff, der dieses Wunderwerk noch nicht gesehen hatte, war so sehr in Staunen geraten, dass er erst geraume Zeit später die drei Herren bemerkte, die ebenfalls anwesend waren. Es waren die Messingenieure, die die Ergebnisse der Testfahrt nach ihrer Beendigung auswerten sollten.

Der Lokführer erläuterte seine Manöver, während der Direktor, der ausgezeichnet deutsch konnte, sie für Professor Windhoff und den einen deutschen Ingenieur, dessen Präsenz zu den Abmachungen zwischen der Rheinischen Kraftwerkunion und Buzzard gehörte, in deren Muttersprache übersetzte.

„Wir werden zunächst rückwärts an den Zug ansetzen. Das geschieht, da wir auf der anderen Seite keinen Führerstand haben, mit Hilfe elektronischer Kameras."

Die Zugmaschine hatte nämlich die Form einer typisch amerikanischen Diesellok, damit sie sich lückenlos an den Zug schloss und hohe Geschwindigkeiten erlaubte. Ein der Lokomotive ähnlich geformter Schlusswagen beendete den Zug, sodass sich das geschlossene Zugbild eines Triebwagens ergab. Um trotz der scheinbaren Unauflöslichkeit des ganzen Zuges noch Wagenaustausch nach dem Kurswagensystem vornehmen zu können, war an jeder Mittelpufferkupplung eine Kamera angebracht, die die Entfernung zum nächsten Wagen maß; auf dem Führerstand sah man das in Form zweier sich nähernder Stäbe. Das ersparte den fahnenschwenkenden Rangierer und funktionierte weitaus insassen-freundlicher, denn früher hatte sich, vor allem, wenn zahlreiche Wagen die Sicht zwischen der Lok und dem anzukuppelnden Zug-teil versperrten, ein ruckartiges Kuppeln nie ganz vermeiden las-sen, während das Manöver jetzt butterweich erfolgte. Selbstver-ständlich lagen die empfindlichen Kameras versenkt und waren zusätzlich von dicken Stahlleisten geschützt.

Auch das Abkuppeln hinter jedem beliebigen Wagen war möglich; der Lokführer hatte zehn Drucktasten mit sämtlichen Ziffern vor sich; jetzt brauchte er nur die gewünschte Zahl zu drücken – sollte beispielsweise hinter dem zehnten Wagen abgekuppelt werden, drückte er nacheinander die 1 und die 0 –, und alle Wagen hinter dem betreffenden hängten sich automatisch ab. Ein Sicherheits-system verhinderte, dass ein versehentliches Entkuppeln wäh-rend der Fahrt ausgelöst werden konnte.

Das Ankuppeln war für den Lokführer noch einfacher; hierzu ge-nügte ein einziger Knopf, mit dessen Hilfe alle Wagen, die mit der Lokomotive auf ‚Tuchfühlung' standen, hydraulisch aneinander geschmiedet wurden. Ein letzter Knopf schließlich diente zum Ab-kuppeln direkt hinter der Lok.

„Wozu haben Sie eigentlich dem Kurswagensystem wieder seinen Platz eingeräumt", fragte Professor Windhoff den Direktor, „das ist doch sehr umständlich und zeitraubend; wäre es nicht besser, die Fahrgäste einfach umsteigen zu lassen?"

Der Direktor lächelte. „Weil das der beste Kundendienst ist, den die Eisenbahn zu bieten hat. Sogar Ihre Deutsche Eisenbahn-gesellschaft hat das eingesehen und bei ihrem Intercityverkehr das Wagenaustauschsystem beschränkt wieder eingeführt. Bei welchem Verkehrsmittel sonst haben Sie die Möglichkeit, mehrere verschiedene Zielorte anzusteuern und trotzdem über die Haupt-streckenabschnitte nur den gleichen Raum zu beanspruchen wie ein Zug mit nur einem Ziel? Wirklich den gleichen Raum, meine ich, denn der Sicherheitsabstand muss gewahrt bleiben, egal, ob ein Zug nur zwei oder zwanzig Wagen hat."

Der Professor nickte zustimmend.

„Sicher, ein Aufenthalt mit Kurswagenumsetzen kostet ungefähr zehn Minuten, aber sehen Sie: Mehr als dreimal wird während einer Fahrt wohl nicht rangiert werden, und wenn Sie bedenken, dass der Zug im Normalfall fünf Stunden brauchen soll, um die ganze Insel Hondo, also unsere Hauptinsel – die fälschlicherweise oft Nippon genannt wird – zu durchqueren, benötigt er so halt 5½

Stunden; ich glaube, bei einem derartigen Kundendienst können unsere Fahrgäste diesen Zeitverlust in Kauf nehmen."

Inzwischen hatte der Lokführer die Maschine in Bewegung gesetzt und rollte nun rückwärts an den bereitgestellten Zug heran.

Interessiert beobachtete Professor Windhoff auf dem Bildschirm die sich langsam nähernden senkrechten Striche; ohne dass der Lokführer etwas tat, verlangsamte sich die Fahrgeschwindigkeit.

Elektronisch gesteuert glitt das edelstahlblitzende Wunderding, das kaum noch etwas mit der althergebrachten Lokomotive gemein hatte und trotzdem ihren Namen führte, an den wartenden Zug heran und ließ die beiden Striche auf dem Bildschirm sich vereinigen. Es geschah völlig ruckfrei, nur ein leises Zischen gemahnte die Männer auf dem Führerstand daran, dass Triebfahrzeug und Wagen sich zu einer Einheit verbanden.

Eine Weile wurde Schweigen gewahrt, als sich der schwere, 18 Wagen lange Zug von den Abstellgleisen löste und zum Bahnsteig vorfuhr. Da konnte Okis Toyago sich nicht länger bezähmen und berechtigter Stolz ließ ihn wieder sprechen: „Wie Sie sehen, Herr Professor, ist der Bahnhof Osaka bereits vollständig ausgebaut, mit Abstellgleisen, Bahnbetriebswerk, vollautomatischer Wagenwaschanlage und dem eigentlichen Bahnhof, den Sie hier sehen. Sogar die Gaststätte wurde nicht vergessen. Hätte ich selbst nicht schon vor über zehn Jahren darauf gedrängt, diese Strecke zu bauen, und auch kräftig mitfinanzieren helfen, könnten wir unsere Lokomotive heute nur auf dem Prüfstand testen!"

Doch so prächtig der Bahnhofskomplex auch aussah, so trostlos wirkte er: Kein Mensch war zu sehen, und Professor Windhoff war froh, als der Zug abfuhr. Schnell waren sie auf freier Strecke, die im Gegensatz zur normalspurigen Tokaido-Strecke links des Jodogawa verlief. Kurz vor Otsu, dem etwa 50 km entfernten Endpunkt der Versuchslinie, würden sie sie kreuzen.

„Hat all' das nicht gar zu viel Geld gekostet; ich meine dafür, dass es sich um eine reine Versuchsbahn handelt?" fragte der Professor interessiert.

„Oh, dem ist nicht so; später, wenn wir über das Versuchsstadium hinaus sind, soll dieser Streckenabschnitt für kommerzielle Zwecke genutzt werden. Von Otsu aus soll es über Nagoya, Tokyo und Sendai nach Hirosaki gehen, wo sich diese Strecke mit der parallelen vereinigen wird, die sich in Otsu trennen und nonstop an der Westküste entlang nach Hirosaki gehen soll. Diese wird über den Tsugaru-Kanal bis nach Saporro fortgeführt; ebenso soll die Verbindung nach Süden fortgesetzt werden, vermutlich bis nach Nagasaki, sodass unsere drei wichtigsten Inseln, Kyushu, Hondo und Hokkaido auf dem Landweg miteinander verbunden sein werden. Aber das ist noch Zukunftsmusik."

„Wollen Sie denn das Shinkansen-Netz aufgeben'?"

„Nein, denn das ist, trotz der 250 km/h, die dort erreicht werden, ein Nahverkehrsmittel. Unsere 3,15 Meter-Spurweite erlaubt Geschwindigkeiten bis zu 400 km/h, und die werden wir auch erreichen. Unser Breitspurnetz soll den innerstaatlichen Flugverkehr ersetzen, denn dieser ist wegen seines Lärms für die Bevölkerung nicht mehr zumutbar. Das Flugzeug taugt nur für den interkontinentalen Verkehr!"

Inzwischen hatte der Zug die für diese Fahrt vorgesehene Höchstgeschwindigkeit von 250 km/h erreicht, bei der er – das Anfahren und Bremsen miteingerechnet – ungefähr eine Viertelstunde benötigen würde, um die Strecke bis Otsu zurückzulegen.

Zehn Minuten eilten sie durch das weite Flusstal über die schnurgerade verlegten Gleise, an kleineren Ortschaften und Raffinerien vorbei, über Straßen, Kanäle und Sticheisenbahnen hinweg, denn dieser Zug fuhr über eine Art Hochbahn, um durch seinen Fahrtwind keine Passanten zu gefährden.

Der Professor hatte das Gefühl, als betrachte er einen Film, dessen Handlung darin bestand, eine vorbeihuschende Industrielandschaft zu zeigen. Lediglich ein leichtes Zittern und das leise Summen des Motors ließen ahnen, dass er selbst es war, der sich in Windeseile fortbewegte. Noch während er den hohen Fahrkomfort lobte, wurde das Weichbild von Otsu sichtbar.

Der Lokführer betätigte die Bremse, welches Manöver von einem lauten Aufheulen begleitet wurde. Mit unverminderter Geschwindigkeit raste der Zug über die ersten Weichen und dicht an einigen Werkshallen vorbei, was ein detonationsartiges Geräusch nach sich zog, da dieser Streckenabschnitt nur für sehr viel geringere Geschwindigkeiten zugelassen war.

Langsam begriff Professor Windhoff, dass etwas nicht stimmte. Die Messingenieure sprachen wild gestikulierend durcheinander, Direktor Toyago brüllte etwas in das Funkgerät und der Lokführer betätigte verzweifelt die Armaturen; niemand kümmerte sich um ihn, bis sich Okis Toyago schließlich doch noch seines Gastes entsann und ihm zurief: „Um Himmels Willen, Herr Professor, halten Sie sich bloß gut fest!"

Die Bremsen hatten versagt! Erst jetzt kam ihm dieser Gedanke und setzte sich wie ein kaltes, nasses Gespenst in seinem Gehirn fest. Schon bei hundert Stundenkilometern hat ein Frontalzusammenstoß fatale Folgen; wieviel mehr bei zweieinhalbfacher Geschwindigkeit! Entsetzt klammerte sich der Professor an irgendeinen Griff; die anderen, selbst der Lokführer, der erkannt hatte, dass er nichts mehr auszurichten vermochte, taten es ihm gleich.

Glücklicherweise hatte man im Stellwerk schnell geschaltet: Als sich die ersten Anzeichen von Gefahr ankündigten, hatte man alle Weichen auf geradeaus gestellt, sodass der Zug nicht vom Kurs abweichen konnte und Gefahr lief, umzustürzen. So bestand für die Insassen noch die Hoffnung, dass sie am Ende ihrer Fahrt nur einen Prellbock sprengen würden und der Zug dann auf einer Wiese ausliefe. Das gäbe zwar ein arges Gerüttel, war aber wenigstens ungefährlich.

Leider wurde diese Hoffnung zunichte gemacht. Die alte backsteinerne Lagerhalle, die sich direkt hinter den Gleisen quer zur Fahrtrichtung erhob, hätte eigentlich gestern bereits abgerissen sein sollen; bedauerlicherweise war die Firma, der man den Abbruch anvertraut hatte, vor kurzem pleite gegangen. So kam es, dass das alte, wuchtige Gebäude immer noch stand und Okis Toyago Sekundenbruchteile vor der Kollision in jenem Anflug von Humor, der manchen Menschen selbst in Augenblicken höchster Gefahr noch zur Verfügung steht, dachte: Jetzt brauchen wir wenigstens keine andere Firma mehr zu beauftragen.

Aus einem Flugzeug betrachtet hätte es prachtvoll ausgesehen, wie über tausend Tonnen Edelstahl in das rote Gestein fuhren und es wie nach einem Bombentreffer in alle Richtungen kilometerweit spritzen ließen. Ganze Gebäudeteile segelten durch die Luft und verwüsteten das umliegende Bahnhofsgelände, auf dem sich glücklicherweise bis auf die Leute im Stellwerk niemand befand, und die hatten sich wohlweislich im Keller in Sicherheit gebracht.

Noch eindrucksvoller waren die Geräusche; zunächst klang es, als zerdepperte eine Horde Riesen mit der bloßen Hand ganze Häuser, danach prasselten noch eine volle Viertelstunde lang Steine auf den Erdboden, in bereits vorhandene Steinwüsten und in Fensterscheiben hinein, während der Zug, dessen höllische Geschwindigkeit ihn durch das ganze Gebäude hindurch- und über hundert Meter weiter über das angrenzende Feld hinwegfahren ließ, erst richtig zum Halten kam, als er gegen einen niedrigen, aber steilen Wall bumste und sich selbst hier noch gut fünf Meter in den Lehm fraß. –

Monate waren vergangen. Im Wartesaal des Bezirkskrankenhauses Otsu saßen drei Männer. Einer von ihnen war Japaner, während Statur, Hautfarbe und Gesichtszüge die beiden anderen unzweifelhaft als Europäer auswiesen. Diese unterhielten sich gedämpft in deutscher Sprache.

„Was soll's", sagte der eine gerade, „obwohl wir eigentlich von Berufs wegen bitterböse Feinde sein müssten, sind wir mal wieder zusammen."

„Du hast schon Recht, Karl", erwiderte der andere, „aber du musst zugeben, dass wir das dem guten alten Professor schuldig sind. Schließlich haben wir beide schon unter ihm gearbeitet, und zwar fruchtbar, wie ich meine!"

Der mit Karl angeredete wechselte das Thema. „Im Grunde müssten wir uns schämen", sagte er versonnen, wobei ihm deutlich anzumerken war, dass er die Worte des anderen gar nicht beachtet hatte, „hier kann praktisch jeder mindestens englisch, viele sogar deutsch. Such' mal in Deutschland oder England jemanden, der japanisch spricht. Sogar das Mädchen am Eingang hat uns verstanden."

Ludwig Valveta lachte. „Du hast schon recht, aber vergiss nicht, dass englisch in vielen Staaten der Welt gesprochen wird, japanisch hingegen nur hier, in Japan selbst. Davon abgesehen, mein Lieber, du wirkst in letzter Zeit sehr unkonzentriert. Hat dir unser Russlanderlebnis so zugesetzt?"

Karl-Dietrich Schmidt blickte seinen Freund beinahe wehmütig an. „Was heißt zugesetzt? So leicht wie du nehme ich die Sache jedenfalls nicht. Der Arm des sowjetischen Geheimdienstes ist lang; ich werde in Zukunft sehr aufpassen, dass sie mich nicht doch noch erwischen. Ich fände das sehr bedauerlich, zumal wir ihnen so knapp entronnen sind."

Valveta lachte erneut. „Unsinn! Du brauchst keine Angst zu haben; hier sind wir in Sicherheit. Aber um auf den Zweck unseres Besuchs zu kommen: Meinst du, Professor Windhoff weiß überhaupt noch, wer wir sind?"

„Oh, da bin ich zuversichtlich."

In diesem Augenblick mischte sich zum ersten Mal der Japaner in das Gespräch ein, indem er höflich und in korrektem Deutsch sagte: „Entschuldigen Sie, aber wie ich höre, wollen auch Sie Professor Windhoff besuchen?!"

„Ja. Sie auch?" antworteten die Agenten auf diese halb als Frage, halb als Feststellung ausgesprochenen Worte.

„Ach, ich vergaß: Mein Name ist Okis Toyago, ich bin der Direktor der Buzzard-Werke", stellte sich der Japaner ihnen nun vor, da er gemerkt hatte, wie zurückhaltend seine Einmischung aufgenommen worden war.

„Ach, Sie sind Herr Direktor Toyago!" rief Schmidt erfreut, „Sie kamen mir doch gleich so bekannt vor. Dann kennen Sie mich vielleicht auch, mein Name ist Karl-Dietrich Schmidt. Ich war für einige Zeit in Ihrer Firma beschäftigt, zusammen mit Professor Windhoff; allerdings wurde ich bald abberufen."

„Sie sind Herr Schmidt! Da hätte ich Sie eigentlich auch erkennen müssen. Aber – in meinem Werk arbeiten so viele Menschen, die kann ich unmöglich alle kennen. Ich bitte Sie um Verzeihung!"

„Ach du lieber Himmel! Ich hätte viel eher Grund, Sie um Verzeihung zu bitten; schließlich sollte, auch wenn es umgekehrt nicht möglich ist, jeder Mitarbeiter wenigstens seinen Chef kennen."

Der Japaner wollte schon abwehren, als eine Krankenschwester hereinkam und sagte: „Sie wollten ..., äh, Sie wollten alle zu Professor Windhoff?" Zerstreut blickte sie auf einen Zettel, den sie in der Hand hielt. „Die Besuchszeit beträgt eine halbe Stunde, aber jeder darf nur allein ins Krankenzimmer. Immerhin ist heute das erste Mal, dass der Professor Besuch empfangen darf."

„Was sagt sie?" fragte Schmidt den Direktor.

„Dass wir einzeln gehen müssen", antwortete Toyago, „selbstverständlich ..." hier aber unterbrach ihn Ludwig Valveta, der sich von der japanischen Höflichkeit hatte anstecken lassen: „Nein, natürlich gehen Sie vor. Schließlich sind Sie der wichtigere Besucher!"

Wie zu erwarten, ging der Japaner darauf nicht ein. Beide stritten sich, da niemand als der Unhöflichere gelten wollte, noch eine Weile herum, bis Schmidt sagte: „Ich glaube, Herr Toyago, Sie sollten nachgeben. Sie haben sicherlich mit dem Herrn Professor Wichtiges zu besprechen, während wir nur einen Höflichkeitsbesuch abzustatten gedenken. Sollte er eher erschöpft sein, als es zu erwarten steht, wäre es besser, Sie hätten mit ihm gesprochen. Wir können jederzeit wiederkommen."

Diesem sachlich vorgebrachten Argument gab es nichts entgegenzusetzen. Deshalb sträubte sich der Direktor auch nicht mehr und folgte der Krankenschwester, ohne vorher vergessen zu haben, Schmidt zu danken.

„Mensch, hast du das gesehen?" wandte sich Valveta fast ehrfürchtig an seinen Freund, nachdem sie sich allein im Warteraum befanden, „der sprach völlig akzentfrei. Mancher Europäer würde staunen, wenn er erführe, was Asiaten alles zu lernen vermögen.

Naja, wir sind nicht umsonst auch wieder beim althergebrachten Schulsystem mit Tafel, Schwamm und Kreide angelangt, nachdem uns Ganzheitsmethode, Mengenlehre und Sprachlabor eine ganze Generation halber Analphabeten beschert haben. Vielleicht gelingt es unserem Bildungssystem auf diese Weise, an das hiesige wieder Anschluss zu kriegen."

„Sei mal nicht so laut! Schließlich beherrschst du auch russisch und deutsch gleich gut. Möglicherweise ist auch Herr Toyago aus einer deutsch-japanischen Ehe entsprossen."

„Nein! Dieser Okis Toyago ist ein reiner Japaner, das sieht man doch an den Gesichtszügen: Hervorstehende Wangenknochen, breitflächiges Gesicht, charakteristische Augenform und straffes, schwarzes Haar."

Während der Freund weiterhin das deutsche Bildungssystem zu verteidigen suchte, schritt Okis Toyago mit der Krankenschwester die langen Gänge ab, die sie zum verletzten Professor führten.

„Wie geht es ihm denn?" fragte der Besucher, jetzt natürlich auf Japanisch, „ich hoffe, seine Denkfähigkeit hat nicht gelitten."

„Nein, nein", beruhigte ihn die Pflegerin, „der Patient hat Glück im Unglück gehabt, indem er kaum am Kopf verletzt wurde.

Seine Schwäche, die ihn bisher im Bett festgehalten hat, war rein körperlicher Natur. Wir haben begründete Hoffnung, dass er jetzt über den Berg ist. Ich glaube, er wird ein normales, ruhiges Gespräch durchstehen."

Vorsichtig klopfte die Schwester an die Tür des Krankenzimmers, vor dem sie jetzt angelangt waren. „Herr Professor, hier ist Besuch für Sie", rief sie sanft in gebrochenem Englisch.

„Er soll bitte hereinkommen", antwortete eine schwache Stimme von innen.

Okis Toyago trat ein.

„Oh, Herr Direktor", begrüßte ihn der Professor erfreut, „schön, Sie wieder einmal zu sehen!" Mit diesen Worten deutete er auf einen Stuhl. „Setzen Sie sich doch."

„Danke, danke! Wann glauben Sie denn, werden Sie wieder voll wiederhergestellt und nicht mehr ans Bett gefesselt sein?"

„Der Arzt hat mir gesagt, dass das Mitte November der Fall sein würde, falls kein Rückfall dazwischenkommt; es ist klar, dass ich dann sofort meine Arbeit wieder aufnehmen werde, obwohl ich hoffe, dass mein Mitwirken nicht mehr unabdinglich ist. Die größten Schwierigkeiten sind ja wohl beseitigt."

„Ja, ja! Hm."

„Sehr überzeugend klingt das aber nicht. Heraus mit der Sprache, wo drückt der Schuh?"

Okis Toyago zögerte noch etwas, aber als der Professor ihn darauf hinwies, dass er durchaus gesund sei und nur noch an einer geringen körperlichen Schwäche leide, überwand er seine Bedenken und sagte: „Sehen Sie, die Bremsen machen uns Sorgen. Wissen Sie, warum unser Versuchszug verunglückt ist?"

„Na, weil die Bremsen versagt haben!"

„Natürlich. Allerdings auf eine Weise, die uns Kummer bereitet. Wir haben eine elektrische Widerstandsbremse benutzt, die auch von Ihrer Batterie gespeist wird. Wir haben bisher keine Möglichkeit gefunden, den Motor in einen Generator umzuwandeln, was dazu nötig ist.

Wir hatten nämlich bei unserem Testfahrzeug nicht bedacht, dass es das bisher einzige ist, das wirklich mit Gleichstrom betrieben wird. Alle anderen Gleichstromfahrzeuge fahren in Wirklichkeit mit gleichgerichtetem Wechselstrom. Ihre Batterie macht zum ersten Mal wirklichen Gleich-Starkstrom möglich und das Versagen der Widerstandsbremse ist ein Phänomen, das wir unmöglich vorausbestimmen konnten; erst die reine Erfahrung hat uns darauf gebracht, wie ja auch der Schallknall erst durch die ersten Probeflüge entdeckt wurde.

So haben als einzige die mechanischen Bremsen gewirkt, die lediglich zur Verstärkung dienen sollten. Leider können wir nicht ausschließlich mechanische Bremsen verwenden, da diese bei so hohen Geschwindigkeiten, wie wir sie fahren, und bei dem enormen Gewicht eines Breitspurzugs während eines einzigen Bremsvorgangs so heiß laufen würden, dass man stundenlang warten musste, bevor sie wieder verwendbar sind. Das ist das Problem!"

„Hm! Ich werde mich damit einmal beschäftigen. Wissen Sie, um die Bremsen habe ich mich nie gekümmert; mir ging es allein um den Antrieb. Nur ganz kurz vor der Kollision war mir aufgefallen, dass der Motor mit unverminderter Kraft weiterlief. – Apropos Kollision, was ist denn eigentlich alles passiert?"

„Glücklicherweise nicht allzu viel. Erstaunlicherweise hat unser Zug außer ein paar Dellen kaum etwas abbekommen, auch die Insassen blieben unverletzt außer Ihnen, weil Sie sich bedauerlicherweise ausgerechnet am Türgriff festgehalten haben. Als die Tür aufging und Sie hinausgeschleudert wurden, haben Sie noch Glück gehabt, dass Sie sich nicht erstens sofort das Genick gebrochen haben und zweitens nicht von den herabregnenden Backsteinen erschlagen worden sind."

Der Professor dachte an die Minuten vor der Katastrophe zurück und schämte sich nun seiner Panik.

„Sonst ist jedenfalls nicht viel passiert", fuhr der Direktor fort, „na, wenn wir etwas bauen … Die Leute im Stellwerk hatten sich in Sicherheit gebracht und sonst wurde niemand verletzt, weil wir den Versuchsbahnhof ziemlich weit nach außerhalb verlegt hatten.

Nur der Bahnhof selbst wurde gehörig zugerichtet.

Etwas anderes ist viel schlimmer. Wir sind durch das Unglück weit zurückgefallen und nun besteht die Gefahr, dass die Süddeutschen Motorenwerke und Lindholm uns einholen; zwar hat Professor Angermann das Prinzip der Windhoff'schen Batterie von Ihnen gestohlen, aber das können wir weder beweisen noch ist das für das Patentamt von Interesse; Sie wissen ja, dass nach den neuen internationalen Patentgesetzen demjenigen die Urheberrechte zufallen, der als erster ein funktionierendes Gerät, ausgestattet mit der betreffenden Erfindung, vorlegt."

Das stimmte. Nachdem man sich endlich dazu durchgerungen hatte, es den Erfindern etwas leichter zu machen, war dieser Beschluss gleich wieder durch die praktischen Maßnahmen, die das Internationale Patentamt ergriffen hatte, zunichte gemacht worden: Zwar behält der Erfinder die Urheberrechte bis 50 Jahre nach ihrer Anmeldung, aber er muss, wenn er seine Erfindung anerkannt haben will, ein funktionierendes Gerät, dessen Kernstück aus der neuen Erfindung besteht – auch das ist obligatorisch – vorweisen. Wenn die Neuentdeckung aus einer mathematischen Formel besteht, ist ihr Schöpfer von dieser Pflicht natürlich entbunden.

Bei allen anderen ist es jedoch klar, dass auf diese Weise große Betriebe, die sich aufwändige Versuchsanlagen leisten können, in überdimensioniertem Maß bevorzugt werden, während kleine Erfinder sich erst mühsam einen Geldgeber suchen müssen, der natürlich ein beträchtliches Stück des Kuchens abhaben möchte.

Andererseits ist bei dieser Gesetzeslage nachvollziehbar, dass sich beide Firmen so unerhört anstrengten, um das Urheberrecht zu erhalten, denn wer es besitzt, darf 50 Jahre lang von jedem, der sich die Windhoff'sche Batterie zunutze machen will, einen bestimmten Prozentsatz des Gewinns verlangen.

Professor Windhoff verzog schmerzlich das Gesicht. „Nennen Sie Professor Angermann keinen Betrüger; der Mann war fast genauso weit wie ich, es fehlte nur noch eine Kleinigkeit. Wäre ich nicht gekommen, hätte er das Problem vielleicht schon am nächsten Tag gelöst!"

„Hätte, hätte! Na egal, ich weiß ja, welch große Stücke Sie nach wie vor auf Professor Angermann halten.

Aber etwas anderes. Johannes Gruiten, der Direktor unserer Konkurrenz, und Direktor Winterscheidt wollen Sie in Kürze ebenfalls besuchen. Außerdem noch zwei Herren, die ..."

In diesem Augenblick betrat die Krankenschwester das Zimmer und sagte: „Kommen Sie bitte zu einem Ende, Herr Toyago. Es warten noch zwei Herren draußen!"

Der Direktor wandte sich an Professor Windhoff, der sich, wie man deutlich sehen konnte, über die angekündigten Besucher freute. „Ich muss mich jetzt wohl verabschieden", meinte der Japaner, „aber gleich wird Sie jemand besuchen, den Sie nicht erwartet haben werden. Auf Wiedersehen also!"

Sie reichten sich die Hände, und kurz darauf verließ Okis Toyago den Raum, während die Krankenschwester bereits die nächsten Wartenden ankündigte.

„Oh, Herr Schmidt und Herr Valveta!" rief der Professor, „das hätte ich wirklich nicht gedacht."

„Beinahe wären wir nur einzeln vorgelassen worden. Nach langen Kontroversen ist es uns aber doch gelungen, Ihre Nymphe davon zu überzeugen, dass wir zusammengehören und ..."

„Das ist doch nicht meine!"

„Naja ..."

Schließlich war die Begrüßungszeremonie abgeschlossen, die Agenten saßen auf Stühlen und alle drei plauderten über die Zeit, als sie noch unmittelbar zusammengearbeitet hatten.

„Kinder, habe ich mir Sorgen um euch gemacht", seufzte gerade der Professor.

„Ganz unbegründet war das nicht", erwiderte Ludwig Valveta, „es ist uns tatsächlich gelungen, die Firma zu sabotieren und Dudinka zu erreichen. Als wir aber ein Flugzeug entern wollten, erwischten sie uns. Es war alles andere als ein gutes Gefühl; wir saßen im Frachtraum eines Flugzeugs, der Lauf eines Maschinengewehrs war auf uns gerichtet und eine Stimme sagte: ‚Das Spiel ist aus! Hände hoch und 'rauskommen!'"

Erschrocken hielt sich Professor Windhoff die Hand vor den Mund. „Wie sind Sie denn da bloß wieder entwischt?"

„Na, zuerst dachten wir natürlich, es wäre alles aus. Als wir mit erhobenen Händen über den Flugplatz gingen, die Maschinengewehre im Rücken, waren wir beide so erschrocken, dass unser Verstand so gut wie aussetzte.

Ich muss zugeben, wir hatten mehr Glück als Verstand. Nachdem man unsere Personalien aufgenommen hatte, sollten wir nach Moskau verfrachtet werden, damit wir dort unserer Strafe entgegensähen; zu diesem Zweck wurden wir gefesselt im Frachtraum jenes Flugzeugs verstaut, das wir uns schon vorher als Versteck auserkoren hatten. Nun muss ich dazu sagen, dass es sich um ein Stratosphärenflugzeug handelte, das bis obenhin mit unwichtigem Gerümpel vollgeladen war, um seine Tragfähigkeit und Reichweite zu testen. So fanden nur wir noch Platz, während eine eventuelle Wache soviel Raum wie eine Büchse Bohnen gehabt hätte.

Na, wir flogen also allein, das heißt ein Pilot und wir. Der Flug dauerte ungefähr zwei Stunden und als wir zur Landung ansetzten, wurde mir übel. Ich hatte mich schon mit einer privaten Zweimal-vier-Meter Wohnung mit Gittern für den Rest meines Lebens abgefunden, als die Tür aufging, man uns die Fesseln abnahm und uns freiließ."

„Äh …; wie?"

„Wir waren auf dem Rhein-Main-Flughafen in Frankfurt gelandet", mischte sich Schmidt in das Gespräch ein.

„Ja!" bekräftigte sein Freund. „Der Pilot, Michael Bornoff heißt er, glaube ich, hatte die kommunistische Diktatur satt und die Chance genutzt, endlich zu türmen. Dass er dabei noch uns gerettet hat, sei ihm doppelt angerechnet!"

„Bewundernswert, der Mann. 30 Jahre lang hat er sich verstellt, bis man soviel Vertrauen in ihn setzte, dass er das gewinnbringend ausnutzen konnte. Wenn mich nicht alles täuscht, hat ihn sich Dornier sofort geangelt. Er arbeitet jetzt dort als gutbezahlter Testpilot."

„Na, da haben Sie aber Glück gehabt!" kommentierte der Professor, „Ihre Rettung war ein Zufall, wie er nur einmal bei Millionen vorkommt. Aber ich war immer gegen das Sabotageprojekt."

„Was wollen Sie? Die Sowjetunion ist ebenfalls an das Internationale Patentamt angeschlossen; die Lugansker hätten uns also glatt unsere Erfindung streitig gemacht, und das wäre durch meine Schuld geschehen, denn ich war es schließlich, der ihnen von Ihrem Gerät berichtet hat. Zwar in dem Glauben, dass es nichts tauge, aber immerhin, das konnte ich nicht auf mir sitzenlassen."

„Egal, wir wollen uns nicht länger darüber streiten. Seien Sie froh, dass Sie so davongekommen sind."

„Das sind wir", sagte Schmidt inbrünstig, „noch einmal werde ich so etwas nicht machen. Aber noch etwas: Direktor Winterscheidt will Sie auch noch besuchen."

„Und Direktor Gruiten auch!" fiel sein Freund ein.

„Na, dann habe ich bald ein eigenes Heer hier am Bett stehen. Aber ich freue mich natürlich riesig darüber."

Es wurden noch einige Höflichkeitsfloskeln ausgetauscht, bis die Krankenschwester kam und sich die beiden Agenten verabschieden mussten.

Zurück blieb ein nachdenklicher Professor Windhoff. Nachdenklich, weil er ein neues Problem zu lösen hatte: Die Bremse. –

„Ach, Herr Doktor, Sie können gar nicht glauben, wie froh ich bin, endlich hier herauszukommen!" sagte Professor Windhoff zum Chefarzt des Bezirkskrankenhauses Otsu, während sie sich die Hände schüttelten.

„Das kann ich mir sehr gut vorstellen", antwortete dieser, „auch ich möchte nicht vier Monate hier eingesperrt sein, und für einen so tatkräftigen Mann wie Sie muss dieser lange Krankenhausaufenthalt doppelt wie eine Strafe gewirkt haben. Was machen Sie denn jetzt? Geht's sofort zurück zur Arbeit?"

„Oh nein! Ich habe erst einmal vier Wochen Erholungsurlaub. Den werde ich nutzen, um endlich eine schon lange vorliegende Einladung der sowjetischen Regierung wahrzunehmen. Die hat mir nämlich eine Besichtigung der Breitspurbahn Moskau – Leningrad angeboten. Das ist sehr interessant für mich, denn Sie wissen ja, dass ich noch an einem Problem knabbere: Der narrensicheren Bremse. Vielleicht kommt mir dort der erstrebte Geistesblitz, denn soviel ich gehört habe, tappt man sowohl bei Buzzard als auch zu Hause in Köln weiterhin im Dunkeln."

„Dann wünsche ich Ihnen viel Vergnügen. Auf Wiedersehen, Herr Professor!"

„Auf Wiedersehen!" –

Weitere vier Wochen waren vergangen. Die Brüder Alexander und Joachim Windhoff saßen gemütlich im Haus des Jüngeren beisammen.

„So, morgen musst du also zum ersten Mal wieder arbeiten", sagte dieser gerade, „du Ärmster!"

„Na, so schlimm ist es nun auch wieder nicht. Schließlich tue ich meine Arbeit gern, sie fasziniert mich sogar. Besonders, wenn ich – wie jetzt – eine Nuss zu knacken habe, die sich ums Verrecken nicht knacken lassen will."

„Ach ja, das … Hast du nicht einmal auf theoretischem Weg eine Lösung gefunden?"

„Ich darf höchstens von Ansätzen sprechen, von Impulsen, die ich mir in Russland geholt habe. Aber trotzdem, deren Bremssystem können wir nicht übernehmen, denn sie haben ja auch eine ganz andere Antriebsart."

Nach diesen Worten verfiel Professor Windhoff in tiefes Grübeln. Sein Bruder und dessen Frau kannten diese Konzentrationsfähigkeit bei dem gelehrten Mann bereits und wussten, dass es zwecklos sein würde, ihn jetzt ansprechen zu wollen.

Nichts von der eingetretenen Stille schien Gerd, einer der beiden Söhne Joachims, der sich ebenfalls im Zimmer befand, zu spüren; wahrscheinlich hätte er, wäre das Haus plötzlich eingestürzt, nicht einmal das bemerkt, so vertieft war er in sein Spiel.

Da während angestrengten Nachdenkens das Auge unwillkürlich einen festen Punkt sucht, auf dem es ruhen kann, blieb es nicht aus, dass der Blick Professor Windhoffs auf das spielende Kind fiel und es versonnen beobachtete. Der Junge beschäftigte sich mit einem fantastischen Expeditionsfahrzeug etwa aus der Zeit um das dritte Jahrtausend, das der Erschließung neu entdeckter

Planeten diente. Zwecks besserer Geländegängigkeit war das Gefährt als Kettenfahrzeug ausgeführt.

Unermüdlich bahnte sich das batteriegetriebene Vehikel einen Weg durch Berge von Büchern, Bauklötzen und Plastikautos, die Gerd pausenlos vor ihm auftürmte. Dabei spuckte es blaue Funken, wirbelten zweckfreie Pleuelstangen hin und her und ertönte ein zwar leises, aber nichtsdestoweniger penetrantes Heulen. Versonnen betrachtete der Professor diese Anhäufung sinnloser Details und sagte schließlich so leise, dass es Joachim und Margarethe kaum hörten: „Ich hab's!"

„Wie bitte?" fragte sein Bruder. Professor Windhoff wandte sich ihm zu und sagte mit beinahe verklärtem Blick: „Merkwürdig, dieses Spielzeug", wobei er auf Gerds fantastisches Pionierfahrzeug wies, „hat auf den ersten Blick nicht das geringste mit meinem Problem zu tun, und doch hat es mir den Anstoß gegeben, die Lösung zu sehen!"

„Herzlichen Glückwunsch!"

„Ja, ich habe die Lösung!" fuhr Professor Windhoff fort, ohne den Einwurf zu beachten, „ich sehe den Weg, den ich beschreiten muss, klar vor mir. Es bedarf nur noch einiger geringfügiger Verfeinerungen in der Praxis, und dann ..."

Unvermittelt wandte er sich an seinen Bruder. „Es ist ganz einfach, weißt du. Man muss nur ..."

„Bitte, Alex!" unterbrach ihn dieser, „das kapiere ich doch nicht. Ich glaube dir auch so!" Mit Schaudern dachte er an die ausführlichen und von ihm so gefürchteten theoretischen Erklärungen seines Bruders.

„Ach wo." Die Stimme klang begeistert. „Das wirst du nicht nur kapieren, sondern gehört sogar ganz in deine Sparte. Pass' auf ..."

9

„Das, zum Beispiel, nenne ich einen Erfolg!" erklärte Direktor Winterscheidt, während er von dem Führerstand herabkletterte.

„Das kann man wohl sagen", bestätigte Professor Windhoff, der, dicht gefolgt vom Lokführer und einigen Ingenieuren, ein gleiches tat. „Noch einige Probefahrten unter den verschiedensten Bedingungen und einige Tests auf dem Prüfstand, und wir können die Kommission vom Patentamt einladen, um uns die Urheberrechte zu sichern."

„Dazu wird keine Zeit bleiben!"

Überrascht blickten der Professor und sein Vorgesetzter den unerwartet aufgetauchten Sprecher an. Es war Justus Zimmer, der Chef der Spionageabteilung. Er hielt einen Zettel in der Hand, den er nun Direktor Winterscheidt entgegenstreckte.

Während dieser ihn las, schweiften Professor Windhoffs Blicke von der umgebauten 110, einer veralteten E-Lok-Reihe der Deutschen Bundesbahn, die eben alle in sie gesetzten Erwartungen erfüllt hatte, zu dem Spionagechef. Warum haben eigentlich alle Agenten eine Hakennase? dachte er und erging sich eine Weile in dem Problem, ob der Beruf die Nase forme oder ob, umgekehrt, jeder, der eine solche Nase sein Eigen nenne, keine andere Möglichkeit sähe als eben diesen Beruf zu ergreifen. Dann wurde er von der Stimme Direktor Winterscheidts abgelenkt, der sagte: „Ja, Herr Zimmer, Sie haben allerdings recht!

Hier, sehen Sie sich diesen Schrieb an", wandte er sich an den Professor, ihm den Zettel überreichend.

Es handelte sich um eine Mitteilung von einem Agenten Zimmers, aus dem hervorging, dass die Vereinigten Motorenwerke Süddeutschland mindestens ebenso weit seien wie die Union. Die Mitteilung endete mit der Aufforderung, sich mit der Entwicklung eines perfekten Windhoff'schen Antriebs etwas zu beeilen, sonst würde ihnen die Konkurrenz den Brocken direkt vor der Nase wegschnappen.

„Verdammt, jetzt müssen wir uns tatsächlich beeilen", legte Direktor Winterscheidt los, als er annahm, dass der Professor das Blatt gelesen habe, „sonst ist es zu spät! Dabei wollte ich den Antrieb noch reifen lassen, bis wir ihn in eine Breitspurlokomotive eingebaut haben. Dann hätten wir den Patentbeamten etwas Richtiges vorweisen können. Wer weiß, ob das Ding da", wobei er auf die unschuldige E 10 deutete, als wäre sie an allem schuld, „nicht bei der entscheidenden Vorführung um die Ohren fliegt!"

Vergeblich versuchte Professor Windhoff ihn zu beschwichtigen. Sein Chef schimpfte weiterhin auf die Motorenwerke, deren Direktor Gruiten und vor allem auf Professor Angermann und belegte sie mit Ausdrücken, dass sogar etliche in der Nähe herumstehende Mechaniker und Maschinisten hochachtungsvoll durch die Zähne pfiffen. Erst als sie bei dem großen Mercedes angelangt waren, dessen Schlag von dem Chauffeur pflichtschuldig aufgehalten wurde, hatte sich August Winterscheidt soweit beruhigt, dass er sich umwenden und Professor Windhoff, der ihm bisher wie ein etwas unglücklich geratenes Faktotum gefolgt war, mit ruhiger Stimme anzusprechen fertigbrachte: „Kommen Sie mit mir, Professor! Und Sie auch, Herr Zimmer."

Erst jetzt gewahrte Professor Windhoff, dass der Spionagechef ihnen ebenfalls gefolgt war und irgendwelche Instruktionen zu erwarten schien.

So ließen sich die drei in dem bequemen, eisenbahnabteilartigen Fond der eleganten Limousine nieder, und der Direktor gab dem Fahrer die Anweisung: „Fahren Sie uns nach Hause, Herr Korsten!

Es bleibt mir keine Wahl, so leid es mir tut", fuhr er fort, jetzt allerdings zu seinen Mitarbeitern, „aber wir fahren zum Werk, holen alle Papiere und technischen Detailzeichnungen und fahren dann zum Patentamt, unterbreiten dort unsere Unterlagen und laden die Fritzen zur Probefahrt ein."

„Auweia, unser Testfahrzeug ist überhaupt noch nicht ausgereift; es hat gerade erst die erste Fahrt absolviert. Wenn es nun versagt?"

„Das müssen wir riskieren! Wenn es tatsächlich nicht hinhauen sollte, haben wir zu einem späteren Zeitpunkt immer noch eine Chance. Zunächst aber gilt es zu handeln!"

Dagegen gab es nichts einzuwenden; es war unbestreitbar, dass Direktor Winterscheidt Recht hatte. Er brummelte eine Weile vor sich hin, was für die anderen weitgehend unverständlich blieb, aber sich irgendwie nach ‚blöde moderne Patentgesetze' anhörte. Schließlich meinte er: „Ich möchte gar zu gern wissen, wie die Motorenwerke es so schnell geschafft haben. Sie müssen doch mit den gleichen Problemen zu kämpfen gehabt haben wie wir, und wir waren ihnen ein ganzes Stück voraus."

„Vielleicht haben sie sich bei der Bremsfrage nicht so dusslig angestellt wie wir", sinnierte Professor Windhoff. „Wie so häufig war letztlich auch hier die Lösung so einfach, dass man schon nach zehn Minuten darauf hätte kommen müssen."

„So können Sie nicht argumentieren, denn dann hätte man genauso gut bereits vor hundert Jahren imstande sein können, mit dem Problem fertig zu werden.

Ich weiß zwar, dass Sie viel von Ihrem Kollegen halten – eben weil Professor Angermann Ihr Kollege ist, natürlich –, aber mich überzeugen Sie nicht davon, dass sie nicht auch unser Bremssystem geklaut haben und nun auf Biegen und Brechen an die Patentrechte kommen wollen. Ha! Die werden sich wundern!

Aber wenn die Gangster es wagen sollten, unseren Antrieb Angermann'sche Batterie zu nennen", fuhr er mit plötzlicher Heftigkeit fort, „gehe ich vor Gericht. Ich hole mir die dreißig besten Anwälte des Landes und hetze sie denen auf den Hals. Alles lasse ich mir auch nicht gefallen."

Da er darauf nichts zu antworten wusste, blickte Professor Windhoff aus dem Fenster und betrachtete die Versuchsstrecke der Deutschen Bundesbahn, die sie für eine Woche gemietet hatten. Im Hintergrund sah man den Betriebsbahnhof mit der Probelokomotive, um die sich gerade Scharen von Technikern kümmerten. Noch weiter hinten schimmerte das Steinhuder Meer. Alles lag wie auf einem Tablett serviert unter ihnen, denn sie befuhren gerade den mächtigen, nahezu hundert Meter hohen Leine-Weser-Viadukt, der erst vor kurzem fertiggestellt worden war und dessen Zweck darin bestand, vom kostbaren Erdboden die Autoplage, die trotz gigantischer Investitionen in den öffentlichen Verkehr nach wie vor bestand, fernzuhalten.

Obwohl inzwischen viele Leute in modernen technischen Konstruktionen wie dieser Brücke mehr oder weniger den Untergang der Menschheit sahen, hatten sie doch nicht nur ihre Vorteile, sondern sogar ihre schönen Seiten. Ebenso wie die Brücke mit ihren schlanken, weißen Pfeilern und den eleganten Querbögen, die zur Stütze dienten, von unten betrachtet, zumindest aus größerer Entfernung – wenn man näher herankam, erschlug sie einen einfach – wie ein Fanal menschlichen Geistes und menschlicher Leistungsfähigkeit anmutete, so war auch der Ausblick von ihr auf das sich gleichsam in die Unendlichkeit erstreckende norddeutsche Flachland großartig, um nicht zu sagen fantastisch. Gerade hatte Professor Windhoff im Sinn, ein paar poetische Worte dieser

Herrlichkeit zu widmen, als Zimmer lakonisch sagte: „Ich glaube, wir sollten kommende Nacht unseren Prototyp unter Objektschutz stellen!"

Damit war die romantische Stimmung zerrissen, die ohnehin nur selten von des nüchternen Professors Herzen Besitz ergriff, und er wandte es wieder den aktuellen Sorgen zu. –

Trotz aller Eile kamen sie zu spät. Die fürchterliche Überraschung ereilte sie, als Direktor Winterscheidt harmlos fragte: „Wann kann ich mit Ihrer Kommission rechnen?"

„Morgen Nachmittag!" erwiderte der Patentbeamte, ein Regierungsoberrat Schellinger, wie aus dem Schild, das vor ihm auf dem Schreibtisch stand, hervorging.

„Am Nachmittag erst?" gab der Direktor verdutzt zurück. „Warum nicht am Vormittag? Wissen Sie, bei uns ist jede Sekunde kostbar!"

„Weil unsere Maschinen- und Motorenexperten da bereits ausgebucht sind."

„Was? Wo müssen sie denn hin?"

„Tut mir leid, aber wir haben unsere Geheimhaltungsvorschriften. Das darf ich Ihnen nicht sagen."

Trotz aller Bemühungen der Besucher, mehr aus Herrn Schellinger herauszubekommen, erwies sich dieser als echter Beamter: Unnachgiebig und korrekt. Schließlich mussten sie sich geschlagen geben und verließen das Gebäude mit der festen Zusage, dass sich die Sachverständigen morgen Nachmittag blicken lassen würden und dass mehr für die Neue Rheinische Kraftwerkunion nicht getan werden könne.

Als sie ins Auto stiegen, fiel Professor Windhoff plötzlich etwas auf. „Wo ist denn Herr Zimmer?"

Zu dritt waren sie erst ins Werk, dann zum Internationalen Patentamt gefahren und hatten auch zu dritt dem Oberregierungsrat ihr Anliegen vorgetragen; Direktor Winterscheidt, weil er die Sache für wichtig genug hielt, mit der Autorität seiner eigenen Person die Sache durchzudrücken, Professor Windhoff für die theoretischen Erklärungen und Spionagechef Zimmer ohne unmittelbar ersichtlichen Zweck. Und jetzt war er abgetaucht. Der Firmenleiter schien sein Verschwinden nicht sonderlich ernst zu nehmen. „Er weiß schon, was er tut; machen Sie sich um ihn keine Sorgen!"

„Um ihn mache ich mir auch absolut keine Sorgen, sondern nur um das, was er wieder anstellen wird." Wenn Professor Windhoff daran dachte, was Valveta und Schmidt in Rykowgrad angerichtet hatten, wurde ihm jetzt noch schlecht. „Sie wollen doch nicht etwa die Motorenwerke in die Luft sprengen?" fragte er besorgt, wurde sich jedoch gleich bewusst, wie lächerlich das klang.

Sein Vorgesetzter lachte auch bloß. „Mein lieber Professor, was haben denn Sie für Vorstellungen? Glauben Sie denn, dass wir kein gentlemen's agreement mit unseren Konkurrenten haben? Nein, gewisse Regeln müssen eingehalten werden; allerdings werden auch Sie als – entschuldigen Sie – weltfremder Gelehrter einsehen, dass wir uns wehren müssen."

Der letzte Satz erweckte in Professor Windhoff wieder einige Befürchtungen, zumal sie losgefahren waren, ohne auf Zimmer gewartet zu haben, was ein Hinweis darauf war, dass die beiden sich irgendwie abgesprochen haben mussten. Da er aber einsah, dass er weiter nichts unternehmen könne, schwieg er und begnügte sich damit, sich dunklen Ahnungen hinzugeben. –

Natürlich waren sie berechtigt. Nachdem die drei das Arbeitszimmer Herrn Schellingers verlassen hatten, überlegte Zimmer, wen die Technikerkommission morgen früh so unbedingt besuchen musste; so viele umwälzende Erfindungen wurden schließlich auch nicht gemacht, dass allein in Deutschland die Experten Tag und Nacht ausgebucht waren. Streng genommen gab es nur eine Möglichkeit, bei wem die Leute sein könnten, und diese Möglichkeit gab alles andere als Anlass zur Freude.

Gerade als er sich einen ausgeklügelten Schlachtplan zurechtlegen wollte, sah er von ferne in einem Gang jenen Ingenieur, der der Sitzung eben beigewohnt und bestätigt hatte, dass die theoretischen Ausführungen Professor Windhoffs korrekt seien und sich ihre Richtigkeit nur noch morgen bei der Probefahrt erweisen müssten, um anerkannt zu werden, wovon er persönlich absolut überzeugt sei.

So kam es, dass Spionagechef Zimmer, der sowieso hinter den beiden anderen hergegangen war, in den Gängen des Internationalen Patentamts, Sektion Bundesrepublik Deutschland mit Sitz in Frankfurt am Main, zurückblieb und den beamteten Diplomingenieur Walter Krebs ansprach: „Haben Sie jetzt Feierabend?"

„An und für sich schon; in einer Stunde ist Ladenschluss, und in dieser Stunde hat niemand mehr die Zeit, eine Erfindung zu erklären, die in mein Fachgebiet fällt. Überhaupt ist es recht selten, dass ich gebraucht werde, und gleich zweimal am Tag wie heute, ist wohl einmalig."

„Was, heute hat schon jemand eine chemische Starkstrombatterie anmelden wollen?"

„Ja. Wissen Sie, eigentlich darf ich das gar nicht sagen, aber Ihre Vorgänger hatten denselben Geistesblitz wie Sie."

„Was? Sagen Sie bloß, wir sind zu spät?!"

Das Zögern des Ingenieurs fasste Zimmer ganz richtig auf: „Dieser Gang hier ist ziemlich öde. Darf ich Sie zu einem Gläschen einladen?"

Er durfte. Ja, dachte er frohlockend, man muss die Leute nur anzufassen wissen; Schüchternheit ist in meinem Beruf nicht am Platz!

Nach ein paar Bieren, gekoppelt mit ebenso vielen Schnäpsen, hatte Justus Zimmer alles aus seinem Gegenüber herausgeholt, was für ihn von Interesse war.

„Ich darf Ihnen mal was ganz Vertrauliches verraten", sagte der Ingenieur, und die Bedachtsamkeit seiner Aussprache verriet, dass er sich bereits in jenem Zustand befand, der ein häufiges Verhaspeln während des Sprechens enorm zu begünstigen pflegt, „aber: Pscht!" Bei dem Unterfangen, den Zischlaut besonders nachdrücklich auszusprechen, wäre er fast auf die Tischplatte gekippt. „Kein Wort darüber zu anderen; bei uns ist ja alles unheimlich geheim. Aber dieser Gruiten – Ihr Vorgänger, verstehen Sie? – ist auch nicht auf den Kopf gefallen; vielleicht haben Sie voneinander geklaut, wer weiß? Jedenfalls hat er dieselbe Erfindung gemacht wie Sie. Nur das Bremssystem ist etwas anders gelöst. Die anderen haben nämlich ein hydraulisches bevorzugt, während Sie ..."

„Ach, das brauchen Sie mir nicht zu erklären", unterbrach ihn der Spionagechef, der technischen Erläuterungen weder Interesse entgegenzubringen noch sie zu verstehen vermochte, „ich hätte viel lieber erfahren, wann und wo Ihre Experten das Gerät unserer Vorgänger abnehmen wollen."

Das Stutzen des Ingenieurs sagte dem abgebrühten Zimmer sofort, dass er zu direkt gefragt hatte, und veranlasste ihn, schleunigst eine weitere Runde zu bestellen. So vermied er, dass der Beamte begann, sich über ihn Gedanken zu machen, und hatte diesen bald wieder da, wo er ihn hinhaben wollte.

„Die Bundesbahn ist keine homo…, äh, homogene Masse. Nach dem Krieg wurden zwei Bundesbahnzentralämter – na, war das ein Wort? – eingerichtet, eins in Minden und eins in München.

Während die Münchner sich mit den modernen Sachen wie Diesel- und E-Loks beschäftigten, hatte Minden die Aufgabe, die Dampfloks weiterzumachen, nein! zu ent – äh – wickeln. Naja, durch die Umstellung der Trak, auweia! Traktor, nein!" „Traktionsmittel", half Zimmer gutmütig nach.

„Genau! Durch diese Mittel wurde Minden also langsam ausgebootet, was die natürlich wurmte. Na ja, deshalb bauten sie die tolle Versuchsstrecke, die Sie in dieser Woche benutzen, und holten dadurch wieder ein ganzes Stück auf. Die Münchner waren aber auch nicht faul und bauten bei Donauwörth als Antwort eine ähnliche Sache; sehen Sie, und dort hat sich Ihre Konkurrenz eingenistet."

„Und wann haben die den Termin mit Ihren Fritzen?" fragte Zimmer, fast eine Nuance zu scharf.

„Äh …, morgen früh."

Mist! Doch zu spät, dachte er, jetzt heißt es aber eilen, und schon hatte er sich erhoben, bezahlt und das Lokal verlassen. Während Walter Krebs noch, stolz darauf, dass er die letzten Sätze so flüssig herausbekommen hatte, vor sich hin lallte, war der Spionagechef bereits in eine Telefonzelle gestürzt und hatte seinen Mitarbeiter Karl-Dietrich Schmidt, der in seinem Büro dem Dienstschluss entgegendämmerte, aus dem süßen Nichtstun gerissen.

„Schmidt, sind Sie da? Hören Sie, ich habe einen Auftrag für Sie: Schmeißen Sie sich in einen Zug und fahren Sie nach Donauwörth. Ich steige in Frankfurt zu."

„Hä?" Der Agent war noch benommen. „Wer ist da überhaupt?" forschte er, obwohl er seinen Vorgesetzten längst an der Stimme erkannt hatte.

„Tun Sie nicht so, hier ist Ihr Chef und das wissen Sie ganz genau! Holen Sie sich in meinem Namen die Spesen vorher an der Kasse und fahren Sie los, zur Entschädigung für diesen Schrecken meinethalben erster Klasse. Ich finde Sie in Frankfurt schon. Wenn mich nicht alles täuscht, fährt in ungefähr einer Stunde ein Zug nach München, der in Donauwörth hält. Nehmen Sie den und bereiten Sie sich auf eine schlaflose Nacht vor."

„Ja", sagte Schmidt schwach.

„Und noch etwas!"

„Bitte?"

„Zügeln Sie Ihre schlimmen Gedanken etwas!"

Dann tönte aus der Hörmuschel nur noch ein leises Hupen, während der Agent mit seinen Gedanken allein blieb, wobei sich allerdings Zimmers letzte Ermahnung als fruchtlos erwies, wenn Schmidt auch nicht umhin konnte, das Gedächtnis seines Chefs lobend zu vermerken: Der angegebene Zug fuhr tatsächlich.

Und so blieb dem Werkspion nichts anderes übrig, als sich, zwar schimpfend und brummend, aber immerhin, auf Achse zu begeben. Er konnte es sich aber nicht verkneifen, mit giftgrünem Filzstift, der erfahrungsgemäß nur sehr schlecht abzuwaschen war, an Zimmers eichene Bürotür ‚Despot' zu schreiben.

Dadurch ersatzweise befriedigt, ging er zunächst zur Kasse, wo er sich selbst noch ein sattes Schmerzensgeld für die erduldete Schmach über die Fahrtkosten hinaus zubilligte, und dann zum Bahnhof.

Ächzend ließ sich der Leiter der Spionageabteilung in dem bequemen Polster nieder. „Sie hätten mir wenigstens einen Fensterplatz lassen können", begrüßte er seinen Mitarbeiter vorwurfsvoll.

„Sie sollten froh sein, dass ich überhaupt gekommen bin", entgegnete dieser ungerührt; er hatte nämlich den gegenüberliegenden Sitz ausgezogen, die Füße gemütlich daraufgelegt und so beide Fensterplätze blockiert.

„Schon gut, schon gut", beschwichtigte ihn sein Vorgesetzter, „wir sollten uns um Wichtigeres kümmern."

„Eben. Wie lautet, zum Beispiel, Ihr Auftrag?"

„Zum Beispiel so: Die Offenburger Versuchsmaschine unschädlich machen, und zwar so, dass man auf Anhieb nichts merkt."

„Ich scheine plötzlich taub geworden zu sein."

„Macht nichts. Ihr Gehör brauchen Sie auch nicht. Sie kennen sich doch hoffentlich mit der Windhoff'schen Batterie aus? Ich meine so, dass Ihnen die lebenswichtigen Stellen bekannt sind. Immerhin haben Sie schon einmal unter Professor Windhoff gearbeitet."

Schmidt warf Zimmer einen resignierenden Blick zu. „Ich hoffe, das wird mir eines Tages honoriert."

„Ganz bestimmt nicht. Ich habe übrigens einen Plan von Donauwörth erstanden, damit wir uns zurechtfinden, wenn wir dort sind."

Während die beiden die Karte studierten und sich wichtige Details einzuprägen bemühten, fragte der Agent harmlos: „Chef …"

„Ja?"

„Wer sagt Ihnen eigentlich, dass die Offenburger nicht ein ähnlich geartetes Attentat auf unser Depot vorhaben?"

„Das sagt mir niemand. Es ist nur so, dass ich die paar Stunden in Frankfurt nicht ganz untätig verbracht habe; ich habe nämlich in Minden angerufen und Meister Eisenbrecht für horrendes Geld dazu gebracht, diese Nacht mit den stärksten seiner Mannen – äh, Männern, meine ich, Wache zu halten. Wenn Sie die Schränke gesehen hätten, wüssten Sie, dass niemand, der nicht gerade mit Maschinengewehren und Raubsauriern anrückt, an unser Vehikel 'ran kann. Andererseits dürfte man in Offenburg nicht vermuten, dass sich der Kampf schon so zugespitzt hat. Die werden gar nicht ahnen, dass wir auch schon so weit sind wie sie."

Plötzlich bemerkte Schmidt das leichte Zittern der Finger seines Vorgesetzten. Mit einem Schlag war aller Spott aus seiner Stimme gewichen und es klang reine Sorge, die anzeigte, welch' gutes Verhältnis die beiden trotz gelegentlicher Kontroversen zueinander hatten, aus ihr, als er fragte: „Was ist denn, Chef?"

„Ach, nichts! Wissen Sie, um alles Wissenswerte zu erfahren, musste ich jemanden betrunken machen, und um keinen Verdacht zu erwecken, musste ich natürlich mittrinken. Da ich mich selbst nicht betrinken durfte, nahm ich die Pillen – Sie wissen ja, die letzte Notbremse. Ich weiß, dass ich das morgen bitter werde büßen müssen. Ich hoffe nur, dass ich die nächste Nacht durchhalte."

„Dann ist doch alles klar: Ich werde die Sache allein schaukeln."

„Auf keinen Fall. Um Erfolg zu haben, müssen wir mindestens zu zweit sein, und alle meine Männer sind gerade mit anderen Dingen beschäftigt; es bleiben nur wir, die das erledigen können."

„Ach, Unsinn! Das schaffe ich schon. Machen Sie mir keinen Ärger, nehmen Sie sich ein Hotelzimmer und schlafen Sie sich aus."

„Hören Sie, Schmidt! Ich mache mit, betrachten Sie das als Befehl. Ich werde doch wohl noch wissen, was ich tue." Damit wandte er sich ab, um zu zeigen, dass das letzte Wort gesprochen war.

Auch sein Mitarbeiter wandte sich ab, aber mehr, um zu zeigen, dass er beleidigt war. „Schön", brummte er, „aber wenn Sie mitten im feindlichen Lager zusammenklappen, sehen Sie zu, wie Sie da rauskommen! Ich riskiere nicht Kopf und Kragen, um Sie zu holen."

„Einverstanden!"

„Wieso wirken denn diese Wundertabletten so heftig?" Das klang schon versöhnlicher.

„Ich, nun, ich habe wohl in letzter Zeit etwas zu viel davon genommen. Aber lassen wir das; ich bin auch schon wieder in Ordnung."

Den Rest der Fahrt verbrachten sie schweigend; sie versuchten sogar, noch etwas zu schlafen, was ihnen auch gelang. Als der Schaffner sie kurz vor Donauwörth weckte, fühlten sich beide so frisch und munter, dass sie sich keinerlei Sorgen mehr um ihre Kondition machten; selbst der vorsichtige Schmidt verlor kein Wort mehr über das Aufputschmittel, das sein Vorgesetzter eingenommen hatte.

„Wissen Sie den Weg noch, den wir einschlagen müssen?" fragte er.

„Aber sicher! Ich bin zwar schon seit fast zehn Jahren aus dem aktiven Dienst raus – ich habe ja jetzt Leute wie Sie, die die Kastanien für mich aus dem Feuer holen –, aber total vertrottelt bin ich noch nicht."

So machten sie sich in stockfinsterer Nacht – es war inzwischen nahezu Mitternacht geworden – auf den Weg, Zimmer verärgert über diesen vermeintlichen Unfähigkeitsverdacht, Schmidt leicht schmunzelnd.

Sie mussten fast eine Stunde gehen, bevor sie am Ziel waren: Vor ihnen lag das Betriebswerk der Ringbahn. Ein funzliger Lichtschimmer, der aus einem der Fenster drang, wies ihnen den Weg.

„Ein Wächter ist mindestens noch da!"

Jetzt durften sie sich nur noch flüsternd unterhalten, und als sie vorsichtig über den Zaun kletterten, der eigentlich dazu bestimmt war, größere Wildtiere von der Versuchsstrecke, die inmitten des Walds lag, abzuhalten, sprachen sie kein Wort mehr.

Beide wussten, was sie zu tun hatten.

Auf Zehenspitzen schlichen sie auf den Gebäudekomplex zu, mit jedem Schritt leichteren Herzens, denn kein Hund schlug an. Man schien wirklich nicht mit Besuch zu rechnen. Vollends erfreut waren sie, als sie bemerkten, dass das beleuchtete Wärterhäuschen ein ganzes Stück von den eigentlichen Betriebsanlagen entfernt lag.

Sie hatten alle möglichen Schlachtpläne bereits auf dem Weg hierher in Erwägung gezogen, um für alle Eventualitäten gerüstet zu sein. Auch die nun vor ihnen liegende Situation hatten sie erörtert, sodass sie sich gar nicht mehr absprechen mussten und gleich ihre Plätze beziehen konnten: Zimmer schlich zu dem erleuchteten Gebäude hinüber, um den Nachtwächter im Auge zu behalten, und Karl-Dietrich Schmidt als der Mann mit dem besseren technischen Verständnis kroch zum Betriebswerk, um einen kleinen Defekt hervorzurufen, der über Sein oder Nichtsein der Rheinischen Kraftwerkunion entscheiden sollte.

Er war gerade an einer Seitentür angelangt, die er mit Hilfe seines Dietrichs zu überwinden gedachte, als er ein leichten, irgendwie unnatürlich klingendes Rascheln in dem hohen Gras vernahm. Vorsichtshalber kauerte er sich hinter eine Tonne, die in der Nähe stand, um die Dinge, die da kommen könnten, erst einmal abzuwarten.

Und richtig, seine Vorsicht war nicht überflüssig gewesen: Die Grashalme, die an Gebüsch erinnerten, so hoch waren sie aufgeschossen, teilten sich und das Dunkel enthüllte zwei Gestalten, die miteinander flüsterten, und zwar, zu Schmidts Überraschung und Schrecken, auf Russisch.

„Wie günstig", meinte der eine, „wir sind richtig: Hier ist eine Tür!"

„Gut", erwiderte der andere, „dann wollen wir mal. Du machst das mit den Maschinen, während ich mir den Wärter vornehme!"

Ohne weitere Worte zu wechseln, begaben sie sich unverzüglich an die Arbeit. Der Zweite huschte davon; während sich der Erste, dicht neben Schmidt, an der Tür zu schaffen machte.

Das Klacken der Schlüssel machte sich dieser zunutze, um unbemerkt zu verschwinden, da er es nicht mehr für nötig hielt, seinen Auftrag auszuführen. Die erforderlichen Manipulationen an der Testlokomotive der Motorenwerke würde schon sein Kollege aus dem Konkurrenzverein erledigen; für ihn war es viel wichtiger, seinen Chef vor einer möglichen Entdeckung zu bewahren.

Nach einiger Zeit hatte er den zweiten Russen aufgespürt. Er konnte natürlich nicht wissen, dass es sich bei diesem um Peter Arnowitsch handelte, der, einst Leiter der Spionageabteilung im Lokomotivwerk Lugansk, seit den Ereignissen von Rykowgrad in Ungnade gefallen war und nun zwei Aufträge erhalten hatte, um sich von dem Makel der Nachlässigkeit zu befreien: Erstens sollte er verhindern, dass die Motorenwerke vor den Luganskern die Entwicklung der Windhoff'schen Batterie anerkannt bekämen, zweitens, und dieser Teil der Aufgabe hätte Schmidt, hätte er von ihr gewusst, zutiefst erschreckt, sollte er jene beiden Saboteure, die die sibirische Katastrophe ausgelöst hatten, beseitigen. Er hatte zu diesem Zweck einen Mann als Hilfe bekommen. Josef

Georg Strogelunsk hieß er und war vor allem mit seinem technischen Wissen für den vormaligen Spionagechef eine unentbehrliche Stütze.

Da Schmidt jedoch, wie gesagt, der zweite Auftrag unbekannt war, argwöhnte er nichts weiter und achtete lediglich darauf, dass sein Vorgesetzter im Fall eines Zusammenstoßes unversehrt blieb.

Das geschah jedoch nicht; vielmehr baute sich der sowjetische Agent vor dem erleuchteten Fenster auf, wohl um den Wachposten stets im Auge zu behalten. Plötzlich sah Schmidt, wie sich die dunkle Gestalt straffte und die rechte Hand hob. Zu seinem Entsetzen erkannte er in dem Gegenstand, den sie in der Rechten hielt, eine Pistole, die genau auf das Fenster gerichtet war.

Da sah Schmidt rot und es gab für ihn kein Halten mehr: Das Bestreben, ein Menschenleben zu erhalten, siegte haushoch über die Furcht, entdeckt zu werden, und lautlos, aber zu allem entschlossen stürzte er sich auf den Gegner.

Dieser war gerade beim Abdrücken, als er gestört wurde. Die Ablenkung bewirkte, dass die Kugel fehlging und in die Steinwand schlug, ohne Schaden anzurichten.

Fluchend sprang Peter Arnowitsch auf und suchte sein Heil in der Flucht, wobei er über eine Baumwurzel stolperte und seine Waffe verlor. Schmidt rannte eine Weile hinter ihm her; als er aber einsah, dass es bei diesem Licht in dem unterholzreichen Wald aussichtslos sein musste, ihn zu fassen zu kriegen, gab er die Verfolgung auf und kehrte zum Wärterhäuschen zurück, wobei er zufällig die fallengelassene Pistole sah und sie aufhob.

Als er den Blick wieder dem Gebäude zuwandte, war das Licht erloschen. Vor dem offenen Fenster bemerkte er allerdings eine Gestalt, die ihm ziemlich bekannt vorkam.

„Wenn du dich in der anonymen Finsternis verbergen willst, würde ich mich nicht so ins Mondlicht stellen, dass deine Silhouette eine perfekte Zielscheibe abgibt", sagte er.

„Was, Karl, du bist's?" fragte Ludwig Valveta ungläubig.

„Allerdings! Ich hätte übrigens ebenso Grund, verwundert zu sein."

„Tu' man nicht so! Aber komm' erst mal ins Haus, ich hätte nämlich gern gewusst, was eigentlich vorgefallen ist."

„Zuerst nehmen wir den Lokschuppen ins Visier, denn da kreucht noch jemand herum, der dir wahrscheinlich ans Leben will."

So schlichen beide langsam zur Maschinenhalle, wobei Schmidt seinem Freund flüsternd seine Beobachtungen mitteilte. Ein paar

Meter vor dem Ziel verstummte er, denn jetzt galt es, auf das leiseste Geräusch zu achten.

Nichts rührte sich.

Die beiden betrachteten eine Weile das finstere Gebäude; schließlich riss Ludwig Valveta entschlossen die Tür auf und schaltete die gleißend hellen Natriumdampflampen ein, die Pistole, die sein Freund ihm ausgehändigt hatte, vorhaltend.

Wie eine kurze Untersuchung ergab, war niemand mehr da. Es war offensichtlich, dass der Kommilitone des schießwütigen russischen Agenten von dem Lärm, der vorhin entstanden war, gewarnt worden war und sich schleunigst aus dem Staub gemacht hatte.

Das traf auch zu. Peter Arnowitsch und Josef-Georg Strogelunsk hatten sich frühzeitig am vereinbarten Treffpunkt eingefunden und waren kurze Zeit später auf dem Weg zurück nach Donauwörth, wo sie ein Hotelzimmer hatten.

„Warum musstest du bloß losballern?" Die Stimme klang vorwurfsvoll. „Hättest du dich heute Nacht noch etwas bezähmt, wäre Auftrag 1 ausgeführt worden, und den Kerl hätten wir auch noch eines Tages erwischt." Strogelunsk verschwieg wohlweislich, was er im Innern des Lokschuppens gesehen hatte.

„Nichts wäre gut gewesen. Der andere muss mir schon eine ganze Weile gefolgt sein. Wäre er durch mein Verhalten nicht zum Handeln gezwungen gewesen, hätte er mir sicherlich kurze Zeit später eins übergebraten und mich bequem bei der Polizei abliefern können."

„Wenn man nur wüsste, wo der andere, dieser Schmidt, steckt. Bei den Motorenwerken ist er nicht. Vielleicht hat er gekündigt, vielleicht ist er aber auch ganz woanders beschäftigt."

„Das glaube ich eher. Überhaupt bin ich überzeugt, dass die Motorenwerke auch innerdeutsche Konkurrenz haben. Wir müssen unbedingt herausbekommen, welches diese zweite Firma ist. Ich glaube fest, dort werden wir auch Schmidt finden."

„Aber nicht mehr heute. Erstmal schlafen wir uns aus, Genosse!"

Von dem Bewusstsein getröstet, dass morgen auch noch ein Tag sei – schließlich konnten sie nicht wissen, wie kurz der Abschluss der Entwicklung des Windhoff'schen Antriebs bevorstand –, schritten sie Arm in Arm, um ihre innige Zuneigung zueinander auszudrücken, den einsamen Waldweg entlang dem warmen Hotelbett entgegen.

Währenddessen saßen Schmidt und Valveta bei einer Tasse Kaffee, zu der seinen Freund einzuladen letzterer sich verpflichtet gefühlt hatte, und besprachen die dramatischen Ereignisse der Nacht, wobei allerdings dieses Beisammenseins nur einseitig als gemütlich empfunden wurde, denn Schmidt saß wie auf heißen Kohlen.

„Warum hat der Kerl nur auf mich geschossen?" fragte der VMS-Agent gerade, „er hat doch von deiner Anwesenheit nichts gewusst. Wärst Du nicht dagewesen, hätte er doch bloß zu warten brauchen, bis sein Komplize fertig war, und alles wäre in Butter gewesen."

„Könnte er mich nicht doch gesehen haben? Aber das wäre kein Grund gewesen, auf dich zu schießen; ich zumindest hätte anders reagiert. Bleibt nur noch die Möglichkeit, von der ich schon immer gesprochen habe, dass nämlich die Sowjets uns auf dem Kieker haben und uns beide beseitigen wollen."

Zum ersten Mal verlor Ludwig Valveta etwas von seiner sonstigen Sicherheit. „Dann säßen wir ganz schön in der Tinte."

Die Frage, was Schmidt eigentlich hier zu suchen habe, schnitt er bewusst nicht an, denn er war sich darüber im Klaren, dass sein Freund genau das gleiche beabsichtigt hatte wie die russischen Agenten, freilich ohne ihn erschießen zu wollen. Er fragte sich besorgt, ob nicht auch Schmidt noch jemanden mitgebracht habe, der jetzt draußen 'rumschlich und die kostbare Maschine, die man ihm diese Nacht anvertraut hatte, unschädlich machte. Er beruhigte sich aber, als er daran dachte, wie schwer es überhaupt sein würde, das richtige Exemplar zu finden.

Von ähnlichen Gedanken wurde auch Schmidt geplagt. In der Halle standen so viele Loks gängiger Typen der Deutschen Bundesbahn herum, dass er unmöglich sehen konnte, welches die gesuchte war; denn das Versuchsfahrzeug war natürlich von außen nicht kenntlich gemacht worden. Um seinen Auftrag noch erfüllen zu können, hätte er jede Lokomotive zunächst einmal gründlich untersuchen müssen, bevor er hätte darangehen können, eine harmlose Fehlerquelle zu installieren.

„Ich möchte dich zwar nicht hinausschmeißen", sagte Valveta nach einem Blick zur Uhr, „aber unsere Techniker haben sich für zwei Uhr angekündigt und es wäre mir sehr unangenehm, wenn sie dich bei mir sähen. So leid es mir tut, aber im Dienst sind wir nun mal Gegner."

„Was, um zwei Uhr nachts machen eure Leute noch die Gegend unsicher?"

„Ja, morgen sind die Experten vom Patentamt angesagt, und da muss alles klappen." Der Deutschrusse schien davon auszugehen, dass das seinem Freund bereits bekannt war. „Wir machen noch ein paar abschließende Testfahrten. Wenn alles hinhaut, haben wir morgen Mittag die Urheberrechte in der Tasche.

Man scheint mit Besuch gerechnet zu haben, sonst wäre ich wohl nicht verdonnert worden, die letzte, entscheidende Nacht hier Wache zu schieben. Na, gehen wir."

Jetzt ist alles aus, dachte Schmidt, während er wie in Trance neben dem anderen herging, der ihn bis zum Tor begleitete, gleich ist zwei Uhr, und wenn es hier von Menschen wimmelt, haben wir keine Chance. Den Auftrag haben wir nicht erfüllt.

Wo bloß mein Chef stecken mag?

Er hörte kaum, wie ihm Ludwig Valveta zum Abschied sagte: „Du musst dich nur auf dem Fußgängerweg halten, der verläuft abseits der Straße, sodass dich unsere Leute nicht sehen können."

Schmidt stolperte den angegebenen Pfad an, winkte geistesabwesend noch einmal zurück und stürzte, sobald sein treuer, aber misstrauischer Freund ihn nicht mehr wahrzunehmen vermochte, ins Buschwerk, arbeitete sich so schnell wie möglich durchs Unterholz und befand sich kurze Zeit später, nachdem er zum zweiten Mal in dieser Nacht über den Zaun geklettert war, wieder in der Nähe des Wärterhäuschens.

„Chef, Chef!" rief er so leise er konnte. „Wo sind Sie?" Er musste aufpassen, dass der VMS-Agent, der inzwischen längst wieder im Warmen saß, ihn nicht hörte. Mensch, wo steckt er nur? fragte sich Schmidt, der Verzweiflung nahe, als er ein paar Meter abseits ein sachtes Stöhnen vernahm.

Da lag Justus Zimmer, halb im Gras, halb in einem Schlammloch, zusammengebrochen und nur ab und zu ein kaum vernehmbares Röcheln von sich gebend.

Schmidt war den Tränen nahe. „Chef, was ist denn los, was haben Sie denn?" murmelte er hilflos, während er sich angestrengt bemühte, ihn wieder zum Leben zu erwecken.

Endlich hatte er Erfolg. Zimmer schlug die Augen auf und sagte leise: „Ach Sie, Schmidt? Lassen Sie mich hier liegen und gehen Sie nach Hause. Ich mache mich bemerkbar und lasse mich von denen in ein Krankenhaus bringen."

Obwohl das das Vernünftigste gewesen wäre, denn die Leute von den Motorenwerken hätten den gegnerischen Agenten kaum aufgefressen, widerstrebte es Schmidt, seinen hilflosen Vorgesetzten in die Hände der Konkurrenz fallen zu lassen.

So rackerte er sich damit ab, den vor Atemnot kaum protestieren könnenden Zimmer aufzurichten und ihn zum Zaun zu schleppen.

Dieser hatte sich derweil etwas erholt und so gelang es Schmidt, ihn mit Drücken, Zerren und Tragen über die Absperrung zu hieven. Unter Erwerb einiger Schrammen auf der anderen Seite angelangt, mussten sich beide eine ganze Weile ausruhen, so hatte sie das fast akrobatische Stückchen angestrengt. Währenddessen waren auf der nahen Straße deutlich Motorengeräusche zu vernehmen, die die Ankunft des VMS-Teams verkündeten.

Schließlich machten sich die beiden Agenten auf den Weg, den zu bewältigen Schritt für Schritt schwerer wurde. Als sie vor dem Donauwörther Kreiskrankenhaus standen, war Schmidt am Ende seiner Kräfte. Er hatte Zimmer zum Schluss mehr oder weniger getragen.

Kurze Zeit später lag dieser auf Station, während jener der Polizei im Präsidium erzählte, wie sein Kamerad bei einem erfrischenden nächtlichen Spaziergang plötzlich, weit entfernt von der nächsten menschlichen Behausung, zusammengebrochen sei.

„Warum haben Sie sich nicht an die Verwaltung der Bundesbahn-Versuchsanstalt gewendet?" fragte der wachhabende Offizier, „die liegt doch ganz in der Nähe der Stelle, wo Ihr Freund die Besinnung verlor. Da ist immer jemand."

„Tut mir leid, aber davon wusste ich nichts; sonst hätte ich mir nicht die Mühe gemacht, Justus bis hierher zu führen."

„Hm!" Misstrauisch blickte der Polizist Schmidt ins Gesicht. „Wissen Sie, was der erste, überschlagsmäßig aufgestellte ärztliche Befund besagt? Dass Ihr Freund – Justus Zimmer heißt er, nicht wahr? – von einer Überdosis Aufputschmittel einen Herzanfall erlitten hat. Auch jetzt geht es noch sehr unregelmäßig; es sieht nicht sehr gut aus."

„Was?! Aber … Aber wieso sollte Justus ein Dopingmittel eingenommen haben? Für einen friedlichen Nachtspaziergang braucht man doch so etwas nicht."

„Dafür nicht. Ich will es Ihnen offen ins Gesicht sagen: Ich habe den Verdacht, dass Ihr Ausflug gar nicht so ein friedlicher Nachtspaziergang war, wie Sie ihn zu titulieren geruhten."

„Und was soll er sonst gewesen sein?"

„Das meine ich zu wissen. Um allerdings meine Vermutung endgültig bestätigt zu bekommen, werden Sie dulden müssen, dass ich mich bei der Versuchsanstalt einmal erkundigen werde, ob man dort irgendetwas Verdächtiges bemerkt hat."

Schmidt atmete unhörbar auf. Auf Ludwig konnte er sich verlassen; der würde ihn nicht verraten. Es konnte nur sein, dass man verdächtige Spuren der multilateralen Spionagetätigkeit entdecken würde. Beweisbar wäre aber ohne Zeugenaussagen nichts.

„Ich habe nämlich noch etwas", fuhr der Polizeibeamte fort, „was Sie überraschen dürfte – oder auch nicht. Ich habe meinen Dienst erst vor zwei Stunden angetreten und mein Vorgänger hat mir, bevor er nach Hause ging, noch einige Schwänke erzählt. Da hat zum Beispiel der Bahnhofsvorsteher, ein guter Freund meines Kollegen, diesem etwas über zwei Verrückte berichtet, die erst gestern Abend aus dem letzten Schnellzug ausgestiegen und, ohne sich erst ein Zimmer besorgt zu haben, sofort in den Wald marschiert sind.

Nach Abfahrt des Zuges hat der Stationsvorsteher seinen Bahnhof dicht gemacht und kam hierher, um mit meinem Kollegen noch eine Tasse Kaffee zu trinken. Bei dieser Gelegenheit hat dieser von den beiden erfahren, und jetzt weiß ich es.

Nun habe ich mir einen Feind geschaffen, indem ich den Bahnbeamten aus dem Bett holte – per Telefon natürlich – und mir von ihm eine Beschreibung der beiden Verrückten geben ließ. Sie stimmt genau mit der Ihren überein. Als mich vor kurzem der Arzt mit seinem Befund anrief, glaubte ich, ziemlich sicher sein zu können, dass Sie irgendetwas auf dem Versuchsgelände wollten, spionieren wahrscheinlich."

In die unbehagliche Stille hinein, die dieser Beschuldigung folgte, klingelte das Telefon. Der Polizeibeamte hob ab. „Ja, Herr Doktor? Was? Gut, ich werde es ihm ausrichten!"

Nachdem er den Hörer eingehängt hatte, meinte er, zu Schmidt gewandt: „Ihr Freund ist wieder ansprechbar. Wenn Sie möchten, können Sie ihn besuchen."

„Das werde ich auch!" rief dieser und stürzte auf die Straße hinaus, froh, diesem allzu cleveren Polizisten für eine Weile entronnen zu sein. Zielstrebig eilte er durch die in der aufkommenden Morgendämmerung noch menschenleeren Straßen von Donauwörth auf das Krankenhaus zu, das er nun innerhalb weniger Stunden zum zweiten Mal betrat.

Er wurde sofort vorgelassen. Zimmer blickte ihm mit klaren Augen entgegen. „Ach, Schmidt, da sind Sie ja endlich." Seine Stimme klang recht schwach. „Würden Sie einem alten Mann noch einen Gefallen tun?"

„Natürlich; aber wieso, ich meine, so alt sind Sie ja noch gar nicht!"

„Doch, doch! Es ist den meisten unbekannt, aber nächstes Jahr wäre ich pensioniert worden. Schade, ich hätte es gern noch erlebt."

„Was reden Sie denn da? Selbstverständlich werden Sie es noch erleben. Aber um was wollten Sie mich bitten?"

„Dass ich ‚du' zu Ihnen sagen darf; ebenso müssten Sie mich duzen. Wären Sie – wärst du damit einverstanden?"

„Gern." Schmidt setzte sich auf den Bettrand, denn seine Knie waren während dieses merkwürdigen Dialogs, der irgendwie an einen endgültigen Abschied zweier alter Freunde erinnerte, weich geworden. „Weißt du, Justus, dass ich den Vorschlag bisher nur nicht gemacht habe, weil ich als der Rangniedrigere doch nicht von mir aus die Brüderschaft vorschlagen konnte."

„Ja, Karl, ich wurde lange Zeit von ähnlichen Skrupeln geplagt, und ich habe erst vor einigen Minuten, kurz bevor du kamst, eingesehen, wie albern das war. Wir waren doch in den zehn Jahren unserer Zusammenarbeit wirklich mehr Freunde als Vorgesetzter und Untergebener."

„Schon. Aber mach' mir nicht mit deinen Befürchtungen Angst. Wieso, glaubst du, erlebst du deine Pensionierung nicht mehr?"

„Ach, Karl, der Arzt hat mir nicht viel Hoffnung gemacht. Aber etwas anderes: Unser Auftrag ist nicht erfüllt?"

„Nein, leider nicht."

„Dann war es auch noch umsonst", murmelte Zimmer, „schade. Doch ich muss weiterdenken; ich habe dich zu meinem Stellvertreter gemacht, da ich selbst zumindest für eine Weile ausgeschaltet sein werde. Eine entsprechende Vollmacht findest du in meiner Schreibtischschublade, den Schlüssel dazu in meiner rechten Jackentasche." Damit wies er auf den Schrank, in dem seine Kleider aufbewahrt waren.

Schmidt angelte aus der angegebenen Tasche eine Schlüsselsammlung, die in einem straffen Ledersack angeordnet war, um ständiges Klirren zu verhindern.

„Und was ist mit Wegwerth, der dich bisher immer vertreten hat?" fragte er.

„Der hat vor kurzem die Absicht geäußert, bald zu kündigen. Um den brauchst du dich also nicht zu kümmern."

Während Zimmer die Bedeutung der einzelnen Schlüssel erläuterte, kam der Arzt herein. „Ich glaube, Sie müssen den Patienten eine Weile ruhen lassen. Außerdem verlangt der diensthabende Wachtmeister nach Ihnen", sagte er zu Schmidt, nachdem dessen Chef seine Erklärungen beendet hatte.

„Ach du Schande, was will der denn schon wieder?" erwiderte der Angesprochene, und zum letzten Mal zu seinem Vorgesetzten gewandt, fuhr er fort: „Aber, Justus, wie soll ich denn das machen? Ich bin doch nur ein Ausführender, über die Gesamtorganisation habe ich gar keinen Überblick."

„Ach, das wirst du schon machen!" antwortete Zimmer, der sich in dem Bewusstsein, seine Verantwortung guten Händen übertragen zu haben, in sein Kissen zurücklehnte und kurz darauf eingeschlafen war.

„Steht es wirklich so schlimm, Herr Doktor?" fragte Schmidt später auf dem Gang.

„Allerdings! Ich muss Ihnen leider sagen, dass es sehr schlimm steht. Normalerweise muss man die Einnahme eines Aufputschmittels am nächsten Tag lediglich mit Übelkeit und Erbrechen bezahlen. Wenn der Betreffende allerdings einen Herzfehler hat, wird es schon grenzwertiger. Herr Zimmer hat einen. Außerdem scheint er in letzter Zeit häufig zu pharmazeutischen Konzentrationshilfen gegriffen zu haben. Na ja, eines Tages wehrt sich der Körper eben dagegen.

Noch etwas kommt dazu: Der Patient scheint genau zu wissen, wie es um ihn steht, und mit dem Leben schon halbwegs abgeschlossen zu haben. Dies ist gewissermaßen eine psychologische Unterstützung für den Tod, denn einer, der an seinem Leben hängt und es unbedingt zu erhalten trachtet, stirbt längst nicht so schnell wie einer, der sich schon halb im Grab liegen sieht. Aber geben Sie noch nicht alle Hoffnung auf, es ist auch ohne weiteres möglich, dass er sich berappelt und durchkommt."

Ohne dass ihm der letzte Satz sonderlich zum Trost gereicht hätte, wollte sich Schmidt schon abwenden, als der Arzt noch einmal zum Sprechen ansetzte. Fast warm sagte er: „Tut mir leid, wenn ich Ihnen Schwierigkeiten gemacht haben sollte, aber wenn die

Polizei irgendwelche illegalen Vorgänge vermutet, darf ich die Wahrheit nicht verschweigen.

Sehen Sie, ich bin kein Polizist, und darum interessiert mich nicht, warum jemand Drogen genommen hat, aber dass und in welchem Maß, das interessiert mich wohl. Und bei Ihrem Freund oder Kollegen – ich kenne Ihr Verhältnis zueinander nicht – muss ich eben feststellen, dass ein ziemlicher Raubbau vorliegt."

Kurze Zeit später hastete Schmidt schon wieder durch die inzwischen etwas belebteren Straßen Donauwörths, dem Polizeirevier entgegen. „Ah, da sind Sie ja", wurde er empfangen, „ich habe Sie noch einmal herholen lassen, weil ich gern einige Fragen beantwortet haben möchte."

„Schießen Sie los!"

„Zunächst einmal – Aber setzen Sie sich doch! –: Ihr Name ist Karl-Dietrich Schmidt, der Ihres Freundes Justus Zimmer und Sie arbeiten in der Neuen Rheinischen Kraftwerkunion in Köln?"

„Das sagte ich bereits."

„Wären Sie wohl auch so gut, mir Ihre Positionen zu verraten?"

„Sicher. Mein Freund ist Buchhalter und ich bekleide den Posten eines Laboranten." Jeder werkseigene Agent übte natürlich innerhalb des Betriebs einen offiziellen Beruf aus, den er in Fällen wie diesem anzugeben hatte.

„Sie haben mit Herrn Zimmer keinen innerbetrieblichen Kontakt?"

„Nein!"

„Gut, wir werden das nachzuprüfen wissen. Ich darf Ihnen übrigens mitteilen, dass die Anfrage an das Versuchsgelände nichts ergeben hat; von der Seite aus werden Sie also nicht belastet."

„Freut mich."

„Das wäre eigentlich alles."

„Darf ich jetzt gehen?" fragte Schmidt spöttisch. „Denn immerhin scheinen Sie mich mindestens für einen vierfachen Raubmörder zu halten."

„Sie wissen genau, dass ich keinerlei Handhabe gegen Sie habe. Was haben Sie denn nun vor, wollen Sie zurück nach Köln oder bleiben Sie hier, um Ihrem kranken Kollegen beizustehen?"

„So leid es mir tut, aber ich glaube, er ist hier im Krankenhaus gut aufgehoben. Ich muss zurück zu meinem Arbeitsplatz."

„Also haben Sie keinen Urlaub?"

„Nein!" Plötzlich merkte Schmidt selber, dass seine ganze Geschichte sehr unwahrscheinlich klang. Dem gab auch der Polizeibeamte Ausdruck, indem er ironisch sagte: „Man stelle sich vor: Da fahren zwei Menschen am späten Abend von Köln nach Donauwörth – auch noch erster Klasse, denn wie mir der Stationsvorsteher mitteilte, sind Sie aus dem Erste-Klasse-Wagen ausgestiegen –, wandern die ganze Nacht ziellos durch den Wald und wollen am frühen Morgen des nächsten Tages wieder zurückfahren, weil sie arbeiten müssen. Sehe ich das richtig?"

„Äh, ja?" sagte der Agent schwach.

„Mir soll es gleich sein. Solange nichts passiert ist, ist es ja auch egal. Wenn aber in dieser Nacht irgendwo in dieser Gegend eingebrochen, irgendjemand ermordet worden oder sonst etwas geschehen ist, was ich als Gesetzeshüter nicht gutheißen kann, sehe ich schwarz für Sie."

„Darf ich jetzt gehen?"

„Selbstverständlich. Aber halten Sie sich zur Verfügung, auch wenn Sie in Köln sind – schließlich haben wir seit einiger Zeit eine zentral organisierte Bundespolizei, sodass uns die Spitzbuben auch dann nicht entwischen können, wenn sie ihr Tätigkeitsgebiet in ein anderes Bundesland verlagern. Jetzt müssen sie schon über die Grenze. Naja, auf Wiedersehen, das heißt, ich hoffe nicht, dass wir uns gezwungenermaßen noch einmal wiedersehen werden."

„Ich auch nicht!" Mit diesen Worten entfloh Schmidt dem tüchtigen Beamten und stürzte zum Bahnhof, wo er gerade noch den D-Zug nach Dortmund erwischte.

Ein paar Stunden später ließ er sich in dem großen bequemen Drehsessel nieder, in dem bis vor kurzem noch Justus Zimmer residiert hatte. Das Aufatmen, das sich ihm schon auf die Zunge gedrängt hatte, blieb ihm jedoch im Hals stecken, als er daran dachte, dass er Direktor Winterscheidt noch über den grandiosen Misserfolg der vergangenen Nacht informieren musste. Bei diesem Gedanken wurde ihm gar nicht wohler. Überhaupt gab es noch manche Formalitäten zu erledigen, bevor er seinen Dienst antreten konnte.

So suchte er zunächst den Zettel heraus, den Zimmer schon seit einiger Zeit für Notfälle wie diesen in der Schublade liegen hatte. Dann inspizierte er seinen neuen Amtsbereich, bis er schließlich einsah, dass es keinen Zweck hatte, den bitteren Gang noch weiter aufzuschieben.

Direktor Winterscheidt erwies sich als über Zimmers Wahl seines Nachfolgers informiert, denn dieser hatte längst seine Absichten mit ihm besprochen. Für die letzte Nacht traf das allerdings nicht zu. Man konnte zwar nicht behaupten, dass er tobte, denn Direktor Winterscheidt beherrschte sich stets und bemühte sich auch, immer höflich zu bleiben, aber der Zorn und die Enttäuschung standen ihm deutlich im Gesicht geschrieben. „Und die Russen haben auch nichts erreicht, sagen Sie?"

„Nein; sie sind sofort nach dem Zwischenfall geflohen. Es besteht höchstens die Hoffnung, dass sie kurz danach zurückgekehrt sind und ihren Auftrag doch noch erfüllt haben." Dass diese Hoffnung nicht bestand, verschwieg Schmidt wohlweislich.

Da selbst der Direktor an der vollendeten Tatsache nichts mehr ändern konnte, endete das Gespräch mit beidseitig resignierendem Achselzucken und Schmidt wandte sich wieder seinen organisatorischen Aufgaben zu.

Kurz vor Dienstschluss wurde er damit erst fertig. Gerade wollte er sich zurücklehnen und die letzten zehn Minuten, die er diese Woche in der Firma zubringen würde, genießen, als der Monitor, der sich auf dem Schreibtisch befand, rot aufleuchtete.

„Wer ist denn da?"

„Meister Eisenbrech, Herr Schmidt", antwortete die Stimme der Vorzimmerdame.

„Was will der denn hier?" fragte der frischgebackene Spionagechef, der auf Anhieb nicht wusste, wo er seinen Besuch hintun sollte. „Na, lassen Sie ihn herein!"

Die Erinnerung kam, als Meister Eisenbrech eintrat. „Ach ja, Sie sind ja jetzt der Boss von dem Laden hier", dröhnte er und ließ sich, bevor Schmidt Zeit gefunden hatte, ihm mit einer Einladung zuvorzukommen, in einen Sessel fallen, der unter dem Gewicht bedenklich ächzte. Der Gast fuhr unterdessen fort: „Am Telefon wollte ich es Ihnen nicht sagen, aber der heutige Tag war ein voller Erfolg!"

„Wie soll ich das verstehen'?"

„Na, Mann, das ist doch ganz klar! Die Patentfritzen waren da und haben uns nach erfolgreicher Probefahrt die Urheberrechte zugesprochen."

„Was?"

„Wieso ‚was'? Haben Sie denn das nicht erwartet?"

„Nein, allerdings nicht!" murmelte Schmidt. „Haben die nichts davon gesagt, dass sie die Entwicklung nicht anerkennen könnten, weil sie ein paar Stunden früher schon einmal dieselbe geprüft und für gut befunden haben?"

„Nein, warum? Sollten sie?"

„Nein, das sollten sie nicht!" Schmidt musste an sich halten, um nicht vor Freude an die Decke zu springen. Offensichtlich war den Offenburgern etwas schiefgelaufen!

So leicht ließ sich Meister Eisenbrech aber nicht abspeisen. „Ich habe zwar gerüchteweise gehört, dass die Konkurrenz dabei war, uns den Brocken wegzuschnappen", bohrte er, „aber so ganz verstehe ich das nicht. Wie kommt es, dass ein einziges Versagen den Verlust aller Patente nach sich zieht? Es kann doch immer etwas passieren."

„So ist es ja auch nicht immer, sondern nur in diesem Fall", erwiderte der Agent, der einsah, dass sein Gegenüber sowieso schon in beinahe alles eingeweiht war. „Das Anerkennungsverfahren des Patentamts besteht aus zwei Teilen. Zunächst wird die Erfindung unter Anwesenheit mindestens eines Fachkundigen theoretisch erläutert; findet sich da kein Fehler, folgt – meist am selben oder am nächsten Tag – die Vorführung des Geräts.

Geht sie glatt, ist es gut. Geht sie nicht glatt, weil, nehmen wir etwas ganz Blödes an, ein Kolben oder so etwas gebrochen ist, wird sie auf einen anderen Tag verlegt. Das wird zwar teurer, weil die Expertenkommission, die die Erfindung testet, ja bezahlt werden muss, hat aber sonst keine Folgen.

In unserem Fall liegt die Sache etwas anders: Die Motorenwerke haben dasselbe anzubieten wie wir, sodass demjenigen, der zuerst kommt, auch die Patente zugesprochen werden. Der andere hat halt das Nachsehen. Ihm wird von der Kommission höflich, aber kalt gesagt: ‚Tut uns leid, aber was Sie als Neuheit deklarieren, gibt es bereits.'

Ja, zuerst sah es so aus, als wollten unsere Gegner das Rennen gewinnen, aber jetzt scheinen wir vorn zu liegen. Die Windhoff'sche Batterie ist wirklich anerkannt worden, mit Stempel, Siegel, Unterschrift und so?"

„Ja, ja!" Meister Eisenbrech schnaufte. Es war ihm nicht anzusehen, ob er die komplizierten Erklärungen Schmidts verstanden hatte oder nicht. Auf jeden Fall anzusehen war ihm jedoch der Unmut über derlei Spitzfindigkeiten. „Hier sind die Dokumente", sagte er und reichte sie Schmidt, „allerdings wollte ich sie Direktor Winterscheidt persönlich abgeben."

„Ach, das brauchen Sie nicht; ich erledige es schon. Ist sonst noch etwas vorgefallen?"

„Aber ja!" Bei dem Gedanken wurde der stabile Vorarbeiter gleich wieder fröhlicher. „Stellen Sie sich vor, Ihr Chef – also Herr Zimmer – hatte mit seiner Vermutung recht gehabt; da wollten doch tatsächlich einige Schelme ihr handwerkliches Geschick an unserem Lökchen ausprobieren! Na, denen haben wir aber heimgeleuchtet!" wobei er die rechte Faust vielsagend gegen die linke Handfläche schlug, dass dem zartbesaiteten Agenten die Ohren klingelten; er mochte in der vergangenen Nacht nicht in deren Haut gesteckt haben. „Naja, sie sind wieder fort, ohne groß Schaden angerichtet zu haben. Waren wohl unsere Freunde aus Offenburg?"

„Ja, wahrscheinlich!" oder unsere Freunde aus Lugansk oder Rykowgrad, dachte Schmidt bekümmert.

Meister Eisenbrech erhob sich, was der Sessel mit einem irgendwie erleichtert klingenden Seufzer quittierte. „Na, ich will Sie nicht länger stören. Geben Sie bitte das Dokument dem Direktor."

„Ja, gern! Auf Wiedersehen, Mei…, äh, Herr Eisenbrech!" Wieder allein weidete sich Schmidt zunächst einmal an der Urkunde. Die Weichen waren gestellt, die Union hatte das Patent! Zumindest diesbezüglich war die Aufgabe des Geheimdienstes zunächst als beendet zu betrachten.

Alle Vorsicht außer Acht lassend, wählte er die Ortsnummer von Offenburg und die Werksnummer und Durchwahl Ludwig Valvetas, von dem er annahm, dass er sich längst wieder an seinem Arbeitsplatz befände.

Die Annahme erwies sich als richtig; Valveta meldete sich prompt und rief, nachdem auch Schmidt seinen Namen genannt hatte: „Bist du wahnsinnig, mich hier anzurufen? Wie leicht kann man feststellen, von wo du sprichst und wer anruft."

„Sicher, aber, ehrlich gesagt, das ist mir im Moment verhältnismäßig gleichgültig."

„Das scheint mir auch so." Die Stimme klang wenig begeistert. „Was ist der Grund deines Anrufs?"

„Eigentlich aus dir herauskitzeln, was so alles vorgefallen ist, und mich zu diesem Zweck bei dir einladen."

„Muss das sein, du Sadist?"

„Hör' mal, wir wissen beide, was los ist. Du kannst doch nichts dafür. Es war wohl eine technische Panne?!"

„Schon, aber ärgerlich ist es trotzdem."

„Also, ich darf morgen kommen?"

„Betrachte dich als eingeladen. Reist du nicht in letzter Zeit ein wenig viel?"

„Ach, das geht alles auf Spesen. Ich habe nämlich avanciert, aber das erzähle ich dir morgen. Bis dann!"

Schmidt legte den Hörer auf und lehnte sich bequem in den behaglichen Ledersessel zurück; dabei fiel ihm ein, dass die Patentunterlagen noch auf seinem Schreibtisch lagen, und begab sich auf den Weg zur Residenz des Direktors.

10

Zwar hatte Sneider ihm geraten, sich in Offenburg möglichst nicht mehr blicken zu lassen, aber das war Ende des vergangenen Winters gewesen und nun stand Weihnachten bereits wieder vor der Tür. Deshalb glaubte Schmidt, sich um die Warnung nicht mehr kümmern zu müssen und war in die Höhle des Löwen, sprich in den Sitz der Motorenwerke gefahren, um seinem Freund Ludwig Valveta einen Besuch abzustatten und ihn zu trösten.

Sie saßen in jenem Lokal, in dem sich beide zum ersten Mal getroffen hatten. Bereits ein wenig angetrunken, schwelgten sie in gar nicht so alten Erinnerungen.

„Weißt du noch, an diesem Platz war es", sagte Schmidt gerade, „ich saß hier und las die Stellenangebote durch, als du dich hersetztest und mich nach dem Weg zum Bahnhof fragtest."

„Zur Post, mein Lieber. Immer genau bleiben!"

„So? Na, ist egal! Aber sag mal, was war gestern eigentlich los? Ich meine, was haben die Fritzen vom Patentamt gesagt?"

„Ach, erinnere mich nicht daran, es war fürchterlich! Sie haben sich alles angehört, was Professor Angermann erzählt hat, sich umgesehen und die Testfahrt mitgemacht.

Das heißt, der Witz war ja: Es gab gar keine Testfahrt. Nämlich: Unsere Maschine sprang nicht an. Wie wir später feststellten, war irgendein blöder Bolzen gebrochen. Das haben die Herren natürlich nicht geglaubt, sagten: ‚Tut uns leid, aber zur Anerkennung der Urheberrechte gehört eine erfolgreich bestrittene Probefahrt – wobei Valveta den hochnäsigen Tonfall der Beamten nachzuahmen versuchte – und davon kann im Moment nicht die Rede sein. Wir sind zwar überzeugt, dass es sich nur um einen geringfügigen Defekt handelt, müssen uns aber an unsere Vorschriften halten!'

Naja, da standen wir nun. Die Herren zeigten sich zwar bereit, ein bis zwei Stunden auf die Behebung des Schadens zu warten, aber als uns das nicht gelang, erklärten sie bedauernd, sie hätten heute noch einen Termin, und empfahlen sich.

Wir wussten zwar, dass der besagte Termin euch betraf, aber wir konnten nichts machen. Na, die Laune meines Chefs kannst du dir vorstellen."

„Tja, Sneider wird eben auch alt. Wann habt ihr eure Maschine denn repariert gehabt?"

„Gegen Abend, kurz vor Dienstschluss. Es handelte sich um, ich glaube, ich habe es dir bereits gesagt, einen Bolzenbruch, der sich absurd tief in der Bremsmechanik versteckt hatte. Normalerweise wäre darauf kein Mensch gekommen, aber Direktor Gruiten brüllte den ganzen Tag so 'rum, dass unsere Techniker wie ein Rudel verängstigter junger Hunde wirkten und vor lauter Schreck die ganze Karre auseinandernahmen. Na, und so ziemlich zum Schluss haben sie die Wurzel des Übels entdeckt."

„Ich lach' mich kaputt. Zwei verschiedene Gruppen, die Russen und wir, versuchen, an eurem Vorführmodell herumzufriemeln, und beide Parteien kriegen es nicht hin. Stattdessen geht es von allein zu Bruch."

„Zum Kaputtlachen war uns gar nicht zumute!"

„Das ist eben die ausgleichende Gerechtigkeit. Ihr habt ja auch bei uns dran drehen wollen, gib's zu!"

„Naja, aber unsere Leute wurden von einer Horde wütender Stiere angefallen und mussten das Heil in der Flucht suchen."

Schmidt sinnierte, ob man Meister Eisenbrech als wütenden Stier bezeichnen könne. Als er an dessen schaufelbaggerartige Hände dachte, nickte er zustimmend. Der Mann fürs Grobe. Dann fiel ihm etwas anderes ein. „Übrigens, noch was! Ich habe was läuten hören, dass Professor Angermann in Schwierigkeiten ist."

Unwillkürlich senkte Valveta die Stimme. Fast flüsternd sagte er: „Das soll eigentlich auch nicht jeder wissen, aber weil du's bist, sollst du es erfahren. Professor Angermann muss unter Umständen mit ein paar Jährchen gesiebter Luft rechnen wegen – wenn auch unbeabsichtigten – Sprengens der Kraftwerkunion und Totschlags von zwei Menschen."

„Du lieber Himmel, das ist doch ein Dreivierteljahr her und das Werk steht längst wieder."

„Die Mühlen der Justiz mahlen eben langsam."

„Aber wie ist das denn gekommen?"

„Oh, du weißt doch wahrscheinlich, dass man Professor Angermanns Schlüsselbund verkohlt in den Trümmern eurer stolzen Fabrik gefunden hat. Seitdem hat man unentwegt weitergeforscht und herausgefunden, dass nur der Professor das Gerät hatte in Betrieb setzen können, weder Olaf Dirk noch der andere, der verbrannt ist – man hat ihn inzwischen aufgrund von Strukturuntersuchungen als einen Arbeitslosen namens Karl Nickelberg identifiziert –, hätten die Fähigkeiten dazu besessen.

Nun hat sich der Portier, nachdem er sich von dem Schock erholt hatte, daran erinnert, dass der Professor kurz, also etwa eine Viertelstunde vor der Explosion das Werk allein verlassen hat. Infolgedessen vermutet die Polizei, dass Professor Angermann das Werk mit voller Absicht in die Luft gejagt habe, um sich an der Kraftwerkunion zu rächen, die ihn auf so schmähliche Weise hinter Professor Windhoff gesetzt hat.

Weiter nimmt die Polizei an, dass der Professor sich der Hilfe von Olaf Dirk versichert hat, um das Gerät in Gang zu setzen; das sei deshalb leicht gewesen, weil Olaf Dirk im Auftrag von uns die Absicht hatte, die Windhoff'sche Batterie zu stehlen. Sie gibt zwar zu, dass Professor Angermann versucht haben mag, Dirk und Nickelberg unter einem Vorwand aus der Fabrik herauszulotsen, aber als er einsah, dass die beiden darauf nicht eingehen wollten, hat er selbst eine Ausrede gefunden und sich dünne gemacht."

„Das glaube ich nicht. Professor Angermann ist ein anständiger Mann!"

„Was meinst du, was ich glaube? So glaubt aber nun mal leider die Polizei, weil sie sich die Vorgänge anders nicht erklären kann. Denk' mal, wie sollte sonst Professor Angermann kurz vor der Explosion die Lokalität verlassen haben, wenn nicht mit voller Absicht? An solche Zufälle glaubt die Polizei nicht."

„Dann hängt der Professor aber schwer drin."

„Das kann man wohl sagen. Mein Chef versucht die besten Anwälte und vor allem Zeugen an Land zu ziehen, um ihn zu retten. Hoffnung haben wir noch, denn die Beweislast der Staatsanwaltschaft hängt nur an einem seidenen Faden. Eins ist jedenfalls sicher: Sollten wir den Professor freikriegen, dann bestimmt nur mangels Beweisen, auf keinen Fall wegen erwiesener Unschuld."

„Sneider wird eben alt."

„Das hast du schon mal gesagt, hat damit aber nichts zu tun. Was sollen wir denn machen?"

„Warum wollt ihr denn den Professor unbedingt protegieren?"

„Na hör mal! Erstens aus ethischen Gründen und zweitens, weil auch der gute Professor Angermann einer Sache auf der Spur ist, für die zu kämpfen sich lohnt. Ich sage dir: Noch sind wir nicht abgehängt!" Bei diesen Worten lächelte Valveta hintergründig.

Trotz aller Bemühungen von Seiten Schmidts gelang es nicht, mehr aus dem Freund herauszuholen, denn der gewiefte Agent verstand auch in mittelmäßig benebeltem Zustand zu schweigen.

Nach einer Weile gab Schmidt es auf; bei leichtem Geplauder tranken sie noch etwas, bis sich bei Ludwig Valveta ein Schluckauf bemerkbar machte. „Oh! – hick! – das ist das Zeichen!"

„Wofür?"

„Für meinen, also, dass ich – hick! – genug habe."

„Soso."

„Da gibt's nur ein – hick! – eins, nämlich spazieren gehen."

Dazu hatte Schmidt aber gar keine Lust.

So trennten sich beide, nachdem sie aus der Schänke getreten waren; Valveta ging in Richtung Kinzig, während Schmidt sich der Wohnung seines Freundes zuwandte, in der er übernachten wollte und für die er sich den Hausschlüssel bereits hatte geben lassen. Der Wohnungsinhaber trug einen Zweitschlüssel in der Tasche.

In der frischen Luft kam die Wirkung des Alkohols erst voll zur Geltung; Ludwig Valveta erkannte keine Einzelheiten, nicht nur, weil es schon finster war, sondern auch, weil die ganze Landschaft auch bei starker Beleuchtung irgendwie verschwommen wirkte.

So hatte der Agent kaum etwas von dem schönen Park, durch den er gerade wanderte. Er bemerkte auch nicht die dunklen Gestalten, die ihm lautlos und auf eine deckungsbedachte Weise folgten, die jeder unbeteiligte Beobachter als bedrohlich erachtet hätte.

Immer weiter entfernten sich die beiden Gruppen von der belebten und erleuchteten Innenstadt. Ludwig Valveta brauchte trotz seiner Trunkenheit keine Angst zu haben, sich zu verirren, denn er war hier aufgewachsen und kannte die Gegend wie seine Westentasche. Als auch noch der Mond hinter den Wolken hervortrat und das gepflegte Wäldchen, in dem sie sich befanden, in diffuses Licht tauchte, hätte er den Weg buchstäblich im Schlaf gefunden.

Kurz darauf war er am äußersten Ende seines Rundgangs angelangt und wandte sich nun wieder der Stadt zu. Niemand war weit und breit zu sehen und der Schuss traf so gut, dass Ludwig Valveta sofort tot umsank und nichts mehr spürte.

„So, du Schwein, das wäre erledigt", murmelte Peter Arnowitsch durch die Zähne, „und jetzt den Zweiten."

Da hielt ihn Josef Georg Strogelunsk unerwartet am Ärmel fest. „Halt, wart' mal!"

„Was ist denn?" fragte der andere zurück, während er sich bemühte, die zupackende Hand abzuschütteln. „Wir wissen doch, dass sich dieser Schmidt gerade im Haus von dem da", wobei er verächtlich auf den toten Körper Valvetas wies, „aufhält. Wenn es uns da genauso gut klappt, können wir abziehen und ich habe wieder meinen alten Posten."

„Schon, schon! Aber ich weiß etwas viel besseres."

„Was soll das heißen, etwas viel besseres? Wir haben den Auftrag, die beiden umzulegen, und das tun wir. Basta!"

„Nicht umzulegen – zu beseitigen. Das ist etwas ganz anderes. Einen lebenslangen Aufenthalt hinter Gittern betrachte ich auch als ‚beseitigt'."

„Ach so – ich beginne zu verstehen."

„Wird auch Zeit. Überleg' mal, zwei Augenzeugen, Waffe gefunden, Fingerabdrücke, schon ein Anschlag unter mysteriösen Umständen, gute Anwälte – das haut hin! Und wir brauchen keine Polizei mehr zu fürchten, weil sie ja einen Täter hat."

„Also dann – zögern wir nicht länger!" –

Unsanft wurde er geschüttelt. Eine Stimme brüllte: „Wer sind Sie? Wachen Sie auf!"

Karl-Dietrich Schmidt schlug verwundert die Augen auf. Dunkel erinnerte er sich noch, in der Wohnung seines Freundes Ludwig zu liegen. Er war gestern Abend gekommen, hatte sich gerade noch Schuhe, Mantel und Jackett ausgezogen und sich dann auf die nächstbeste Couch geworfen. Auch bei ihm hatte die frische Luft erst die volle Wirkung des Alkohols zur Geltung kommen lassen, sodass er sofort eingeschlafen war, ohne einen Gedanken an seine Umwelt verschwendet zu haben.

Nun stellte er fest, dass alle Lampen brannten und sich mindestens drei Polizisten in der Wohnung befanden, von denen einer ihn eben so rau geweckt hatte. Da die Vorhänger nicht vorgezogen waren, konnte er erkennen, dass noch Nacht sein musste.

Ein Blick auf die Uhr belehrte ihn, dass es drei Uhr morgens war.

„Also, was suchen Sie hier?" fragte die Stimme wieder.

„Ich wohne hier, warum? Wer gibt Ihnen das Recht ...?" „Die Beschreibung stimmt!" flüsterte ein anderer Polizist dem einen zu, der Schmidt schon zweimal angesprochen hatte.

„Das habe ich auch schon gesehen!" gab der zurück. Etwas sanfter fuhr er, wieder zu Schmidt gewandt, fort: „Tut mir leid, aber ich fürchte, Sie stehen unter Mordverdacht."

„Was?!" fuhr der Agent auf.

146

„Beruhigen Sie sich. Zunächst einmal einige Fragen: Sie sagten eben, Sie wohnen hier. Wohnt hier aber nicht ein Ludwig Valveta, Angestellter bei den Süddeutschen Motorenwerken?"

„Schon, ich bin nur Gast hier … Aber reden Sie doch, Mann! Ist ihm etwas passiert?"

„Allerdings. Er ist heute gegen Mitternacht im Stadtwald erschossen worden und es besteht der begründete Verdacht, dass Sie der Mörder sind."

Den zweiten Teil des Satzes hatte der Angesprochene kaum mitbekommen; vor seinen Augen verschwamm alles und er musste stark an sich halten, um nicht vor all den Menschen hier laut aufzuheulen. „Erschossen, sagen Sie?" stieß er mit zitternder Stimme hervor. „Von wem?"

Da ging Schmidt erst richtig auf, was der Polizeibeamte gesagt hatte. „Von mir? Sind Sie denn verrückt, ich meinen besten Freund umbringen? Warum denn?"

„Das hätten wir auch ganz gern gewusst. Nichtsdestoweniger sind Sie der Hauptverdächtige, so leid es mir tut."

Der Agent, der bisher fassungslos ins Leere gestarrt hatte, vernahm Geräusche, die wie das Durchwühlen von Schränken und Schubladen klangen, und sah sich um. Der eine Polizist hatte die Schranktür, der andere alle Schreibtischschubladen geöffnet und stöberte darin herum. „Haben Sie einen Haussuchungsbefehl?" brachte Schmidt zu sagen fertig.

„Nein, und das ist auch nicht nötig!" erwiderte der Beamte, der nach wie vor die Statt belagerte, auf der sein Gegenüber einige Stunden Schlaf gefunden hatte. „Das hier ist nämlich keine bewohnte Behausung mehr, sondern sind die Zimmer, in welchen jemand gelebt hat, der ermordet wurde. Es ist unsere Aufgabe, alles, was zur Aufklärung des Verbrechens führen könnte, sicherzustellen."

„Wollen Sie mich jetzt verhaften?"

„Nein, dazu fehlt uns tatsächlich die Handhabe. Ein Haftbefehl kann nur von einem Gericht ausgestellt werden, und das hat nicht um zwei Uhr nachts geöffnet. Die einzige Möglichkeit hätten wir, was mir aber bei Ihnen nicht der Fall zu sein scheint, wenn Verdunklungs- oder Fluchtgefahr bestünde. Sie sehen eher wie ein – wenn Sie mir die Bemerkung gestatten – anständiger Familienvater nach einer durchzechten Nacht aus, nicht wie ein Mörder."

So fühlte sich Schmidt auch. Zu dem Schmerz, den er noch gar nicht richtig erfasst hatte, so plötzlich war die Eröffnung über den Tod seines Freundes gekommen, gesellten sich Kopfschmerzen und ständiges Schwindelgefühl. Dieses albtraumhafte Verhör tat das Seine zum Unwohlsein dazu.

„Hier ist sie!" rief plötzlich einer der Beamten und hielt eine Pistole in die Höhe. Es war jene, die Schmidt nach dem Überfall auf das Wärterhaus in Donauwörth gefunden und Valveta gegeben hatte, der sie offensichtlich in seinem Schreibtisch aufbewahrte.

„Das ist aber belastend für Sie", meinte der Leiter der Mordkommission missbilligend. „Für eine Notverhaftung langt's allerdings noch nicht, selbst wenn das Kaliber stimmt und wir Ihre Fingerabdrücke auf der Bleispritze finden würden. Ihre Personalien werden Sie uns aber geben müssen."

Schmidt blieb kaum etwas anderes übrig als dem zu willfahren. Langsam ging ihm auf, dass ihm diese Affäre neben ihrer Tragik eine Menge Ärger bescheren würde.

11

Trotz seines sonstigen fast sprichwörtlichen Phlegmas fühlte Direktor Winterscheidt nun ein flaues Gefühl im Magen. In letzter Zeit war alles schief gelaufen: Zimmer hatte einen schweren Herzanfall erlitten und würde, trotz beruhigender Äußerungen von Seiten des Arztes, wohl kaum wieder arbeiten können, Schmidt, sein Nachfolger, stand wegen eines Mordes, den er bestimmt nicht begangen hatte, vor Gericht und hatte kaum Chancen, davonzukommen, und Wegwerth, der zweite Nachfolger, erwies sich trotz des Eifers, den er zur Schau stellte, als offensichtlich unfähig. Zu allem Überfluss zierte sich auch noch die Bundesbahn, Professor Windhoffs Konstruktionen, die doch nun wirklich der bisherigen Weisheit letzter Schluss darstellten, anzunehmen.

Zum wiederholten Mal holte der Direktor die inzwischen zerknitterte Botschaft aus der Tasche, die ihn für heute Nachmittag, 14.00 Uhr, in das neue Bundesbahnzentraldirektionsgebäude in Frankfurt, das nunmehr für die gesamte Bundesrepublik zuständig sein würde und die einzelnen Direktionen wie Köln, Hannover usw. ablösen sollte, beorderte und ihm ein Ende seiner Mutmaßungen ob des unerwarteten Zögerns der DB verhieß. Na, wenigstens etwas, dachte er, steckte das Schreiben wieder weg und hob den Kopf, um den Prozess zu verfolgen, der schon seit einigen Tagen lief und heute hoffentlich zu Ende gehen würde.

Es sah nicht gut aus für Schmidt. Zwei, die vorgaben, Augenzeugen des Mordes zu sein und jede Menge Indizien, da musste sich Schmidts Anwalt schon mächtig ins Zeug legen, um seinen Mandanten nur halbwegs herauszureißen; der einzige Pluspunkt auf Seiten des Angeklagten war, soweit ihm bekannt war, das fehlende Motiv, und das war ein bisschen wenig.

Der Richter hatte bereits die Verhandlung eröffnet. Sie begann gleich mit dem größten Trumpf für Archibald Goldmann, den Staatsanwalt und somit für die Anklage, mit dem Verhören der beiden Augenzeugen der Tat, Josef Georg Strogelunsk und Peter Arnowitsch. Die Aussage dieser beiden sollte die Beweisaufnahme zugleich abschließen und den bisher nicht geständigen Angeklagten überführen.

„Hohes Gericht", begann der Anwalt seine Einführungsrede, „wir haben bereits die Zeugenaussagen von Herrn Sommersberg, dem tüchtigen Polizeichef von Donauwörth, gehört sowie die Indizien, die gegen den Angeklagten sprechen, vorgelegt. Sie erinnern sich,

Hohes Gericht, werte Anwesende, an die Beschuldigungen des Zeugen Sommersberg, der ausgesagt hat, dass ihm der Angeklagte bereits vor Weihnachten, als er mit seinem kranken Kollegen aus dem Wald auftauchte, verdächtig erschienen war. Nähere Untersuchungen hatten die Verdachtsmomente bestätigt, denn in der Wand des Wärterhäuschens auf dem Bundesbahnversuchsgelände steckte eine Kugel, die, wie erfahrene Kriminologen bestätigt haben, aus demselben Lauf stammte wie die, mit der das Opfer getötet wurde. Die dazugehörige Waffe wurde in der Wohnung des Opfers gefunden, ebenso wie der mutmaßliche Täter selbst, der bis heute leugnet, die Tat begangen zu haben.

Als das Opfer vom Zeugen Sommersberg nach der Kugel in der Wand gefragt wurde, erklärte es, dass sein Freund, der jetzt hier als Angeklagter sitzt, ihn vor einem mörderischen Anschlag hatte schützen wollen, sich jedoch trotzdem ein Schuss gelöst habe, der aber fehlgegangen sei. Die ganze Geschichte klang schon damals sehr unwahrscheinlich. Man hörte deutlich heraus, dass das Opfer seinen Freund, der sich inzwischen dieser Freundschaft als nicht würdig erwiesen hat, schützen wollte."

Da der Verteidiger zu Goldmanns Rede zu dessen Erstaunen keinen Einspruch erhob, fuhr dieser fort: „Es ist offensichtlich, dass der Angeklagte schon damals versucht hatte, seinen Freund aus bisher ungeklärten Gründen zu ermorden und ihm, als das misslang, eine erklärende Geschichte erzählte, die dieser unglücklicherweise glaubte.

Das Opfer schien fest an die Treue des Angeklagten geglaubt zu haben, denn seine Haltung nach dem Tod wies darauf hin, dass dieser ihn vollkommen überraschend ereilt hat."

Als auch darauf die Verteidigung nichts antwortete, sagte der Anwalt: „Ich bitte jetzt die Augenzeugen Josef Georg Strogelunsk und Peter Arnowitsch hereinzuführen."

Zuerst wurde letzterer hereingeführt und vereidigt. Nach Aufnahme der Personalien forderte Goldstein ihn auf: „Zeuge, erzählen Sie uns bitte den Hergang jener Tat, derentwegen diese Verhandlung hier stattfindet."

Der Angesprochene begann bereitwillig zu reden: „An jenem Samstagabend, es kann auch schon Sonntag gewesen sein, ich weiß nicht genau, ob es schon vor oder nach Mitternacht war, gingen wir, also mein Freund Georg und ich, durch den Offenburger Stadtwald, um unser Abendbrot, das wir an jenem Abend sehr spät eingenommen hatten, zu verdauen. Wir gingen also sorglos dahin, ohne einen Menschen zu sehen, bis wir doch einen trafen. Er war anscheinend etwas angetrunken, denn obwohl er sich beherrschte, schwankte er etwas und hielt keine gerade Linie ein."

„Können Sie den Mann beschreiben?" warf der Anwalt ein. „Gern. Er war ungefähr 1,75 Meter groß, schlank, hatte einen üblichen grauen Anzug an, schwarze Haare, ein ziemlich ovales Gesicht, und, ich glaube, braune Wildlederschuhe mit so Rändern ..."

„Mokassins ", half Goldstein nach.

„Ja, so nennt man das. Ich glaube auch, dass er ein weißes Hemd und gelbe Strümpfe anhatte, aber das kann ich nicht beschwören."

Hier meldete sich zum ersten Mal an diesem Tag Frank Wagner, der Anwalt der Gegenpartei, zu Wort. „Wie konnten Sie das so genau erkennen, schließlich war doch, wie Sie eben sagten, kurz vor oder nach Mitternacht?"

„Der Mond schien sehr hell!"

Lächelnd bemerkte Goldstein: „Den Weg zum Wetteramt können Sie sich sparen, werter Kollege von der Verteidigung, das haben wir schon getan und uns bestätigen lassen, dass an jenem Abend tatsächlich Vollmond herrschte und in der Gegend von Offenburg die Wolkendecke kurz vor Mitternacht aufriss.

Sie sehen also, Hohes Gericht", fuhr er, zum Vorsitzenden gewandt, fort, „dass die Beschreibung des Zeugen eindeutig auf das Opfer passt. Ich bitte den Zeugen nun, seine Erzählung fortzusetzen."

Arnowitsch räusperte sich. „Wir gehen also, ich meine, die eben von mir beschriebene Person und wir, eine Weile hintereinander her, weil wir ungefähr den gleichen Schritt hatten, da sahen wir noch jemanden." Er legte eine Kunstpause ein, aber als er merkte, dass niemand Einwände zu erheben gedachte, sprach er weiter: „Ja, das heißt, wir sahen ihn nicht, sondern hörten ihn. Wir wunderten uns schon, was der Betreffende damit bezweckte, als ein Schuss fiel. Der Mann vor uns fiel um, der in dem Gebüsch sprang heraus, rannte zu dem Toten, untersuchte ihn und lief weg. In der Hand hielt er eine Pistole, die er während des Laufens in seine Innentasche steckte.

Als der Mann weg war, gingen auch wir zu dem Opfer, fanden, dass es nicht mehr lebte und suchten dann so schnell wie möglich die Polizeistation auf, um unser grausiges Erlebnis zu melden."

„Der Bericht ist, glaube ich, eindeutig", unterbrach Goldstein die Stille, die durch diesen durch seine Einfachheit erschütternden

Bericht entstanden war, „ich stelle nun die obligatorische Frage an Sie, Zeuge Arnowitsch: Befindet sich der Täter irgendwo in diesem Saal?"

Der Russe zögerte keine Sekunde. „Natürlich. Dieser Herr dort ist der, der in der fraglichen Nacht das Verbrechen begangen hat", sagte er und zeigte auf Schmidt.

Strogelunsk, der als zweiter Augenzeuge seinen Bericht abgab, bestätigte in mühsamem Deutsch den Bericht seines Freundes und auch, dass Schmidt der Mörder sei.

„Danke, das wäre alles", sagte der Staatsanwalt, „allerdings wird die Verteidigung noch einige Fragen stellen wollen."

„Das will ich tatsächlich." Wagner erhob sich und wandte sich an Arnowitsch. „Zunächst einmal eine Frage, die für alle hier Anwesenden interessant sein dürfte: Woher beherrschen Sie so gut deutsch?"

„Von meiner Mutter, Euer Ehren …"

„Herr Verteidiger", unterbrach ihn Wagner sanft, „Euer Ehren ist nur der Herr Richter."

„Herr Verteidiger, also, meine Mutter war Deutsche. Sie brachte mir ihre Heimatsprache bei und bestand auch darauf, dass ich Peter und nicht Pjotr als Vorname erhalten sollte; ähnlich erging es meinem Freund Josef Georg. Allerdings starb seine Mutter sehr früh, sodass er diese Sprache nur rudimentär gelernt hat."

„Vielen Dank, doch nun zur eigentlichen Befragung: Zeuge, Sie haben behauptet, hinter dem Opfer hergegangen zu sein. Wie ist es dann möglich, dass der Täter Sie nicht bemerkt hat?"

„Wir gingen nicht direkt hinterher. Hundert bis zweihundert Meter Abstand werden wir schon gehabt haben. Außerdem befand sich eine Wegbiegung zwischen ihm und uns, sodass wir das Geschehen nur am Rand unseres Gesichtskreises mitgekriegt haben."

„Wieso haben Sie bei dem Abstand das Opfer so genau erkennen können, wie Sie es uns hier beschrieben haben?"

„Ich sagte bereits, dass wir uns nach erfolgter Tat über den Toten beugten, um uns von seinem Ableben zu vergewissern."

„Na schön." Frank Wagner wandte sich an den Richter. „Ich habe keine Fragen mehr. Bisher waren die einzigen Vorteile, die wir auf unserer Seite verbuchen konnten, die Tatsache, dass aus der gefundenen Pistole nur ein Schuss abgefeuert worden ist, während eigentlich zwei Schüsse nicht mehr im Lauf stecken dürften, und die, dass mein Mandant, ebenso wie das Opfer, stark angetrunken war, wie uns die Wirtin bestätigt hat, in deren Schänke die beiden den ganzen Abend gesessen und sich, offenbar in bestem Einvernehmen, zugeprostet hatten. In diesem Zustand dürfte es schwer gewesen sein, aus einer Entfernung von mindestens fünfzig Metern – aus diesem Abstand wurde laut Sachverständigenbericht der Schuss abgegeben – auf Anhieb tödlich zu treffen. Außerdem spricht zugunsten meines Mandanten, dass anscheinend keinerlei Motiv vorlag. Dabei ist er keineswegs geistig behindert oder von labilem Charakter, wie die Untersuchung durch den Gerichtsarzt ergeben hat.

Nun, an und für sich genügt das schon, um meinen Mandanten mangels Beweisen freizusprechen, denn es heißt ja immer ‚in dubio pro reo'. Aber ich habe noch einige Überraschungen auf Lager." Der Anwalt hob bedeutsam die Stimme. „Hohes Gericht, hiermit beschuldige ich Josef Georg Strogelunsk und Peter Arnowitsch, russische Staatsbürger und zur Zeit in diesem Saal als Zeugen anwesend, des Versuchs, meinen Mandanten Karl-Dietrich Schmidt mittels eines Meineids aus Rachegründen ins Gefängnis bringen zu wollen, der Werkspionage und des Mordes an Ludwig Valveta, einem Angestellten der Vereinigten Motorenwerke in Offenburg."

Der bisherige Prozessverlauf war in den Bahnen gelaufen, die ungefähr vorgesehen waren; auch innerhalb der Bevölkerung war bisher das Interesse festzustellen gewesen, das meist bei einem Mordfall zu erwarten ist: Anteilnahme, aber keine Begeisterung. Nun drohte aus der Sache eine Sensation zu werden.

Die eben aufgestellten Behauptungen waren so ungeheuerlich, dass einige Sekunden im Gerichtssaal völlige Stille herrschte; selbst den paar Reportern, die routinemäßig erschienen und so leicht nicht zu erschüttern waren, stockte für ein paar Augenblicke der Bleistift. Dann allerdings flog er umso geschwinder über das Papier und füllte Blockseite um -seite. Dass ein Zeuge im Verlauf einer Verhandlung zum Angeklagten wird, ein solcher Fall war selbst im durch die Fülle der Erfahrungen schwer gewordenen Kopf des alten Gerichtsdieners nicht enthalten.

Als die Enthüllung lange genug gewirkt hatte und der Gerichtshof immer noch keine Anstalten machte, etwas zu unternehmen, sagte der Anwalt zu dem Gerichtsdiener: „Führen Sie den Zeugen Anton Schmitt herein!"

Der angekündigte Mann sah genau nach dem aus, was er auch war: Einem Landstreicher, der sich für seinen ‚großen Auftritt' ein paar ‚feine' Sachen von Kumpels geborgt hat, die ihm mehr schlecht als recht passten. Schüchtern trat er vor das Podest und stand da, als wäre er selbst wegen Mordes angeklagt.

Der Vorsitzende bemühte sich, einen freundlichen Eindruck zu erwecken und fragte sanft: „Ihr Name bitte?"

„Schmitt, Anton, genannt Toni." Nur zögernd kamen die Antworten zu den Personalien, und als Anton Schmitt als Beruf ‚Freischaffender' angab, ging ein Raunen durch die Menge und machte den armen Mann noch kleiner und hässlicher.

„Ruhe!" rief der Vorsitzende und schlug mit dem Hammer auf den Tisch. „Bitte, Herr Verteidiger!" fuhr er fort, da Frank Wagner sich zu Wort gemeldet hatte.

„Hohes Gericht, ich beantrage den Zeugen Schmitt vorerst nicht zu vereidigen, da ich noch weitere Beweise für meine Beschuldigungen habe und die Aussage des Zeugen lediglich als zusätzliche Belastung für die Angeklagten gewertet werden kann."

„Einspruch!" Archibald Goldmanns Stimme überschlug sich fast. „Noch sind die Zeugen keine Angeklagten und überhaupt muss sich das erstmal erweisen!"

„Einspruch ange…"

„Das ist eine Beleidigung!" brüllte Peter Arnowitsch, der jetzt erst den Brocken verdaut hatte, „ich werde den Anwalt verklagen! Ja, das werde ich." Sein Freund Strogelunsk wusste gar nicht, worum es ging.

Auch die Zuschauermenge hatte langsam begriffen und begann zu tuscheln. „Ruhe!" rief der Vorsitzende erneut und bearbeitete den Tisch mit dem Hammer. „Oder ich lasse den Saal räumen! Einspruch angenommen", fuhr er ruhiger fort, „Herr Verteidiger, Sie können die Zeugen noch nicht als Angeklagte betrachten."

„Gut, also für die Zeugen Strogelunsk und Arnowitsch!"

„Worum ging es eigentlich?" fragte der Richter flüsternd seinen Beisitzer zur Rechten, „ich vergaß … ach ja!

Angenommen, der Zeuge wird nicht vereidigt", wandte er sich an den Anwalt und dann an den fast vergessenen Landstreicher: „Zeuge, wären Sie so freundlich, uns Ihre Beobachtungen mitzuteilen?"

Anton Schmitt war trotz seines Lebenswandels alles andere als dumm. Außerdem hatte Frank Wagner ihn eingehend instruiert und ihm versichert, dass ihm, sofern er einfach sagte, was er gesehen habe, und nichts dazu erfinde oder wegließe, nichts geschehen könne und ein anständiges Zeugengeld ausbezahlt werde, sodass nun der Vortrag zwar nicht ganz so glatt, wie es bei dem Anwalt der Fall gewesen wäre, aber doch recht flüssig über die Zunge kam.

„Also, Hohes Gericht, an jenem Abend bin ich so zufällig im Offenburger Stadtwald, wissen Sie, so etwas drin, abseits von den gepflegten Wegen, aber so, dass ich doch noch hinaussehen kann. Also ich liege da, ich meine, ich bin da (allgemeines Grinsen im Publikum und Unsicherheit des Erzählers) ..., äh, ich blicke so versonnen auf den Weg und denke auch an nichts Besonderes, schon gar nicht daran, dass da jemand kommen könnte, denn um diese Zeit und so weit draußen, da kommt nie ein Mensch.

Aber an dem Tag kommt doch jemand, das heißt, sehen konnte ich ihn nicht, nur am Knirschen der Kieselsteine konnte ich hören, dass da jemand kommt, denn es war ja Nacht und stockfinster. Ich bin wohl nicht mehr ganz da gewesen, aber als ich die Schritte höre, bin ich auf einmal wieder hellwach. Die klingen nämlich so seltsam unregelmäßig, wissen Sie, Hohes Gericht, so tapp – tapp, Pause, tapp – tapp – tapp, wieder Pause, ganz komisch („bleiben Sie bitte bei der Sache!" warf der Vorsitzende ein), ja, denke ich da, der hat ja ganz schön geladen, denke ich ..., na, jedenfalls höre ich fast, äh, fasziniert, ja, so heißt das glaub' ich, auf diese Schritte, als die Wolken verschwinden und der Vollmond herauskommt. Da kann ich den Mann sehen, er ist tatsächlich ziemlich betrunken, aber er hält sich auf den Beinen, das muss man ihm lassen."

„Können Sie den Mann beschreiben?" unterbrach der Vorsitzende die Rede.

„Ja, natürlich! Sie müssen nicht denken, dass ich dumm bin, und außerdem hat mich der Mann interessiert, sonst kommt um diese Zeit ja kein Mensch mehr her.

Also, der Mann dürfte so um die 1,75 Meter groß gewesen sein, hatte einen tollen grauen Anzug an und schwarze Haare. Was war noch? Ach ja, er war schlank und hatte ein ziemlich ovales Gesicht und so Mokassins an und ein weißes Hemd, ein richtiges weißes Hemd ohne einen Fleck." Deutlich war der Stimme die Ehrfurcht vor diesem Tatbestand anzuhören.

„Bitte, Zeuge, etwas schneller, wir wollen zum Schluss kommen!"

„Ja, da tauchen noch zwei auf. Erst denk' ich, ich seh' nicht recht, aber bevor ich zu Ende denken kann, holt der eine eine Knarre aus der Tasche und erschießt den armen Kerl!" Bei dem Gedanken daran traten dem Landstreicher Tränen vor Zorn aus den Augen. Bevor der Richter seine Frage stellen konnte, brach es aus ihm heraus, wobei er auf Arnowitsch und Strogelunsk zeigte: „Die zwei Schweine haben den armen Mann ermordet! Hinter Gitter gehören die, und zwar bis an ihr Lebensende, ja, bis sie verfaulen!"

„Bitte keine unflätigen Äußerungen!" sagte der Vorsitzende, aber er sah selbst, wie es auch das Publikum tat, dass der Gefühlsausbruch echt war und die beiden Russen schneeweiß geworden waren.

Auch Anton Schmitt hatte gemerkt, dass er etwas Falsches gesagt hatte und beendete hastig und unter Tränen seinen Bericht: „Also, dann lief ich weg. Ich hab' bestimmt einen Weltrekord aufgestellt, aber das war zuviel für mich, und dann so völlig grundlos. Ich weiß, Herr Gericht ..., äh, Hohes Gericht, dass ich hätte zur Polizei hätte gehen müssen, aber ich hatte soviel Angst, weil ...; weil ..."

„Es ist gut, Zeuge, Sie können sich setzen!" sagte der Richter milde. Der Angesprochene, zitternd und froh, seine schwere Stunde hinter sich zu haben, tat, wie ihm geheißen. Unterdessen hatte sich Archibald Goldstein erhoben und rief aus: „Hohes Gericht, ich bitte Sie, Sie können doch nicht auf die Aussage eines Landstrei..."

„Keine diskriminierenden Äußerungen!" fuhr der Vorsitzende dazwischen. Frank Wagner nutzte die Verwirrung seines Kontrahenten, um zu sagen: „Hohes Gericht, wie ich bereits angedeutet habe, ist der Zeuge Schmitt nicht der einzige Beweis für die Unschuld meines Mandanten und die Schuld der Zeugen Arnowitsch und Strogelunsk. Die Staatsanwaltschaft hat meinen Mandanten für dumm genug gehalten, nach dem Mord nicht sofort zu verschwinden, sondern sich in das Bett des Opfers zu legen und zu allem Überfluss die Tatwaffe auffällig in einer unverschlossenen Schreibtischschublade neben sich zu lagern. Nun, ich werde beweisen, dass mein Mandant gar nicht nötig hatte, irgendetwas zu verbergen. Den Zeugen Bornoff bitte!" wandte er sich an den Gerichtsdiener.

Michael Bornoff war, wie vielleicht erinnerlich ist, der Pilot jenes Stratosphärenflugzeugs gewesen, das damals K.-D. Schmidt und Ludwig Valveta aus der Sowjetunion geschmuggelt hatte; er hatte es vorgezogen, das Arbeiter- und Bauernparadies zu verlassen und bei Dornier eine gutbezahlte Stelle als Testpilot anzunehmen. Nun war er auf Anraten Schmidts hier, um auszusagen, dass ihm Peter Arnowitsch als russischer Agent bekannt sei, der wahrscheinlich aus Rachegründen Ludwig Valveta, der Agent für die Bundesrepublik in der Sowjetunion gewesen und dem ein glänzender Coup gelungen war, durchaus ermordet haben könne. Dass auch der jetzige Angeklagte darin verwickelt war, hatte er wohlweislich verschwiegen.

Zu guter Letzt hatte sich ein Nachbar gefunden, der gesehen hatte, wie Schmidt zum von ihm angegebenen Zeitpunkt Valvetas Wohnung betreten hatte.

Dieser letzte Zeuge war aber gar nicht mehr nötig. Die Stimmung im Saal hatte sich grundlegend zugunsten Schmidts gewandelt; jedem war klar, dass die sowjetischen Agenten einen Racheakt vorgenommen und Schmidt nur hineingezogen hatten, weil dieser ihre Tat beim ersten Mal im Bahnversuchsgelände von Donauwörth verhindert hatte und um die polizeilichen Ermittlungen von sich abzulenken. Mit einem Schlag sahen sich die Russen von einer Welle des Hasses bedroht, die zu einem Tumult auszuarten drohte. Der Vorsitzende sah sich gezwungen, den Saal räumen zu lassen.

Die flinksten Reporter erstatteten bereits ihren Redaktionen Bericht, andere beschrieben eifrig Seite um Seite in ihren Blöcken, alle aber fühlten berechtigte Schadenfreude, wenn sie an ihre Kollegen dachten, die ihnen heute Morgen noch hämisch zu diesem aufregenden Auftrag gratuliert hatten; nun waren diese die Angeschmierten und die Anwesenden die Triumphierenden!

Im Gerichtssaal war Schmidt fast zur Nebenperson geworden. Er wurde wegen erwiesener Unschuld freigesprochen und die Verhandlung gegen Arnowitsch und Strogelunsk auf den nächsten Mittwoch festgesetzt. Beide wurden wegen Fluchtgefahr sofort festgenommen und ein Haussuchungsbefehl ausgestellt; man war sicher, dass ein zweites Exemplar der gefundenen Waffe im Hotelzimmer der Russen entdeckt werden würde.

Am Ausgang sagte Goldmann zu Wagner: „So ein Schwein wie du möchte ich auch mal haben. Mit dem Fall wirst du ein Staranwalt. Mit meiner Verteidigung des Mörderduos nächste Woche stehe ich wohl ziemlich aussichtslos da. Trotzdem meinen Glückwunsch, ich hätte das nie gedacht!"

„Danke, aber gräm' dich nicht, beim nächsten Fall kriegst du zum gerechten Ausgleich den aussichtsreicheren Kandidaten. – Ja,

was ist?" wandte sich der Anwalt zu dem unglücklichen Landstreicher, der ihn schüchtern angesprochen hatte. „Wo die Kasse
ist? Diesen Gang entlang, dritte Tür links! Bitte!"

Sodann stellten sich der künftige Staranwalt und sein chancenlo-
ser, aber nichtsdestoweniger eine gute Figur abgebende Gegenspieler der Presse.

Peter Arnowitsch und Josef Georg Strogelunsk mussten durch
eine Seitentür das Gerichtsgebäude verlassen, sonst wären sie
trotz des starken Polizeiaufgebots von der wütenden Volksmenge
gelyncht worden, und wurden gleich in einen Panzerwagen verfrachtet.

Karl-Dietrich Schmidt, der ebenfalls von einer Menge Reportern
und Neugierigen umringt und ausgefragt wurde, rettete sein Chef,
der vor dem Hauptportal erleichtert über die Prozesswende auf
seinen Spionagechef gewartet hatte, indem er ihn am Arm nahm
und aus der Traube zerrte. „Kommen Sie gleich mit", sagte er, „ich
muss zu einer wichtigen Unterredung und bin froh, wenn ich Sie
dabei haben kann."

Schmidt, der eben im Begriff gewesen war, zum ersten Mal in seinem gewiss nicht ereignisarmen Leben auf Schultern getragen zu
werden und sich nun um diese Ehrung betrogen sah, folgte wider-
willig. Direktor Winterscheidt ließ sich aber von einem einmal ge-
fassten Entschluss nur schwer wieder abbringen, sodass Schmidt
im werkseigenen Mercedes Richtung Frankfurt gefahren wurde,
ehe er sich's recht versah. –

„Guten Tag ..."

„Gestatten Sie, mein Name ist Winterscheidt, Generaldirektor der
Neuen Rheinischen Kraftwerkunion. Ich bin bestellt. Dies hier ist
Herr Schmidt, der Assistent von Professor Windhoff."

„Ich werde Sie sofort anmelden!"

In ein Gegensprechgerät hinein sagte die Sekretärin: „Direktor
Winterscheidt und ein Mitarbeiter Professor Windhoffs!"

Die Antwort war nicht zu vernehmen, musste jedoch positiv gelau-
tet haben, denn die Sekretärin stand auf, öffnete eine Tür an der
Rückseite des Raumes und säuselte, verbunden mit einer einladenden Handbewegung: „Herr Nickelmann erwartet Sie!"

„Guten Tag, meine Herren, es freut mich, dass Sie meiner Einladung gefolgt sind. Es wird bestimmt ein fruchtbares Gespräch für
alle Beteiligten. Aber darf ich zunächst erfahren, wer von Ihnen
wer ...?"

„Dies ist Herr Schmidt, Professor Windhoffs Assistent. Mein Name ist Winterscheidt."

„Sehr erfreut, aber nehmen Sie doch Platz!"

Gemeinsam setzten sie sich an den Konferenztisch, der für drei Personen vorbereitet war. Schmidt musste sich einen Stuhl holen, denn der dritte Sessel war für den letzten Teilnehmer reserviert.

„Bevor ich mich genauer vorstelle oder sage, was ich mit dieser Unterredung bezwecke, möchte ich noch warten, bis wir alle beisammen sind, damit ich nicht alles zweimal sagen muss", sagte Nickelmann, „Sie sind ja auch ein paar Minuten zu früh. Ah, da kommt er ja", fuhr er fort, als die Sekretärin erneut die Tür öffnete und zwei weitere Personen ankündigte.

Schmidt und Direktor Winterscheidt hatten gar nicht auf die Namen gehört. Als die Genannten jetzt eintraten, breitete sich auf beider Gesichter gelindes Entsetzen aus. Einer der Ankömmlinge hatte sich bedeutend schneller in der Gewalt und sagte mit hinterhältiger Höflichkeit: „Guten Tag, die Herren, sehr erfreut, Sie zu sehen!"

„Die Freude ist ganz meinerseits", entgegnete Direktor Winterscheidt, wobei ihm deutlich anzusehen war, dass es schon eines genialen Geistes bedurft hätte, um ihm eine noch unerfreulichere Überraschung zu bieten.

„Darf ich einander vorstellen?" fragte Nickelmann beflissen, der sehr wohl die sich ausbreitende eisige Stimmung bemerkte.

„Das wird wohl nicht nötig sein", meinte Schmidt mit einem Anflug von Galgenhumor, „es handelt sich um Herrn Direktor Gruiten und den Assistenten von Professor Angermann, wie ich annehme."

„Sie scheinen neuerdings hellseherische Kräfte entwickelt zu haben, mein lieber Herr Schmidt", antwortete Sneider lächelnd.

„Oh, man kennt sich doch!"

„Äh ... darf ich die Herren vielleicht bitten, Platz zu nehmen beziehungsweise zu behalten", unterbrach Nickelmann die Begrüßung, deren Seltsamkeit ihn irritierte, „wir sollten anfangen!"

Auch Sneider musste sich, da sein Erscheinen unerwartet war, einen Stuhl besorgen. Dann begann die Sitzung.

„Ihnen wird bereits bekannt sein, dass mein Name Nickelmann lautet", begann der Bundesbahnbeamte seine Einführungsrede, „was Ihnen nicht bekannt sein dürfte, ist, dass ich so eine Art Koordinator für alle möglichen Neuentwicklungen bin. Es ist meine Aufgabe, alles, was sich im Planungs- oder Baustadium befindet, so zu mischen, dass die jeweils optimale Lösung gefunden wird. In diesem Fall handelt es sich um – wie Sie sich schon gedacht haben werden – die Erzeugung von Starkstrom innerhalb eines geschlossenen Systems, also eine Art Batterie.

Sie haben sich beide um einen Auftrag in dieser Richtung bemüht und auch beide einige anerkannte Erfindungen dazu eingereicht. Sie", ein leichtes Kopfnicken wies zu Direktor Winterscheidts Seite, „zuerst, Sie", jetzt war die andere Partei dran, „etwas später. Nun, die Motorenwerke haben uns kein abgeschlossenes System angeboten, da einige ihrer Entwicklungen nicht anerkannt worden waren. Die Kraftwerkunion hat ihnen die Patente weggeschnappt. Ich will mich weder darüber auslassen, noch interessiert es mich, inwieweit Sie voneinander, na, sagen wir, etwas abgeguckt haben – beruhigen Sie sich doch!" beschwichtigte Nickelmann die beiden Direktoren sofort, als diese auffahren wollten. „Ich sagte doch, ich will mir auf keinen Fall ein Urteil darüber erlauben, es interessiert mich auch nicht, mich interessieren nur die Ergebnisse.

Tatsache ist: Die Kraftwerkunion hat uns die Windhoff'sche Batterie, wie sie sie nennt, angeboten, die wir so, wie sie ist, verwenden können. Wir könnten einen Vertrag aufsetzen, dass sie uns alles für die neue Strecke erforderliche rollende Material herstellt, fertig. Aber soweit sind wir noch nicht!" lenkte er gleich ein, als er sah, dass Direktor Gruitens Gesicht grau wurde. „Denn auch die Motorenwerke haben einiges zu bieten.

So haben sie einen besseren Treibstoff als ihre Konkurrenz entwickelt. Während die Kraftwerkunion zwei Substanzen braucht, Wasser- und Sauerstoff nämlich, lässt sich die Konstruktion der Motorenwerke allein mit Wasserstoffperoxid betreiben, das für uns aus bestimmten Gründen wesentlich billiger ist. Des Weiteren gefällt uns auch das Bremssystem der Motorenwerke besser; es funktioniert hydraulisch und ist unseres Erachtens sicherer als das mechanische der Kraftwerkunion.

Für diese beiden Dinge haben die Motorenwerke das Patent. Nun würde es eine Menge kosten und allerhand Schwierigkeiten bereiten, einem von Ihnen den Auftrag zu geben und vom anderen Lizenzen zu erwerben. Mein Vorschlag ist: Arbeiten Sie zusammen, das ist das billigste, beste und zugleich befriedigendste für alle Teile."

Die Kontrahenten sahen einander verdutzt an. Weder hatten sie so etwas erwartet noch sich jemals mit solch' einem wahnwitzigen Gedanken getragen. Ihre Blicke bekamen etwas Lauerndes.

160

Nickelmann sah es und hakte nach: „Bedenken Sie, einer von Ihnen könnte allein den ganzen Auftrag doch nicht schlucken. Es ist für eine Firma unmöglich, in knapp vier Jahren das gesamte rollende Material herzustellen, das das Kontingent der Bundesbahn für die neue Strecke ausmacht; ich halte es für gleichgültig, ob Sie mit Henschel oder Maffei oder einfach zusammen arbeiten, ganz abgesehen davon, wieviele preisliche Vorteile das brächte."

Aber der Bann war noch nicht gebrochen. „Ich will Ihnen verraten, weshalb wir an der Wasserstoffperoxidlösung so interessiert sind. Die Europäische Weltraumbehörde in Bochum hat ebenfalls ein neues Antriebssystem entwickelt, das eben diesen Stoff benötigt. Neuerdings werden laufend Versuche gemacht, sodass bereits eine Peroxidgroßproduktion in Gang gekommen ist. Das Zeug ist also schon sehr billig, wenn wir mit unserem Betrieb anfangen, und wird noch billiger werden, wenn wir unsere eigenen Lieferwerke errichten. Ich bitte Sie, meine Herren, die beiderseitige Gewinnsituation in Ihr Kalkül einzubeziehen!"

Da brachte Direktor Gruiten einen Einwand: „Aber bedenken Sie doch, dass auch wir Partner haben, die mit dieser Ehe – falls sie zustande kommt, wohlgemerkt! – einverstanden sein müssen."

Nickelmann atmete innerlich auf. Sobald der erste mit Argumenten kommt, die Details betreffen, ist alles gerettet, und das war soeben geschehen. Er ließ sich aber nichts anmerken, sondern wartete ruhig ab. Da begann auch schon Direktor Winterscheidt zu sprechen. „Nun, ehrlich gesagt, bei Buzzard löchert man mich schon lange, ich solle endlich mit diesem lächerlichen Pseudokonkurrenzkampf aufhören", meinte er säuerlich, „aber damit Sie es wissen: Meine persönlichen Einwände bestehen nach wie vor, ich will nur sagen: An den Partnerfirmen läge ein eventuelles Scheitern der Verhandlungen nicht."

„Ich glaube, auch Lindholm hätte gegen eine mögliche Kooperation nichts einzuwenden – was aber nicht heißen soll, dass auch ich nichts dagegen einzuwenden hätte!" widerrief Gruiten gleich, aus Furcht, ein Zugeständnis könnte auch als solches gewertet werden.

Es ist eben nicht so einfach, jemanden, gegen den man jahrelang gekämpft hat, von einem Augenblick zum anderen als Freund zu akzeptieren.

„Meine Herren", rief Nickelmann leutselig, „denken Sie doch nur daran, wie schnell sich die ‚Erbfeindschaft' Deutschland – Frankreich nach dem Krieg in Luft aufgelöst hat. Was ganzen Nationen gelungen ist, sollten Sie nicht schaffen können oder wollen? Ich bitte Sie!"

Es ist nicht überliefert, welcher der beiden Magnaten zuerst die Hand ausstreckte, aber schließlich fanden sich ihre Rechten.

„Aber dass Sie mir nicht glauben, ich tue es gern", sagte Gruiten.

„Es ist nur im Interesse des Geschäfts!" bekräftigte Winterscheidt. Schließlich muss man sein Gesicht wahren.

„Na, mein lieber Schmidt, wollen nicht auch wir uns vertragen?" fragte Sneider, der zum ersten Mal im Verlauf dieser Verhandlung etwas sagte.

„Es wird uns wohl nichts anderes übrigbleiben. Aber eins sag' ich Ihnen: Dass Sie mich nicht noch einmal heimlich bei Ausübung meines Berufs filmen!"

„Dann sage ich Ihnen, dass Sie nicht mehr versuchen sollen, herauszubekommen, was wir gegen Sie unternehmen wollen!"

„Das ist ja auch gar nicht mehr nötig, da ich das in Zukunft offiziell erfahren werde."

Zum Abschied bekamen beide Gruppen Fotokopien der vollständigen Pläne der einzelnen Konstruktionen mit; nun blieb für die Direktoren nur noch, die Vertragspartner von der neuen Situation zu unterrichten und für Professor Windhoff und Professor Angermann, sich irgendwie zusammenzuraufen. –

„Sie glauben nicht, dass es Schwierigkeiten geben wird?"

„Bestimmt nicht!" erwiderte Professor Windhoff. „Sehen Sie, fachlich habe ich mich mit Herrn Angermann ganz gut verstanden. Es hat ihn nur gewurmt, dass er unter mir arbeiten musste. Jetzt, da wir auf einer Ebene stehen, er bei den Motorenwerken und ich hier, fällt das naturgemäß weg."

Professor Windhoff saß an seinem Schreibtisch und überprüfte die Pläne, die ihm Direktor Winterscheidt soeben mitgebracht hatte. „Hm, wirklich nicht dumm", murmelte er, „ich hab's ja immer gesagt, dass mein Kollege nicht auf den Kopf gefallen ist. Sie hatten ihm nur zu wenig Zeit gelassen."

„Sie sind also der Ansicht, dass sich deren und unsere Konstruktionen ohne weiteres miteinander kombinieren lassen?" fragte sein Vorgesetzter, der dem Professor gegenüber saß und auf dessen fachmännisches Urteil wartete.

„Aber natürlich! Sehen Sie, unser Bremssystem habe eigentlich nicht ich, sondern hat mein Bruder erfunden. Mechanische Geräte sind nämlich sein Fach und seine Idee, mit Hilfe eines mechani-

schen Polumwandlers doch noch eine elektrische Widerstandsbremse zu ermöglichen, halte ich immer noch für nicht schlecht.
Sogar mit Thyristoren kann man auf diese Weise arbeiten. Ich
muss aber zugeben, dass Herrn Angermanns neuartige hydrau-
lische Bremse wahrscheinlich noch wirksamer ist. Mich tröstet,
dass auch unser Bremssystem eingebaut werden wird, da man
sich sowieso doppelt absichern muss."

„Lizenzgebühren wird er allerdings nicht kassieren können! Ihr
Bruder, meine ich."

„Leider nein, da alle Patente offiziell von mir stammen und somit
der Firma gehören. Joachim wird es aber verkraften, denn er ist
ja nicht arm.

Aber wissen Sie, was mich ärgert?"

„Woher sollte ich?"

„Die Sache mit dem Wasserstoffperoxid. Da bin ich nämlich selber draufgekommen. Ich habe das nur nicht weiterverfolgt, da ich
damals glaubte, dass das zu teuer wäre. Die Motorenwerke müssen von irgendwoher einen Tipp bekommen haben, dass auch
die Weltraumfahrt den Stoff verwendet, obwohl doch bei der betreffenden Behörde alles noch geheimer als geheim gehalten
wird."

„Was ist denn nun der Witz dabei?"

Professor Windhoff fiel unwillkürlich wieder in seinen Schulmeis-
terton, als er erklärte: „Sehen Sie, der Stromkreis innerhalb der
Batterie ist in sich geschlossen. Man benötigt nur Energie, um
diesen Stromkreis in Gang zu kriegen und zu halten. Diese Energie ist Wärmeenergie, die man auf jede erdenkliche Weise herstellen kann. Man könnte zum Beispiel einen einfachen Benzin-
motor verwenden oder sogar eine Dampfmaschine. Das wäre
allerdings eine ziemlich rückschrittliche Art, Energie zu erzeugen.
Ich habe mich für ein Knallgasgebläse entschieden, da hier als
Abfallprodukt reines Wasser entsteht und somit keinerlei Umwelt-
gefährdung auftritt.

Nun, mein Kollege Angermann hat sich für Wasserstoffperoxid
entschieden. Wenn Sie ein bisschen von Chemie verstehen, werden Sie aus der Formel dafür, nämlich H_2O_2, entnehmen können,
dass diese Verbindung nicht beständig ist; sie hat stets das Bestreben, sich in H_2O und O, also in Wasser und Sauerstoff, zu
zerlegen. Da hier beim Entstehen O atomar und nicht molekular,
also in der Form O_2, vorliegt, kann man dieses O zum Bleichen

und Desinfizieren verwenden. Diese Wirkung besteht aber nur in statu nascendi, also in dem Moment, in dem sich der Sauerstoff abspaltet, da er sich danach sofort mit einem anderen freien Atom zu O_2 verbindet. Heute ist das Zeug etwas aus der Mode gekommen; man verwendet weniger aggressive Stoffe, aber es gab mal eine Zeit, da war es unter dem Namen Wasserstoffsuperoxid in aller Munde. Die Mädchen haben sich damit ihre Haare gefärbt. ,Wasserstoffblond' nannte man die Farbe, die da herauskam, obwohl ,sauerstoffblond' korrekter gewesen wäre.

Da der Stoff das Bestreben hat, sich von selbst zu trennen, ist daraus zu entnehmen, dass er bei diesem Vorgang Energie spendet; diese verwenden die Motorenwerke statt der, die ein Knallgasgebläse hergibt. Die Abfallstoffe sind Wasser und Sauerstoff, also ebenfalls unschädlich."

„Was sind denn nun die Vorteile dieses Verfahrens?"

„Die Nachteile sind zunächst, dass Wasserstoffperoxid trotz Massenproduktion wesentlich teurer als reiner Wasser- und Sauerstoff ist, dann, dass der Energieüberschuss wesentlich geringer ist, obwohl man vermutlich mit allen möglichen Katalysatoren versucht hat, den Vorgang zu beschleunigen – entgegen dem sonstigen Bestreben, Wasserstoffperoxid möglichst lange am Leben zu halten –, wodurch eine weitere Verteuerung stattfindet, da die Batterie bei gleicher Leistung einfach mehr Treibstoff verbraucht.

Diese Mehrkosten werden aber mehr als wettgemacht von den Einsparungen, die man auf diese Weise erzielt: Zunächst einmal ist die Lagerhaltung in einfachen Kesseln billiger als in Druckflaschen, dann gibt es nur eine Komponente, das heißt, Lager-, Personal- und Materialkosten werden geringer. Dann fällt die Zündkerze weg, die man bei einem Knallgasaggregat benötigt und reparaturanfällig ist und – last not least – ist ein einfacher Kessel mit Flüssigkeit wesentlich ungefährlicher als es Druckflaschen sein können.

Im Grunde bin ich froh, dass sich die Bahn dafür entschieden hat. Das Dumme ist nur, dass wir auch das Patent hätten haben können, wenn mich nicht falsche Scheu gehindert hätte, es anzumelden. Na, jetzt ist es nicht mehr zu ändern!"

„Leider nicht. Was ist denn das überhaupt für eine Flüssigkeit?"

„Fühlt sich an und sieht aus wie blaues Öl. Irgendwie unangenehm, wenn das auch kein Argument ist.

Apropos unangenehm: War Herr Angermann nicht irgendwie in Schwierigkeiten? Ich habe so etwas gehört, dass man ihm die Zerstörung unseres alten Betriebs zur Last legt. Das kann doch gar nicht wahr sein!"

„Ach, das ist längst erledigt! Er wurde mangels Beweisen freigesprochen."

„Nicht wegen erwiesener Unschuld? Jetzt bleibt doch zeit seines Lebens dieses Makel an ihm haften …"

„Bestimmt nicht! Das Urteil stützte sich ja größtenteils auf die Tatsache, dass der offensichtlich lautere Charakter des Professors eine solche Tat nicht zuließe, also auf psychologische Gründe. Ich glaube nicht, dass ein Mensch im Ernst der Ansicht ist, Professor Angermann könnte das wirklich getan haben."

„Warum hat mich keiner gefragt? Ich hätte bestätigen können, dass die Explosion durch einen Fehler in meinen Berechnungen auf jeden Fall eingetreten wäre, auch wenn die Täter sie hätten verhindern wollen."

„Das hat man auch so gewusst und war ein weiterer Grund für den Freispruch. Professor Angermann hätte nämlich – vorausgesetzt, er wäre es überhaupt gewesen – durch diese Tat unter Umständen Hunderten von Menschen das Leben gerettet. Dieser Gesichtspunkt hätte sogar zu einem Freispruch führen können, wenn man sie ihm hätte nachweisen können.

Also, Sie brauchen keine Angst zu haben, dass an Ihrem Kollegen etwas hängenbleibt."

„Da bin ich ja beruhigt. Wie ist das eigentlich, haben wir schon mit dem Waggon- und Lokomotivbau begonnen? Wir haben ja nur noch knappe vier Jahre Zeit."

„Sogar weniger, wenn man einrechnet, dass der gesamte Fuhrpark umfangreichen Tests und Zerreißproben unterworfen werden muss, bevor er für die Öffentlichkeit zugelassen wird. Bedenken Sie die Geschwindigkeiten, die auf den Breitspurstrecken gefahren werden sollen!"

„Aber wir schaffen es doch noch?"

„Aber ja! Allerdings muss ich zugeben, dass alles etwas auf den letzten Drücker geht. Da wir aber zu viert sind – Lindholm, Buzzard, die Motorenwerke und wir – werden wir es schon termingerecht bewältigen!"

12

Auch dieses Jahr konnte man sich an nahezu keinem Ort in Europa aufhalten, an dem man nicht irgendwo mindestens zwei Raketen aufblitzen sah oder einen oder zwei Kracher detonieren hörte. Es war die teuerste Silvesterfeier aller Zeiten, allein in der Bundesrepublik war knapp eine Milliarde an Privatvermögen in die Luft geblasen worden.

„Vor fünf Jahren waren die Ausgaben für Knall- und Leuchtkörper nur halb so hoch wie heute", meinte Direktor Winterscheidt geringschätzig, „was lächeln Sie so versonnen?"

„Ach", sagte Professor Windhoff, „ich denke daran, dass ich heute vor fünf Jahren ebenfalls nach Stockholm fuhr, wenn auch unter einem anderen Chef und mit anderen Gedanken im Kopf. Damals betrug die Spurweite, auf der unser Zug dahinpolterte, noch 1435 Millimeter und er trug die schlichte Nummer D 231. Allerdings hieß er schon damals ‚Stockholm-Kurier'.

Wenn ich Sie übrigens berichtigen darf: Männer lächeln nicht, sie grinsen höchstens."

Direktor Winterscheidt lachte schallend. Okis Toyago, dem die Pointe entweder mangels Sprachkenntnisse entgangen war oder der überhaupt nicht zugehört hatte, sah schweigend aus dem Fenster. Mit träumerischem Blick betrachtete er die in rasendem Tempo vorbeihuschende Nachtlandschaft, die jetzt allerdings von unzähligen Leuchtkörpern erhellt wurde. „Prosit Neujahr, Herr Toyago!" rief Direktor Winterscheidt seinem schweigsamen Kollegen übermütig zu und leerte sein Sektglas in einem Zug.

Der Japaner lächelte freundlich zurück, sagte aber nichts.

„Unser Freund ist zu ergriffen, um noch fröhlich sein zu können", bemerkte Direktor Winterscheidt und schenkte sich erneut ein, „aber das kann mir nicht passieren. Große Ereignisse müssen auch entsprechend gefeiert werden."

Professor Windhoff hatte gar nicht auf den Monolog geachtet, sondern auf seine Uhr geblickt, und warf beziehungslos in den Raum: „Jetzt ist es gerade 0:05 Uhr. Der alte ‚Stockholm-Kurier' verließ um diese Zeit Lübeck. Wir hingegen müssten gleich in Hamburg sein." Es muss hinzugefügt werden, dass der Breitspurzug erst drei Stunden später gestartet war; dafür würde er drei Stunden früher ans Ziel gelangen.

Da verkündete auch schon ein leises Aufheulen den bevorstehenden Halt. 50 Meter lange Wagen, 22 an der Zahl, hielten ruckfrei im unterirdischen Hamburger Breitspurbahnhof und weitere tausend schwedische, dänische und deutsche Ehrengäste stiegen zu, auch Direktor Gruiten und Professor Angermann, die bis hierher einen ‚normalen' Zug hatten benutzen müssen. Olaf Lindholm und Dr. Habeas Mjölby gedachten erst ab Kopenhagen an der feierlichen Eröffnungsfahrt teilzunehmen.

Um die Jungfernfahrt des neuen ‚Stockholm-Kurier' effektvoller zu gestalten, hatte man sie auf die Neujahrsnacht gelegt. Dem Zug Nr. 35, einem Nachtzug, war die Ehre zuteil geworden, der erste zu sein, der auf Breitspur von Köln nach Stockholm eilen durfte. Da die Höchstgeschwindigkeit vorläufig auf 250 km/h beschränkt worden war, war der Einsatz eines Nachtzugs, der gegen 22:00 Uhr Köln verließ und über Wuppertal, Dortmund, Bremen, Hamburg, Lübeck, Kopenhagen und Alvesta nach Stockholm, wo er gegen 5:00 Uhr eintraf, fuhr, gerechtfertigt. Später sollten die Geschwindigkeiten auf 350-400 km/h gesteigert werden.

Geräuschlos glitten die Türen zu und sanft fuhr der Zug an. „Ah, Herr Gruiten und Herr Professor", rief Direktor Winterscheidt ausgelassen, „kommen Sie 'rein, dann können Sie 'rausgucken."

Das war nicht zuviel gesagt. Die Fenster des Großraumabteils, in dem sich die Ehrengäste aufhielten, waren so üppig ausgeführt, dass sie glatt als Panoramascheiben hätten gelten können. Außer den Delegationen der Lieferfirmen war der Zug noch für alle möglichen und unmöglichen Direktoren, Politiker, Filmschauspieler und sonstige Mitglieder des ‚Jet-Set' reserviert. Normale Sterbliche durften erst ab der zweiten Fahrt dabei sein.

„Ich habe ein paar Girlanden erwartet", bemerkte Direktor Gruiten, während er sich in einen der bequemen Sessel fläzte, „wieso hat man darauf verzichtet?"

„Weil die wegen der hohen Geschwindigkeit doch nur davongeflattert wären und zwischen Köln und Bremen in gleichmäßigen Abständen die Strecke verziert hätten", antwortete sein Kollege, „aber das ist doch egal. Trinken Sie lieber einen mit. Unsere beiden Genies brauchen solche Stimulanzen des Proletariats nicht; sie werden schon von der berauschenden Sinnfülle eines gediegenen Gesprächs trunken."

In der Tat waren die Professoren bereits wieder in ein fachkundiges Gespräch vertieft, das sie auch nicht unterbrachen, als der Zug über die endlich fertiggewordene Fehmarnbeltbrücke und später über die Øresundbrücke rauschte. Zu diesem Zeitpunkt hatte sich ihnen auch Dr. Mjölby zugesellt, und zu dritt besprachen sie nun in fundierter Weise die Zukunft des Verkehrs im Allgemeinen und die Chancen der Eisenbahn im Besonderen. Lassen wir sie allein in dem Bewusstsein, dass ihnen wahrscheinlich bis heute nicht der Stoff ausgegangen sein wird, mit dem sie ihre Umgebung in gewohnter Weise zu langweilen pflegen. –

Menschen ganz anderen Schlages hatten sich in einer Kneipe in Frankfurt, also gewissermaßen auf neutralem Boden, eingefunden.

„Hier war es, in dieser Pinte und an diesem Tisch", sagte Justus Zimmer und deutete auf einen Eckplatz am anderen Ende des Raums, „da habe ich den Ingenieur betrunken gemacht und selbst die Tabletten genommen, um auf dem Damm zu bleiben. Das hatte den Ausschlag gegeben."

„Aber was willst du, alles hat sein Gutes. So bist du ein Jahr früher pensioniert worden und in den Genuss deiner Rente gekommen."

„Mein lieber Ignaz …"

„Bitte nenn' mich nicht immer Ignaz, sag' meinethalben Sammy oder Schorsch oder so, aber nicht Ignaz!"

„Also gut, Schorsch – hihi! – aber mal ernst: Weißt du, was es mich gekostet hat? Wenn es sich hätte lohnen sollen, hätte mir das vor zwanzig Jahren passieren müssen, aber nicht heute. Ich habe wirklich nicht gewusst, ob ich durchkomme. Nicht mal Alkohol darf ich trinken; jetzt sitze ich hier und halte mich mit Tomatensaft über Wasser."

„Igitt", rief Karl-Dietrich Schmidt aus und simulierte einen Schüttelfrost, „Tomatensaft! Aber, sag' mal, wie lautet eigentlich dein richtiger Vorname?"

„Ignazius Nepomuk Fürchtegott", entgegnete Sneider säuerlich, „wie konnten meine Eltern mich nur so belasten!"

„Komm", rief Zimmer aus, „Justus ist auch schlimm genug."

„Abgesehen davon", warf Schmidt ein, „wo sind unsere Bosse denn gerade?"

Zimmer warf einen Blick auf seine Uhr. „Zwei Uhr morgens; sie werden wohl gerade Hässleholm hinter sich haben."

„Ist denn der alte Streckenverlauf beibehalten worden?"

„Aber ja. Was meinst du, warum die Route immer noch ‚Vogelfluglinie' genannt wird?"

„Übrigens, die Russen planen eine Weiterführung ihrer Strecke Moskau – Leningrad bis nach Helsinki. Da wird es wohl nicht mehr lange dauern, bis in Kooperation der Bottnische Meerbusen unter- oder überführt wird. Dann kann man innerhalb eines Tages von Köln nach Moskau fahren – mit der Eisenbahn."

„Warum denn nicht gleich eine Linie Köln – Moskau über Berlin, Warschau und Brest?"

„Und eine Weiterführung von Köln nach Paris und Madrid?"

„Und von Moskau nach Wladiwostok!"

„Oder durch China. Dann könnten wir im Anschluss bis Japan durchfahren!"

„Pah, bis nach Kairo – was sage ich? Quer durch den afrikani- schen Kontinent bis nach Kapstadt ist nur noch eine Kleinigkeit!"

„Genau! Verbinden wir den eurasisch-afrikanischen Landblock mit der Eisenbahn, dann soll die automobilistische Gesellschaft Amerikas mal sehen, wo sie hinkommt."

„Auf die Zukunft der afreupasischen Eisenbahngesellschaft!" Drei Gläser klirrten zusammen, zwei mit Sekt und eins mit Tomaten- saft gefüllt, was der allgemeinen Stimmung keinen Abbruch tat. Diese Neujahrsnacht litt wirklich nicht an einem Mangel an Grün- den zum Feiern.

„Und wem verdankt die Welt diesen Fortschritt?" fragte Sneider, nachdem er das geleerte Glas abgesetzt hatte. „Uns!"

„Genau!" rief sein Ex-Kollege Zimmer. „Hätten wir beide nicht von Anfang an die Rivalität zwischen den Motorenwerken und der Kraftwerkunion geschürt, sodass sich beide zu Höchstleistungen angespornt fühlten, um nicht den Anschluss zu verlieren, gäbe es die Windhoff'sche Batterie heute noch nicht. – Was schaust du so verblüfft, mein lieber Karl?"

„Ich muss schon sagen", erwiderte der Angesprochene, der nur mit Mühe seine Sprache wiederfand, „ihr seid schon zwei rechte Gauner, wenn ich das so ausdrücken darf. Es war also alles nur Kulisse, euer Zorn auf euch gegenseitig, mein Rausschmiss aus den Motorenwerken, die gegenseitigen Sabotageakte und alles das?!"

„Das ist eben höhere Politik. Alles nur ein bisschen, dass nichts Schlimmes passiert, aber doch so viel, dass der Erfindungsgeist nicht erschlafft."

„Aber die Explosion unserer Firma kurz vor Ostern?"

„Das war ein bedauerliches Missgeschick, ebenso wie euer Unter- nehmen in Russland ein echter Sabotageakt war. Aber was willst du, der Erfolg gibt uns Recht. Die Sowjets bemühen sich schon um Lizenzen bei uns für die Windhoff'sche Batterie."

„Da kann man wirklich nur noch sagen, die Welt wird immer gewissenloser." Gedankenverloren schüttelte Schmidt seinen Kopf. „Sagt mal, wissen die Chefs wenigstens von euren waghalsigen Manövern?"

„Wo denkst du hin. Ebenso wie die alten Druiden ihre Geheimnisse immer nur an den nächsten weitergaben, um ihre Macht sicherzustellen, gebe ich dieses Geheimnis jetzt an dich als meinen Nachfolger weiter und versäume nicht, dich zu ermahnen, dass niemand als dein Nachfolger es erfahren darf. Halte es in Ehren, verwahre es aber gut in deinem Busen!

Du musst nämlich wissen, dass Direktoren normalerweise durch Protektion ihre Posten erhalten haben und deswegen logischerweise zu dumm sind, um diesen Tatbestand für sich zu behalten oder richtig zu nutzen."

„Und", setzte Sneider den Vortrag sinngemäß fort, „des Weiteren musst du bedenken, dass wir sowieso die einzigen vernünftigen Menschen auf der Welt sind."

„Also dann, auf die einzigen vernünftigen Menschen der Welt!"

„Prost!"

13

Drei Jahrzehnte Jahre später war bei den Verfechtern der Breitspur Ernüchterung eingetreten. Die Relation Köln – Stockholm
war in Mitteleuropa die einzige geblieben und bildete einen Insel-
betrieb. Gegen Ende des vergangenen Jahrhunderts hatte es erhebliche Vorbehalte gegen einen schienengebundenen Betrieb
gegeben, der auf der Normalspur von 1435 Millimetern nennens-
wert über 200 km/h hinausging. Recht bald indes wussten die tra-
ditionellen Schienenfahrzeughersteller eine Antwort und waren
in Form des französischen Train à Grande Vitesse (TGV) und
des deutschen Intercity Express (ICE) in Bereiche bis 300 km/h
vorgestoßen, sodass der Hauptvorteil der Spurweite von 3,15 Metern auf eine marginale Differenz geschrumpft war. Nun peilten
die Franzosen sogar die 400 km/h-Marke an. Gelänge ihnen dies,
würden sie die Überlegenheit des Breitspurzugs egalisieren.

Das Problem im dichtbesiedelten Mitteleuropa bestand nicht im
Materialbedarf eines voluminösen Verkehrsmittels, sondern in
seinem Platzbedarf. Den wichtigsten Kostenfaktor bildeten die
notwendigen Grundstückskäufe, die sich als nicht immer möglich
herausgestellt hatten. Vor allem in Großstädten oder Agglomera-
tionen wie dem Ruhrgebiet bissen Investoren häufig auf Granit,
sowohl von privater als auch von der Seite der öffentlichen Hand.
Wieviel einfacher war es, über auf dem flachen Land neu gebaute
Hochgeschwindigkeitsstrecken zu den Ballungsgebieten zu eilen
und dort die Infrastruktur der vorhandenen Bahnhöfe zu nutzen.

Als Abfallprodukt der Entwicklung hatte es die einstigen Leucht-
türme der Innovationen getroffen. Die ‚Vereinigte Motorenwerke
Süddeutschland AG' in Offenburg war zu einem Schatten ihrer
selbst geschrumpft, deren Insolvenz eine Frage der Zeit war,
während sich die ‚Rheinische Kraftwerkunion KG' in Köln auf ihr
Kerngeschäft, die Energieversorgung zurückbesonnen und damit
ihr Auskommen gefunden hatte. Das Attribut ‚Neue' hatte sie aus
ihrem Namen gestrichen, weil es nicht mehr zutraf.

Etwas anderes waren die Weiten Russlands. Das kommunistische
Regime war mittlerweile gefallen und hatte einem bürgerlichen,
aber gleichwohl autoritären Platz gemacht, das den – für die Be-
treiber – Vorteil bot, Grundstücksbedarf ‚im öffentlichen Interesse'
einfach enteignen zu können, wenn sich die Eigentümer zu ver-
kaufen weigern sollten. Östlich des Ural waren großzügiger Be-
bauung ohnehin Tür und Tor geöffnet. So war es in zähem Ringen
geglückt, von einem neueröffneten Bahnhof nördlich von Moskau

aus, der zugleich die Anbindung an die seit langem bestehende Linie Moskau – St. Petersburg – dem ehemaligen Leningrad – bildete, einen Breitspur-Schienenweg bis Chicago durchzubinden.

Heute nun sollte die Eröffnungsfahrt steigen und zeitgleich der Gegenzug im 15.000 Kilometer entfernten Chicago starten. Seine Benutzung war weitgehend den politischen Mandatsträgern vorbehalten, deren Prominenz sich allerdings in Grenzen hielt. Weder der russische noch der US-amerikanische Präsident hatte sich zu einer Teilnahme herabgelassen; lediglich die kanadische Premierministerin maß der Sache genügend Bedeutung zu, sie mit ihrer Anwesenheit zu beehren. Von russischer und amerikanischer Seite bildeten jeweils die zweiten Staatssekretäre der Verkehrsministerien die Spitzen ihrer Delegationen.

Einige handverlesene Privatpersonen waren ebenfalls geladen, darunter der in Ehren ergraute Professor Alexander Windhoff als Erfinder der Brennstoffzelle. Er erfreute sich mit Mitte 80 einer guten Verfassung, während seine alten Weggefährten längst in die ewigen Jagdgründe eingegangen waren oder an Altersdemenz litten und kaum mehr verstanden hätten, worum es ging, wären sie zu der Fahrt eingeladen worden. Wenigstens seine Neffen Johannes und Gerd hatte er als seine persönliche Begleitung erbitten dürfen, denn auch sein Bruder und seine Schwägerin waren verstorben, Joachim schon seit langem an Krebs und Margarethe vor kurzem an einem Krankenhauskeim.

„Du müsstest dich doch freuen", sprach Gerd seinen Onkel an, „aber du siehst eher bedrückt aus." Noch flanierten alle Fahrgäste auf dem großzügig dimensionierten Bahnsteig auf und ab, denn bis zur Abfahrt des Jungfernzuges würde es eine weitere Stunde währen.

„Wisst ihr, die ganzen Begrüßungen und Kurzansprachen haben mich doch mehr angestrengt als ich es wahrhaben will und auch mehr, als ich mir habe anmerken lassen. Man kann sein Alter nicht wegdiskutieren und die Natur nicht betrügen."

„Das glauben wir dir gern." Das war Johannes. „Aber irgendein Stachel kommt hinzu, das merken wir dir deutlich an. Schließlich kennen wir dich lange genug."

So recht wollte Onkel Alex nicht mit der Sprache herausrücken und seine Neffen bedrängten ihn auch nicht, denn sie würden ja während der 46stündigen Fahrt genügend Gelegenheit erhalten, ihm die Ursache seines Missbehagens auf die sanfte Tour zu entlocken.

Die Menge geriet in Bewegung, als von Norden eine Einfahrt gemeldet wurde. „Der Anschlusszug aus St. Petersburg", vermutete Alexander Windhoff. „Von dort kommen weitere Ehrengäste, vor allem aus Skandinavien. Sobald die ausgestiegen sind, wird es für unsere Fuhre ‚Leinen los' heißen."

Die Vermutung erwies sich als richtig. Der Lautsprecher signalisierte durch ein kurzes computeranimiertes Räuspern, dass eine Ansage bevorstand. „Sehr geehrte Damen und Herren, liebe Fahrgäste. Wir bitten Sie, einzusteigen und Ihre Plätze einzunehmen. In zehn Minuten ist Abfahrt." Sie war zunächst in Russisch erfolgt und wurde nun in Englisch wiederholt. Zu Professor Windhoffs freudiger Überraschung folgte eine dritte in Deutsch. „Na dann mal los", sagte er deutlich aufgeräumter, als seine bisherige Stimmung hätte vermuten lassen, und suchte die Wagennummer, die auf seiner Einladung stand.

Ein kombinierter Sitz- und Schlafwagen wies eine Breite von 5,80 Metern auf und war damit nur knapp doppelt so breit wie ein normalspuriger und ausreichend, um neben dem Seitengang kein klassisches Abteil, sondern ein Hotelzimmer von drei mal vier Metern anzubieten, dessen eine Schmalseite die Tür zum Gang und einen Abgang in das Untergeschoss und die andere zwei Fenster bot, durch die sich die vorbeifliegende Landschaft bewundern ließ. Eingang und Fahrstuhl ins Obergeschoss befanden sich in der Wagenmitte; von dort aus waren die Gänge jeweils links angeordnet, um den Wagen ein ausgewogenes Gewichtsverhältnis zu verleihen. In den Untergeschossen der Abteile, die durch kaum breitere als schießschartenartige Fenster Blicke nach draußen gewährten, befanden sich die Liegen und Nasszellen. Die Anordnung erinnerte frappant an die ‚Superliner' der Amtrak.

Eine Wagenlänge betrug 35 und die -höhe kurioserweise ebenfalls 5,80 Meter. Die Kommunikationszentren Speise-, Bar- und Loungewagen befanden sich in der Mitte der Garnitur, damit sie von vorn und hinten gleich gut zu erreichen waren. Der Longecar ist eine amerikanische Erfindung, die ebenso wie der Name für den Breitspurzug übernommen worden war. In ihm sind Sessel mit Blickrichtung Fenster installiert, um den ‚Herumlungerern' eine ungestörte Aussicht zu bieten. Neueste Verfahren der Metallverarbeitung hatten ungeachtet ihrer Bestimmung die Gewichte der Wagen auf unter hundert Tonnen gedrückt, sodass bei einem zulässigen Achsdruck von 30 Tonnen jeder Wagen mit vier Achsen auskam. Lediglich das abschließende Drehgestell des hintersten war dreiachsig ausgeführt, denn die voll verglaste, über beide Etagen reichende Schlusskanzel, die die ungehinderte Aussicht nach drei Seiten erlaubte, war zu schwer, als dass 60 Tonnen ausgereicht hätten, um sie zu tragen. Auch diese einem Wintergarten ähnliche Flaniermeile am Ende der rollenden Schlange ging auf eine amerikanische Erfindung zurück. Bis zum Beginn der Stromlinienzeit in den 1930er Jahren hatte sie in einer offenen Plattform bestanden, bis die Geschwindigkeiten zu hoch wurden, als dass sich diese Einrichtung weiterhin als gemütlicher Aufenthaltsort angeboten hätte.

„So lässt sich's für zwei Tage gut leben", kommentierte Professor Windhoff, als er sich in seinen Fensterplatz versenkte. Gerd nahm den gegenüber ein, während der lange Johannes den zentralen Sessel okkupierte, der den Blick nach allen Seiten öffnete. Unmerklich nahm die elektrische Lokomotive Fahrt auf, denn ihre Hochleistungssteuerung unterband jeden Ruck beim Start. „Oh, wir fahren schon."

Vorerst gab es nicht viel zu sehen. Der Moskauer Nordbahnhof lag im Speckgürtel aus Dienstleistungs- und Industrieanlagen, den jede Millionenstadt in schier unermesslicher Ausdehnung umgibt, und bis sie den hinter sich gelassen haben würden, sollte mehr als eine Stunde vergehen, nicht zuletzt, weil in bebauten Gebieten die Höchstgeschwindigkeit auf 200 km/h begrenzt war.

„Dass eure Frauen nicht mit wollten?! Für sie hätte ich auch noch Plätze herausgeschunden."

„Weißt du, Onkel Alex, sie hätten die Tour als Stress empfunden, und so technikbegeistert sind sie nicht, dass sie angesichts der Metallschlange Jubelrufe ausgestoßen hätten."

„Schade."

„Warum sind wir eigentlich erst so spät losgefahren?" lenkte Johannes ab. „19:00 Uhr ist praktisch Abendessenszeit."

„Na, weil der Gegenzug in Chicago im selben Augenblick starten sollte, und dort ist erst zehn Uhr morgens."

„Stimmt. Dumme Frage."

„Aber du hast Recht. Gleich ist's halb Neun und wir haben Moskau endlich hinter uns gelassen. Lasst uns sehen, ob ein unbesetzter Tisch im Speisewagen zu finden ist."

Es fand sich einer, wenn auch keiner am Fenster, denn die lichte Weite zwischen den Außenwänden erlaubte drei Viererensembles nebeneinander. „Mal sehen, was die Küche alles bietet."

Onkel und Neffen entschieden sich ohne Zögern für russische Küche mit Borschtsch und Bœuf Stroganoff. „Die amerikanische mit Hamburger und Steak kann warten, bis wir die Beringstraße passiert haben."

Während der Professor nach dem Essen mit einigen Technikern plauderte, die als Wartungspersonal dabei waren und ihn von früher kannten, kehrten Johannes und Gerd in ihre Kabine zurück, um den Durchstich durch den Ural nicht zu verpassen. Sie zogen den Vorhang vor dessen Verglasung zurück, um auch durch die Gangfenster die Aussicht zu genießen. Nach knapp fünf Stunden seit der Abfahrt wurde die Landschaft hügelig. Die Breitspurtrasse war ohne Rücksicht auf die Topografie in den Stein gehauen worden und gab wie bei deutschen Neubauten auch den ständigen Blick auf Tunnel- oder die Felswände von Einschnitten frei. Lärmschutzwände hingegen fehlten, denn außer Wildtieren gab es in der dünnbesiedelten Gegend kein Lebewesen, das vor Lärm hätte geschützt werden müssen – und die Wildtiere waren nicht gefragt worden.

Dann tauchte der Transkontinentalexpress in den Scheiteltunnel, in dem sich seine Fahrt merklich verlangsamte, bis er schließlich zum vollständigen Stillstand kam. Zur Überraschung der Passagiere befand sich die immerhin 700 Meter lange Wagenschlange in einer beleuchteten Galerie, in die auszusteigen sie nunmehr eingeladen wurden. „Wir befinden uns hier unter dem höchsten Grat des Gebirges, der die Grenze zwischen Europa und Asien bildet. Wenn Sie möchten, steigen Sie aus und schauen sich das Monument an, das im Auftrag der Russischen Staatsbahn errichtet wurde, und fotografieren oder filmen es", säuselte eine betörende weibliche Stimme in die Sprechanlage. Nüchterner fuhr sie fort: „Weiterfahrt in einer halben Stunde."

Das ließen sich die Windhoffs nicht zweimal sagen. Mit modernen Digitalkameras ist es ohne weiteres möglich, die Farbtemperatur so einzustellen, als liefere die künstliche Beleuchtung Tageslicht. Nachdem alle an dem stilisierten Adler vorbeidefiliert waren, begannen die Eitlen unter den Geladenen mit ihren Selfies. „Das ist eine der vorgesehenen Evakuierungsstellen", erläuterte der Zugführer durch ein Megaphon. „Ein planmäßiger Zug wird hier nicht halten und kein normal Sterblicher wird je das zu sehen kriegen, was Sie hier sehen – außer in einem Katastrophenfall, von dem wir natürlich hoffen, dass er niemals eintreten wird."

Dem Sprecher wurde gebührender Applaus zuteil. Dann wurde es Zeit, wieder einzusteigen. Der Onkel brachte einen deutschstämmigen Techniker mit in das Abteil, der sich unkompliziert als Pascal vorstellte. „Mein Familienname lautet Wolters", ergänzte er, „aber in Russland redet dich niemand mit ‚Sie' oder ‚Herr' an, der dich einigermaßen kennt und schätzt. Im Gegenteil: Wer sich mit ‚Gospodin' tituliert sieht, hat irgendetwas falsch gemacht."

Draußen war nichts mehr zu sehen, nachdem der Tunnel hinter dem Zug lag, denn er befand sich auf dem 55. Grad nördlicher Breite und damit unterhalb des Polarkreises. Dort wird es auch im Mai, einen Monat vor der Mittsommernacht, für wenige Stunden dunkel. Wer sich draußen befindet und seine Augen an die Umgebung gewöhnt hat, wird nichtsdestoweniger einen Schimmer unbestimmbarer Herkunft wahrnehmen, der zu dem Schlagwort der weißen Nächte geführt hat, für die nicht zuletzt St. Petersburg bekannt ist.

Pascal und die drei Windhoffs saßen bei gedimmter, aber ausreichender Beleuchtung zusammen, um sich zu erkennen. Vor ihren Fenstern herrschte hingegen tiefste Schwärze. „Glaubst du eigentlich, dass genügend Menschen hier mitfahren, damit sich die gewaltige Investition amortisiert?" fragte Gerd, an ihren Gast gewandt.

Dieser lachte. „Mit Personenverkehr sicher nicht. Wahrscheinlich wird kaum einer außer wenigen angefressenen Eisenbahnnarren oder extrem Flugängstlichen die ganze Strecke an einem Stück zurücklegen, wie wir es jetzt tun – da ist der Jet mit zwölf Stunden Flugzeit bis Seattle und weiteren fünf bis Chicago doch deutlich schneller. Wir hoffen auf Touristen, die Sibirien in Etappen abklappern, denn bis Brask folgen wir der klassischen Transsib mit Stationen in Jekaterinburg, Novosibirsk und Krasnojarsk. Östlich davon wendet sich die Neubaustrecke nach Nordosten und folgt zunächst der bisherigen Route der Baikal-Amur-Magistrale bis Jakutsk, bis sie dahinter endlich Neuland erobert und über das Čerski-Gebirge und durch die Kolyma-Tiefebene, das Anadyrbergland und der Tschuktschen-Halbinsel das bisherige Eskimodorf Uelen an der Beringstraße erreicht."

„Warum bisheriges?"

„Weil es seit Beginn der Bauarbeiten chic wurde, dort zu wohnen; selbst reiche Amerikaner haben ihre Zelte dort aufgeschlagen wie auch wohlhabende Russen auf der amerikanischen Gegenseite, in Wales, ihre Zweitwohnsitze angemeldet haben."

„Trotz des rauen Klimas?"

„Im Sommer ist es angenehm und im Winter hält man sich weitgehend drinnen auf. Die hochtechnisierten und unter Dach zugänglichen Wohn- und Einkaufsareale lassen die Bewohner vergessen, dass sie sich knapp unter dem Polarkreis bewegen."

„Das geht ja. Die finnische Stadt Rovaniemi liegt genau drauf und da halten es die Leute auch aus."

„Vergiss bitte nicht, dass der europäische Kontinent um Schnitt um zehn Grad wärmer als der amerikanische ist. Der Golfstroms strahlt bei den zerklüfteten Landmassen auch ins Innere der verhältnismäßig kleinen Länder ab und schützt sie vor einem alles lähmenden Eispanzer."

„Zurück zur Amortisation." Das Thema interessierte Gerd erkennbar mehr als Leute, die sich – seiner Meinung nach – perverserweise für ein Leben im ewigen Weiß entschieden hatten. „Womit gedenkt das russisch-kanadisch-amerikanische Konsortium, das für den Betrieb zuständig ist, denn sein Geld zu verdienen?"

Pascal lachte wieder. „Mir dem Güterverkehr natürlich. Von Osteuropa bis ins industrielle Zentrum der USA lassen sich enorme Tonnagen im Bruchteil der Zeiten transportieren wie per Schiff."

„Aber in Moskau und Chicago muss umgeladen werden!"

„Deshalb wird die wichtigste Fracht auch aus rasch umschlagbaren Containern bestehen. Immerhin besteht die Hoffnung, auf Breitspur weiter nach Westen vorzudringen."

„Über die klassische Route Brest – Warschau – Berlin?"

„Das dürfte Wunschdenken sein. Eine Fortführung von St. Petersburg durch Finnland, über Haparanda und die schwedische Ostseeküste entlang ist jedoch denkbar, weil diese Route weitgehend durch menschenleeres Gebiet führte und Schweden und Finnland Interesse signalisiert haben. In Stockholm bestünde Anschluss an die Linie nach Köln. Dann wären auch die beiden Inselbetrie bemiteinander verbunden." Pascal sah auf seinem Smartphone nach der Zeit. „Ach du je, wir haben bereits zwei Uhr. Ich fürchte, ich muss euch verlassen, denn morgen habe ich Dienst."

Nachdem der Techniker gegangen war, krabbelten die drei Windhoffs die Leiter in ihr Schlafgemach hinunter. Dieses nahm die gesamte Wagenbreite ein, denn neben vier ausladenden Betten, einem geräumigen Duschraum und einer komfortablen Toilette war auch Platz für eine Arbeitsecke mit allen Anschlüssen, deren der moderne, vernetzte Mensch bedarf, der mit Land und Leuten nichts zu schaffen haben mag und sich lieber in die virtuelle Welt des world wide web vertieft. „Solange wir durch Sibirien fahren, werde ich mich eventuell hier unten beschäftigen", kommentierte der Professor, „obwohl ich nicht weiß, was es Wichtiges für mich zu tun geben sollte." Mit dem Gedanken an seine Bedeutungslosigkeit in der digitalen Ära schlief er ein. Seinen Neffen war der finale Satz entgangen, weil Morpheus sie bereits vorher in seine Arme hatte sinken lassen.

Das Frühstück ließen sich die Windhoffs im Abteil servieren, was für einen Aufpreis angeboten wurde. Danach widmeten sie sich ihren eigenen Bedürfnissen. Gerd als freier Architekt setzte sich an seine Zeichnungen, die er im Arbeitszimmer des Appartement-Untergeschosses auf seinem Laptop bearbeitete, Johannes sah auf seinem Smartphone die Neuigkeiten des Tages durch und der alte Herr genoss die weite sibirische Landschaft. Die russische Eigenart, Bahnstrecken an ihren Rändern mit Birken zu bepflanzen, zeigte bisher keine Wirkung, denn vom Obergeschoss des Doppelstöckers aus war es ein Leichtes, über die jungen Bäume hinweg zu blicken. Hinter der alleeartigen Barriere, die einst aus Angst vor Spionage als Sichtschutz gedient hatte, herrschten in den durchfahrenen Breitengraden die borealen Nadelwälder der Taiga vor, ab und zu von bunt bemalten Holzhäuschen unterbrochen.

Pascal klopfte an die Abteiltür und der Professor beschied ihm, hereinzukommen. „Habt ihr Lust, die Lok vorn zu besichtigen?"

„Sagtest du nicht, du hättest Dienst?"

„Hab' ich auch, aber der besteht im Grunde aus Bereitschaft. Solange keine Störung vorliegt, kann ich mich beschäftigen, womit ich will."

Auch bei Gerd überflügelte die Aussicht auf einen Ausflug in die Technik den Wunsch, seine Zeichnung abzuschließen. Die Vier mussten zehn Wagen überwinden, bevor sie im vordersten anlangten, der als Aufenthalts- und Freizeitrevier der Angestellten diente, die gerade ihre Freischicht genossen. Dann standen sie vor dem Durchgang zum Tender. Pascal war mit einem elektronischen Passepartout ausgerüstet, der keine Widerstände kannte.

„Wozu Tender wie bei einer Dampflok?" fragte Johannes. „Ich dachte, wir hätten eine elektrische Lokomotive vorn dran?!"

„Haben wir auch, aber die bezieht ihren Strom nun mal nicht über eine Leitung, sondern über Brennstoffzellen, und die brauchen Sprit, das heißt Wasserstoff."

„Bei Dieselloks befindet sich der Tank zwischen den Drehgestellen."

„Da ist kein Platz, da das Fahrwerk unserer Zugmaschine wie ein Tatzelwurm beinahe lückenlos ausgefüllt ist."

„Ist der Tender auch angetrieben?"

„Nein, und zwar aus demselben Grund, aus dem die Amerikaner zur Dampflokzeit das Garratt-Prinzip ablehnten. Im Lauf der Fahrt nimmt die Menge der mitgeführten Vorräte ab und verringert das Reibungsgewicht, sodass bei nahezu leeren Vorratsbehältern die Treibräder zum Schleudern neigen. Moderne Leistungselektronik unterbindet das zwar, aber die Zugkraft sinkt nun einmal."

„Das ist der Hauptnachteil der Brennstoffzelle gegenüber dem Fahrdraht", äußerte der Professor betrübt, „die Lok muss ihren Brennstoff wieder mit sich herumschleppen. Deshalb hat sie sich im Normalspurbetrieb auch nicht durchgesetzt. Bei Wasser- und Straßenfahrzeugen entfällt diese Alternative und die fahren auch häufig mit Wasserstoff."

„Mach' dir nichts draus, Onkel Alex", tröstete Johannes ihn, „über kurz oder lang wird sie sich flächendeckend durchsetzen."

„Stellt euch vor, über 15.000 Kilometer Kupferdraht zu hängen", doppelte Pascal nach, „die winterfest zu kriegen und eine stattliche Zahl von Unterwerken zu betreiben – dann wären sowohl Bau als auch Unterhalt unbezahlbar."

Wirklich getröstet wirkte Professor Windhoff nicht, als die Vier den Führerstand betraten. Die diensttuenden Maschinisten beschäftigten sich mit der Durchsicht des bisher erfassten Fahrtenbuchs, als sie ihren Kollegen erkannten, der sie fragte: „Darf ich euch den Erfinder unserer Antriebstechnik vorstellen?"

„Gern. Professor Windhoff? Wir haben viel über Sie gelesen und zu hören bekommen." Im Grunde braucht das Personal im Cockpit eines modernen, vollautomatisch gesteuerten Schienenfahrzeugs nichts mehr zu tun, kann die Arme hinter dem Kopf verschränken und abwarten, bis die Fuhre im Zielbahnhof einläuft. Nur in Notfällen gilt es einzugreifen und für diese ist eine gewisse Ausbildung vonnöten. Vor allem bedurfte es keinerlei Streckenkenntnis mehr.

Alexander Windhoff kannte sie noch, die Dampflokomotive, die erfolgreich zu bedienen ein eingespieltes Lokführer-/Heizerteam nötig war, damit zu Beginn einer Steigung spitzer Druck im Kessel herrschte, so viel wie möglich, ohne dass die Sicherheitsventile abbliesen. Nach Erreichen des Scheitels mochte dann der Druck um einige Atmosphären abgefallen sein, aber nun, in der Ebene oder idealerweise Gefälle war ja Gelegenheit, wieder neuen aufzubauen.

Die achtachsige Breitspurlokomotive, in der er sich gerade aufhielt und die einem Triebwagenkopf ähnelte, hatte mit gut 47.500 PS – Entschuldigung, 35.000 kW – vor keiner Steigung Angst, deren Maxima ohnehin auf 12‰ beschränkt blieben.

„Wir können auch ohne Hilfe auf jeder anfahren", erläuterte Boris, einer der Lokführer, gerade. „Mit 240 Tonnen Reibungsgewicht ist das Losreißen der 2200 Tonnen Gesamtgewicht des Zuges vom Gleis, der kraftaufwändigste Akt dabei, ungefährdet."

„Wie ist denn das Fahrwerk durchgebildet?"

„Mit vier zweiachsigen Drehgestellen. Die inneren sind zudem seitenverschieblich, denn auch bei einem Mindestradius von drei Kilometern ist eine gewisse Kurvengängigkeit vonnöten."

Professor Windhoff dachte an jene Testfahrt in Osaka vor 35 Jahren, die so verheerend geendet hatte. Der Zug damals hatte dem heutigen frappant ähnlich gesehen oder besser gesagt sah der heutige fahrplanmäßige dem damaligen Prototyp frappant ähnlich. Auch dieser hatte 18 Wagen gezählt, die wenig später den Weg allen alten Eisens gegangen waren, nachdem die japanischen Verantwortlichen zu der Erkenntnis gelangt waren, dass in ihrem übervölkerten Land kaum mehr genügend Platz für ein spinnennetzartiges Breitspursystem zur Verfügung stehen würde. Der Übergang von der Kapspur mit 1067 Millimetern lichter Weite zwischen den Schienen zur Normalspur mit 1435 Millimetern für den Shinkansen hatte bereits mehr als genug des kostbaren Bodens verschlungen. Die Buzzard-Werke stellten heute Computer, Waschmaschinen und Kühlschränke her.

Von den sibirischen Städten sahen die Passagiere wenig, denn die neuen Bahnhöfe lagen weit außerhalb – auch in den dortigen Innenstädten kosten Neubauten Geld. Es ging bereits wieder auf den Abend zu, als Bratsk erreicht war. Der Transkontinentalexpress bog nun nach Nordosten ab, um bis Jakutsk dem Lauf der Lena abwärts zu folgen.

„Wie schnell so ein Tag herumgeht."

Onkel Alex lachte. „Beim Fliegen würdest du dich nicht wundern, Johannes, wenn du der Sonne entgegenstrebst. Bei einer Eisenbahn ist ungewöhnlich, dass sie so schnell fährt, um dem Effekt beinahe Konkurrenz zu machen. An der Beringstraße werden wir dem Sonnenaufgang neun Zeitzonen, das heißt neun Stunden entgegengefahren sein."

„Phileas Foggs gewonnener Tag."

„Ganz richtig. Wenn wir auf dem amerikanischen Kontinent aus dem Tunnelloch auftauchen, werden wir eine Zeitreise hinter uns gebracht haben, indem wir den vergangenen Tag und eine Stunde früher schreiben."

So schade es war und so leicht es möglich gewesen wäre, bei gelöschter Innenbeleuchtung auch während der Nacht hinauszusehen, denn seit Überwindung des Čerski-Gebirges befanden sie sich nördlich des Polarkreises, nützte es nichts; der vergangene Tag war so aufregend gewesen, dass die Natur ihren Tribut forderte und die Windhoffs die Fahrt durch Nordostsibirien in tiefstem Schlummer verbrachten. Erst als sich die Strecke aus dem Anadyrbergland zur Tschuktschen-Halbinsel senkte, erwachten sie – gerade rechtzeitig, denn in Kürze stünde ein Besichtigungshalt in Uelen an. Dort solle ihr Zug den asiatischen Kontinent verlassen und in die Röhre eintauchen, die sie auf dem amerikanischen wieder ausspucken würde.

„Wirklich schade, dass ihr keine Brücke gebaut habt", bedauerte Gerd gegenüber Pascal, der sich auf dem Bahnsteig den Windhoffs wieder zugesellt hatte. „Die wäre erheblich eleganter als ein dunkles Loch."

„Du wirst es nicht glauben, aber ursprünglich war das tatsächlich vorgesehen. Eine 80 Kilometer lange Hängebrücke, von Russland gebaut, wäre ein erstklassiges Aushängeschild der technischen Fähigkeiten des Landes gewesen. Allerdings ergaben wiederholte Berechnungen, dass sie dem rauen Klima hier nicht lange standgehalten hätte. Im Augenblick haben wir zwar so mildes Wetter, dass wir im T-Shirt herumlaufen können, aber im Winter wird das ganz anders aussehen."

„Es sind zwei Tunnelröhren?"

„Zuerst sollte die zweite eingespart werden aber dann wäre im Fall einer Havarie die gesamte Verbindung lahmgelegt."

„Die ganze Strecke ist zweigleisig", mischte sich Alex in das Gespräch, „ein gewaltiger Aufwand in Anbetracht der zu erwartenden Belegungsdichte."

„Wir hoffen natürlich auf zukünftig immer intensiveren Verkehr. Ein zweites Gleis nachträglich hinzuzufügen wäre deutlich teurer gekommen als von Anfang an Nägel mit Köpfen zu machen. Durch Alaska läuft sie nur eingleisig, denn die US-Amerikaner sehen bisher kein Land bezüglich Amortisation."

„Und die Kanadier?"

Pascal grinste. „Da hinten steht die Premierministerin, leider von Reportern und Fans umlagert. Sie könnte euch erzählen, dass sie die Sache genauso wichtig nahm wie wir, die Russen. In Kanada herrscht wieder Doppelspur und das bis zum Endpunkt Chicago. Das Stückchen durch Wisconsin haben nämlich auch sie gebaut."

„Immerhin 445 Meilen, also über 700 Kilometer."

„Gegenüber 15.000 Gesamtlänge ein Stückchen."

„Ich habe gesehen, dass jede Stunde, also ungefähr alle 300 Kilometer, eine Art Bahnhof durchfahren wurde, auch in der wildesten Wildnis."

„Die dienen einerseits technischen Belangen, falls ein Zug einmal liegenbleibt, andererseits den wenigen Bewohnern Sibiriens. Die müssen allerdings einen Zusteigewunsch online buchen."

„Kostet der Gebühr?" Gerd dachte stets kommerziell. „Ich meine, für einen einzigen Fallensteller über 2000 Tonnen Masse anzuhalten und wieder in Fahrt zu bringen verschlingt ja beträchtliche Energie."

„Nein, das ist ein staatlich unterstützter Service für die Menschen in der Einsamkeit. Wir rechnen nicht damit, dass das allzu häufig passiert."

Die Bewohner von Uelen hatten sich – vermutlich vollzählig – eingefunden und luden nun die Fahrgäste zu einem Rundgang durch ihr Dorf ein, das nur wenige hundert Meter entfernt lag. Weil die Eröffnungsfahrt keinem strikten Fahrplan unterlag und auch aus einem zweiten Grund stimmte der Zugführer dem zu.

Die Windhoffs registrierten außer den üblichen bunt bemalten sibirischen Holzhäusern auch einige neue, aus Stein erbaute. Die Neureichen, dachten sie, aber ob tatsächlich auch Amerikaner ...?

Mindestens einer, denn auf einmal hörten sie einen stämmigen Hünen in breitestem Texanisch über die Vorzüge des Polarkreises schwärmen. „Endlich aus der Hitze 'raus", tönte er. „Ihr glaubt gar nicht, wie es nervt, wenn euch dauernd die Sonne auf den Schädel brennt." Hast du schon mal einen Winter hier zugebracht? fragte sich Johannes im Stillen. Bevor er seinen Gedanken weiterzuspinnen vermochte, verriet der Texaner allerdings den wahren Grund seiner Auswanderung. „Und keine Einschränkungen, was

Alkohol betrifft. Wenn du in Dallas auf offener Straße ein Bier trinkst, sitzst du sofort im Knast. Verdammtes republikanisches law and order!"

Wegen der Meeresnähe hält sich in Uelen die berüchtigte Mückenplage des Polarkreissommers in Grenzen. Weiter im Landesinneren droht einem Säugetier bei Stillstand buchstäblich, aufgefressen zu werden. Dessen dürfte sich der euphorische Texaner kaum bewusst sein, dachte Johannes.

Mit der Eisenbahn hatte ein gewisser Wohlstand Eingang in den Ort gefunden, das war deutlich zu sehen. Ein nagelneuer Supermarkt, ein Arztzentrum mit angeschlossener Apotheke und Dienstleister aller Art halfen den Einheimischen das Leben zu erleichtern. Zahlreiche Restaurants mit Küchen aus aller Herren Länder und Andenkenläden hofften auf einen baldigen Touristenansturm. Das Rathaus sah wie geleckt aus; zweifellos war es frisch renoviert.

Als alle wieder zurück und zum Einsteigen bereit waren, kündigte sich der zweite Grund durch ein Grollen an, das aus einem der Tunneleinfahrten drang. Nach einem kurzen Augenblick des Erstaunens sorgte Zugchef Jewgenij mit einem Megaphon für Aufklärung: „Bitte die Gleise räumen! Der kanadische Gegenzug läuft ein."

Unter lautem Jubel rollte die angekündigte Garnitur neben die bereits wartende und hielt genau auf derselben Höhe. Sofort vermischten sich die Neuankömmlinge mit den zuerst Eingetroffenen und den Dorfbewohnern und ein spontanes Volksfest stieg. Längst waren Grill-, Bier- und Schnapsstände aufgebaut und alle taten sich daran gütlich. Seufzend blickte Jewgenij auf die Uhr seines Smartphones, wohl wissend, dass seine Trillerpfeife derzeit in der Tasche gut aufgehoben war, und erwarb selber eine schmackhafte Bratwurst, die von einem garantiert nicht hormongespritzten Schwein stammte, mit Kartoffelsalat.

Irgendwann war dann doch die Zeit zur Einfahrt ins Dunkel gekommen. „Tat das gut, einmal die Beine vertreten", kommentierte Gerd, als die drei Windhoffs sich wieder in ihrem Abteil versammelt hatten.

„Komisch. Eigentlich bietet der Riesenzug genug Auslauf, aber frische Luft ist doch etwas anderes."

Im Tunnel war die Geschwindigkeit auf 150 km/h begrenzt, sodass die Durchfahrt 40 Minuten dauern würde. „Gibt es nicht ungefähr in der Mitte der Beringstraße eine Inselgruppe, die man hätte nutzen können, um kurz ans Tageslicht zu tauchen?"

„Stimmt, Johannes, die Diomede-Inseln", erwiderte der Onkel. „Dazu hatte ich Pascal befragt. Er sagte, das hätte zu viel zu steilen Rampen geführt. Einzig eine Station haben sie gebaut, nicht zuletzt, um sie über einen Evakuierungsschacht für den Notfall nützen zu können. Irgendwelchen Fahrgästen nützt er hingegen nichts, denn die Inseln sind unbewohnt."

„Ob wir dort einen Halt einlegen?"

„Vielleicht. Allerdings werden wir wohl keine Gelegenheit erhalten, mit dem Lift nach oben zu fahren, denn in Uelen haben wir zu viel Zeit verloren."

Wie um die Worte des alten Professors zu bestätigen, bremste der Transkontinentalzug ab. „Wir werden eine Viertelstunde im Bahnhof Diomede halten", hörten sie Jewgenij sagen. „Zu sehen gibt es nichts, aber Sie dürfen sich in dem Gefühl sonnen, sich unter einem der einsamsten Eilande der Erde zu befinden. Für dessen Besichtigung bleibt leider keine Zeit. Noch eine Information: Die Diomede-Inseln gehören neben einigen in der Südsee wie Tonga oder Kiribati zu den ersten, die den neuen Tag begrüßen. Sobald wir weitergefahren sein werden, werden Sie sich jenseits der Datumsgrenze, sozusagen im Gestern, befinden."

Während des zweiten Teils der Durchfahrt unter der Beringstraße sinnierte Johannes: „Jetzt sind die Schweizer und Österreicher endgültig die Gelackmeierten."

„Wie meinst du das?"

„Naja, der Schweizer Gotthardbasistunnel war mit seinen 57 Kilometern ein Dutzend Jahre der längste. Dann übertrumpften ihn die Österreicher und Italiener mit ihrem Brennerbasistunnel und 64 Kilometern. Die 82 Kilometer des Beringtunnels dürften innerhalb Europas nicht zu überbieten sein, es sei denn, sie würden die Verbindung Berlin – München komplett unterkellern."

„Dann braucht die nächste ICE-Generation wirklich keine Fenster mehr."

„Braucht sie jetzt schon nicht. Die überwiegende Zahl der Wichtigtuer in ihrem Inneren hängt sowieso von Start bis zum Ziel über Laptop oder Smartphone."

Aufatmend begrüßten die Fahrgäste das Tageslicht, als der Zug in Wales, Alaska, einfuhr und auch dort einen Halt anbahnte. „Wir müssen den ersten Güterzug Richtung Asien abwarten", erklärte Jewgenij, „weil es ab hier bis zur kanadischen Grenze eingleisig weitergeht und es auf den 1500 Kilometern lediglich zwei Ausweichstellen gibt. Seine Ankunft erwarten wir in ungefähr einer halben Stunde."

Professor Windhoff sah, dass Pascal mit dem Zugführer ein paar Worte wechselte. Dann wandte jener sich ihm zu. „Ich hatte gefragt, warum unser Boss in Uelen so nervös geworden war, denn er hätte hier ja sowieso den Güterzug abwarten müssen."

„Und?"

„Naja, wir haben jetzt zwei Stunden Verspätung und hätten es, wären wir pünktlich, bis zur ersten Ausweiche geschafft."

„Na schön. Ich glaube aber nicht, dass jemand den dortigen, sehr angenehmen Aufenthalt missen möchte."

Die US-Grenz- und Zollbeamten standen untätig herum. Im künftigen Regelverkehr würden sie ein strenges Regiment zu führen haben, um die Einreise in ihr Land zu kontrollieren. Die Eröffnungsfahrt indes war ausschließlich mit privilegierten Bahnangestellten, Honoratioren, Diplomaten und geladenen Gästen wie den Windhoffs, an die großzügig Touristenvisa ausgegeben worden waren, besetzt. Alex überlegte gerade, ob er auch dem Dorf am westlichen Ende der Welt einen Besuch abstatten sollte, als von Osten ein Grummeln ertönte. Der Güterzug, dachte er.

Dessen Triebfahrzeuge waren zwar von derselben Bauart wie das vor ihrem, entbehrten aber des stromlinienförmigen hinteren Aufsatzes. Da es weder einen voluminösen Dieselmotor noch einen schweren Transformator mitzuschleppen galt, befand sich hinter dem Führerstand ein flacher Aufbau, der die Aggregate und Vorräte barg, die dem Komfort des Personals dienten. Die Zugloks waren in bester amerikanischer Tradition Rücken an Rücken gekuppelt und führten den Tender zwischen sich mit.

„Wie langweilig." Die Worte klangen nörgelig. „Nur Flachwagen mit Containern drauf."

„Welche Fracht erwartest du, Alex?" fragte Pascal.

„Nun …"

„Sicher keine Rohstoffe wie Kohle oder Öl, die von Russland nach Amerika und zurück spediert werden. Fertig- und Halbfertigteile sind die Zauberwaren, die nun mal in Containern untergebracht werden. Alternativ sind Straßen- oder Schienenfahrzeuge für Normalspur oder Großelemente wie Windradblätter oder Brücken- oder Kranteile denkbar, aber in diesem Zug anscheinend nicht vertreten."

„Kennst du die Maße?"

„Ein 40-Fuß-Standardcontainer ist 12,19 Meter lang, 2,59 Meter hoch und 2,44 Meter breit. Wie du siehst, passen acht davon auf einen Flachwagen, je zwei neben-, über- und hintereinander. Dieser selbst ist 26 Meter lang und 50 davon bilden einen Standardzug."

„Immerhin 1,3 Kilometer."

„Plus Lokensemble. Die Ausweichstellen messen 1½ Kilometer. Folglich bleibt ein bisschen Reserve."

„Und wieviel Tonnen ...?"

„Achslast wie gehabt, 30 Tonnen, maximales Bruttogewicht eines Wagens also 120 Tonnen. Mal 50 ergibt 6000 Tonnen."

„Das haben die amerikanischen Gesellschaften schon zur Dampflokzeit geschafft."

„Aber nicht mit den Geschwindigkeiten, die auf dem Breitspurnetz möglich sind."

„Auch 300 km/h?"

Pascal lachte. „Natürlich nicht. Überleg' doch mal, wieviel kinetische Energie dabei aufgebaut würde – die kriegtest du nie und nimmer in nützlicher Distanz zum Stillstand gebracht – und vor allem nicht mit wirtschaftlichem Kraftaufwand."

„Und wie schnell fahren sie nun?"

„Wir lassen es bei 100 km/h."

Bevor Alexander Windhoff seinen Gedanken zu Ende gedacht hatte, dass das 1941 ein Big Boy der Union Pacific Railroad in der Ebene zur Not auch geschafft hatte, wurde ihr Gespräch jäh unterbrochen. Jewgenijs Stimme hatte einen energischen Tonfall angenommen. „Pascal, lass' knacken! Wir wollen weiter!"

„Ach du Scheiße!" Pascal schob den alten Herrn durch die nächstbeste Öffnung ins Wageninnere und sprang hinterher. Sie waren die letzten auf dem Bahnsteig gewesen. „Fertig!" rief er und knallte die Tür hinter sich zu.

„Handbetrieb in einem durchdigitalisierten System?"

„Durchdigitalisiert, aber nicht durchgehend vernetzt. Der mechanische Hebel muss immer bleiben, Alex, wenn alle Stricke reißen und der Strom ausfällt."

„Das sehen unsere Softwarekoryphäen anders."

„Ich weiß. Wenn in München die Kaffeemaschine in der DB-Kantine einen Kurzschluss fabriziert, fällt in Hamburg die S-Bahn aus."

„Das ist ein wenig überzeichnet."

„Im Augenblick. Das ist aber das Ziel eurer Hypervernetzer." Als Professor Windhoff nachdenklich schwieg, doppelte Pascal nach: „Wir in Russland denken nicht so. Ich hoffe, dass das zu meinen Lebzeiten auch so bleibt."

Während der nächsten Stunden genossen die Windhoffs die Fahrt durch das bergige Alaska. Die Strecke war hier nicht wie in Russland quer durch alle Hindernisse torpediert worden, sondern folgte unter Einhaltung des Mindestradius' weitgehend der Topografie. Das drückte zwar die Geschwindigkeit, erlaubte aber einen intensiveren Genuss der vorbeiziehenden Landschaft. Als Fairbanks hinter den Fenstern auftauchte, war Abendessenszeit. Als sich der Zug nach sieben Stunden Fahrt der kanadischen Grenze näherte, dunkelte es. Als das Klondike-Plateau sie begrüßte, kamen Alex die Geschichten um Onkel Dagobert zu Zeiten der Goldschürferära in den Sinn, der irgendwo dort seinen Claim abgesteckt hatte und in dem er das sagenhafte Straußenei-Nugget finden sollte, das seinen späteren Reichtum begründete. Ortsnamen wie Dawson und Whitehorse schwirrten in seinem Kopf herum, bis zuletzt das Bild der schönen Nelly, im Original Goldie, vor seinem geistigen Auge auftauchte, wie sie in der finalen ‚Schlacht' um den Grundbesitz den Schatz findet, den ihr der alte Scrooge McDuck in gespielter Tatterigkeit überlassen hatte. Mit den lachenden Schnäbeln der stolzen Neffen Donald und Tick, Trick und Track in seinen Gehirnwindungen schlief er ein.

Als er aufwachte, waren seine Neffen längst mit ihrer Morgentoilette beschäftigt. Die Landschaft vor den Fenstern wirkte flach und er fragte überrascht: „Haben wir das Yukon-Territorium schon hinter uns?"

„Wir dürften bald den Großen Sklavensee passieren", erwiderte Gerd, der Anstalten machte, nach dem Steward zu klingeln.

„Wollt ihr im Abteil frühstücken?"

„Haben wir vor. Du nicht?"

„Ich würde mich lieber in den Speisewagen setzen. Vielleicht treffe ich ein paar Leute. Es ist ja das letzte Mal, dass Kommunikation in diesem Rahmen möglich ist. Um Zehn laufen wir in Chicago ein."

„Da wären Johannes und ich sowieso fehl am Platz. Viel Erfolg!"

Die Frau, die allein an einem Fenstertisch saß, war prominent. „Darf ich mich zu Ihnen setzen?"

„Gern. Ich kenne Sie. Sie sind Alexander Windhoff, der Erfinder der Brennstoffzelle?!"

Dem Professor dämmerte es. „Und Sie sind die kanadische Premierministerin. Sie sitzen allein?"

„Manchmal habe ich es gern, wenn ich mich nicht im Zentrum der Aufmerksamkeit befinde. Für mich ist die Fahrt bald zu Ende, denn ich werde in Winnipeg aussteigen."

„Auf heimischem Boden."

„Wenn Sie so wollen. Die letzten Kilometer bis zum Michigansee machen den Kohl auch nicht mehr fett. Ich denke, ich habe mich um die Präsenz der Politik ausreichend bemüht – jedenfalls mehr als deren Vertreter aus den anderen Ländern."

Bei angeregter Unterhaltung flogen die Provinzen Alberta, Saskatchewan und Manitoba förmlich vorüber, ohne dass sie von dem ungleichen Paar im Speisewagen gewürdigt worden wären. Nachdem sich die Premierministerin verabschiedet hatte, blieb Professor Windhoff nachdenklich eine Weile an ihrem Tisch sitzen und rekapitulierte die Worte der mächtigen Frau. Dass nämlich derzeit die Weichen gestellt würden, die Breitspurstrecke auf Normalspur zurückzubauen. Was hatte sie ihm anvertraut? „Die Wahl hat die Einflussreichen vor der Diskussion oder sogar dem Streit befreit, ob die durchgehende Linie in europäischer Normal- oder russischer Breitspur gebaut werden soll. Sich auf eine Variante zu einigen war sinnvoll, denn zweimaliger Räderwechsel an den Systemgrenzen hätte den Vorteil der Direktverbindung wieder zunichte gemacht."

„Jetzt sieht es folglich nach der europäischen Norm aus. Woher der Gesinnungswandel in Moskau?"

„Wissen Sie, die russische Spurweite entspringt ja der Laune von Zar Nikolaus I., dem 4 Fuß 8½ Zoll ein zu krummer Wert war und der deshalb den englischen Ingenieuren, die die erste russische Eisenbahn von Moskau nach St. Petersburg bauen sollten, mit einem Federstrich glatte fünf Fuß vorschrieb. Anscheinend hat sich die heutige Nomenklatura endlich von einer einsamen Potentatenentscheidung längst vergangener Zeiten emanzipiert und ist bereit, sich zu internationalisieren. Unsere befahrene Strecke bietet den Vorteil des Inselbetriebs. Sie kann umgenagelt werden, ohne dass gleich das restliche Streckennetz mit angepasst werden muss."

Die Politikerin und der Techniker hatten sich dann ihrem Frühstück gewidmet und eine Weile nichts gesprochen. Nach dem letzten Bissen hatte die Frau den Faden weitergesponnen. „In Normalspur dürfte es auch unproblematisch sein, die Chinesen mit ins Boot zu holen und eine Zweigstrecke nach Shanghai zu bauen, was sie sonst ausschließen würden. Sie hatten sich strikt geweigert, bei dem Breitspurprojekt mitzumachen, und ihre Magnetschwebebahn favorisiert. Für die müssten aber alle anderen ein komplett neues Netz auf die grüne Wiese setzen. Da sind 1435 Millimeter, glaube ich, der beste Kompromiss."

Nun saß der Professor nachdenklich vor seinem dritten Kaffee. Wäre damit sein Lebenswerk zunichte gemacht? Natürlich nicht, denn auch die verschlankte Variante würde mit Wasserstofflokomotiven betrieben und nicht elektrifiziert werden. Und doch ...

Pascals Vision von der Durchbindung Chicago – Köln über Moskau – Stockholm durch Finnland würde folglich nichts als Vision bleiben. Eigentlich war das verständlich – die einzigen, die als Hersteller von Breitspurfahrzeugen übrig waren, waren die Russen. Das war für andere Industriestaaten ein Stachel im Fleisch, dessen Verschwinden sie keine Träne nachweinen würden. Der alte Windhoff entsann sich der Idee des Direktors ihrer damaligen japanischen Partnerfirma, den Buzzard-Werken, das Kurswagensystem wieder einzuführen, um den Fahrgästen das Umsteigen zu ersparen. Das ist natürlich in seinem System obsolet, das aus lediglich einer Linie besteht. Okis Toyago war längst verstorben und hatte das Dahinsiechen seiner favorisierten Idee nicht mehr erleben müssen.

Als der Express in Winnipeg seinen Diensthalt absolvierte, stieg der Professor aus, um sich von der Premierministerin zu verabschieden. Kurz darauf war die Grenze zur USA ein zweites Mal überquert. Als er am Oberen See vorbeifuhr, reminiszierte der alte Mann die sagenhaften M-4 der Duluth, Missabe & Iron Range, die bis 1959 Erzzüge von 10.000 Tonnen Gewicht allein zu den Häfen transportiert hatten. Die Normalspur kann es auch, dachte er weiter, konnte es sogar schon zur Dampflokzeit. Eine ganze technische Innovation innerhalb von 40 Jahren euphorisch aus der Taufe gehoben, zur Reife gebracht und wieder abgewickelt, nachdem die Welt entdeckt hatte, dass sie überflüssig war. 40 Jahre, die genau mein aktives Leben ausgefüllt haben ...

Die Breitspurstrecke endete aus Kostengründen weit im Norden von Chicago, außerhalb des bebauten Geländes. Kurz vor dem Personenbahnhof zweigte der Güterast ab, der zu einem gigantischen Containerterminal führte. Es wurde gemunkelt, dass er mit Absicht ein paar Quadratkilometer größer als sein Gegenstück in Moskau geraten war, damit die USA wenigstens diesen Rekord hielten. Der Personenbahnhof, der die Endstation des Transkontinentalexpress' markierte, wartete demgegenüber mit bescheidenen Ausmaßen auf. Gerade einmal drei Gleise standen den Reisenden für Zu- und Ausstieg zur Verfügung. Das Empfangsgebäude hätte höchstens einem Provinzort zur Ehre gereicht.

Um zehn Uhr öffneten sich die Türen, um die Fahrgäste in die Freiheit zu entlassen. „In Moskau ist jetzt sieben Uhr abends", stellte Johannes fest. „Wir haben genau 48 Stunden im rollenden Hotel verbracht, und das, obwohl drei Nächte vergangen sind."

„Phileas Foggs gewonnener Tag im Schnelldurchgang", bekräftigte Gerd. „Wer anders herum fährt, erlebt genau das Gegenteil: 48 Stunden mit nur einer Nacht."

„Die zwei Stunden Verspätung ab Uelen haben wir sauber gehalten. Naja, so einen festen Fahrplan hatten wir ja nicht."

Gerd lachte. „Und besser als die Amtrak, Johannes. Die fährt von Küste zu Küste erfahrungsgemäß eine Stunde Verspätung pro Achtelkontinent ein, und zwar zuverlässig."

„Das heißt, eine fahrplanmäßige Ankunft um drei Uhr morgens geht in Ordnung, denn dann steigst du komfortabel zu Beginn des Tagesgeschäfts aus."

„Blitzmerker."

Professor Windhoff beteiligte sich nicht an dem Gespräch. Er wirkte abwesend, auch als die russische, die kanadische und die US-amerikanische Pressesprecherin zu weitgespannten Reden ausholten – oder vielleicht deswegen, weil diese alles andere als mitreißend gerieten. Als sich die Windhoffs von Pascal, Jewgenij und anderen, zu denen sie während der vergangenen zwei Tage beinahe Familiennähe gewonnen hatten, verabschiedeten, riss sich der alte Herr sichtlich zusammen.

Allmählich zerstreute sich die Menge. Die Offiziellen wurden in gepanzerte Limousinen komplimentiert, während das Zugpersonal per Bus in ihre Unterkünfte transportiert wurde, um sich für die Rückfahrt zu erholen und zu erfrischen. Die wenigen privat Eingeladenen wie die Windhoffs mussten sich hingegen nach einem Taxi umsehen, das sie zu ihrem gebuchten Hotel bringen sollte.

Noch waren die Neffen guter Dinge und freuten sich auf die Heimreise. „Chicago – Frankfurt im Direktflug", schwärmte Johannes, „einmal um die Erde wie weiland Phileas Fogg, nur ein Vielfaches schneller."

„Sehr schade, dass die von Bernhard Kellermann ausgearbeitete Tunnelbahn unter dem Atlantik durch nicht verwirklicht wurde", ergänzte Gerd. „Dann könnten wir mit der Eisenbahn einmal um die Erde reisen."

„Stimmt! Köln – Moskau ging immer schon und …"

Das Taxi hielt auf dem Randstreifen. „Entschuldigen Sie", wandte sich der Fahrer an die im Fond sitzenden jungen Leute, „aber ich fürchte, Ihrem Herrn Vater geht es nicht gut."

„Was??" Tatsächlich: Onkel Alex' Gesichtszüge wirkten verzerrt. Er sabberte und schaute verständnislos in die Ferne. „Oh weh!"

„Das sieht verdächtig nach einem Schlaganfall aus", flüsterte Johannes, der sich aus Interesse einige medizinische Kenntnisse angeeignet hatte. Zum Chauffeur sagte er hastig: „Ab ins nächste Krankenhaus, schnell!"

Auch in den USA gibt es den Tatbestand des übergesetzlichen Notstands. Einmal hielt eine Polizeistreife das Auto an, aber nachdem die Gesetzeshüter den Zustand des Passagiers auf dem Beifahrersitz in Augenschein genommen hatten, setzten sie sich unverzüglich davor und geleiteten es unter Blaulicht und Sirengeheul in die nächste Notaufnahme. Dort erwies sich das amerikanische Gesundheitssystem als effizient. Bevor es sich Gerd und Johannes versahen, war der alte Herr hinter der Eichenholztür eines Behandlungsraums verschwunden.

Das Wechselbad der Gefühle zwischen Hoffen und Bangen währte nicht lange. Als der Arzt sie im Wartezimmer aufsuchte, sahen sie seinem Gesicht sofort an, dass der worst case eingetreten war. „Es tut mir leid, Gentlemen, Ihnen mitteilen zu müssen, dass Ihr Herr Onkel verstorben ist." Aufgrund der Protokolle Gerds und Johannes', die diese in der Verwaltung des Spitals während ihres nervösen Hin und Hers ausgefüllt hatten, wusste er über das Verwandtschaftsverhältnis Bescheid.

Des Menschen Psyche ist unergründlich. Solange Ungewissheit herrschte, standen Gerd und Johannes schier vor einem Nervenzusammenbruch. Jetzt, als Klarheit geschaffen war, waren sie wieder zu durchdachtem und zukunftsorientiertem Handeln fähig. Zu Hause anrufen, um ihren Frauen den Todesfall mitzuteilen, eine Überführung der sterblichen Überreste im Zinksarg organisieren, ihre Arbeit- und Auftraggeber informieren, dass sich ihre Rückkehr um eine Woche verzögern würde, und etliche andere Kleinigkeiten, die es zu berücksichtigen galt, wickelten sie mit mechanischer Präzision ab und neutralisierten ihre Trauer.

„Mein schlechtes Gewissen bleibt", erklärte Gerd am vorletzten Abend in einer Bar ums Eck ihrer Herberge.

„Meinst du, wir hätten unseren Oheim retten können?"

„Ich wüsste nicht wie und das meine ich auch nicht."

„Sondern?"

„Unser Chauffeur hat es strikt abgelehnt, für seine Dienstleistung Geld anzunehmen, obwohl er ganz schön Zeit und Sprit für uns verbraten hat. Er fand, dass er eine Notlage nicht ausnützen dürfe."

„Das hatte ich gar nicht mitgekriegt. Ich weiß aber eine Lösung. Ich habe mir die Taxigesellschaft gemerkt. Morgen sind wir noch hier. Da fahren wir hin und machen uns zugunsten ihres selbstlosen Angestellten stark."

„Das ist eine gute Idee und beruhigt mich. Nichtsdestoweniger frage ich mich, wieso es Onkel Alex so schnell erwischt hat."

„Schlaganfälle treffen immer wie ein Blitz aus heiterem Himmel ein. Von bestürzender Kausalität ist allerdings, dass er gesund und munter die Fahrt absolviert hat und unmittelbar danach zusammenbrach."

„Meinst du, Johannes, er betrachtete sein Lebensziel als erreicht und mehr würde nicht kommen?"

„So ungefähr, allerdings unbewusst. Onkel Alex hat sein plötzliches Ableben bestimmt nicht geplant. Wenn das so gewesen wäre, bedeutete das, dass das Oberstübchen den Körper vollkommen beherrscht."

„Du machst mir Angst."

„Jeder Mensch hat irgendwann den Höhepunkt seines Daseins erreicht. Danach geht es abwärts. Sollte ihm das aufgehen, kann das durchaus zu seinem Abschalten führen, ohne dass er direkten Suizid begeht."

Betrübt erinnerten sich die Brüder des letzten Worts, das ihr Onkel von sich gegeben hatte und das, an den Taxifahrer gerichtet, der Name des Hotels war, zu dem dieser die Drei hätte fahren sollen und das er nicht mehr erreichen sollte. Die Erinnerung versuchten sie mit einem Zug aus dem Bierglas hinunterzuschlucken. Der Abend endete in stiller Einkehr, denn zu sagen gab es nichts mehr. Onkel Alex hatte die ewige Ruhe gefunden, ehe seinem Triumph in Enttäuschung umzuschlagen Gelegenheit gegeben worden wäre.